TIM BOLTZ

Fernverkehr

GOLDMANN
Lesen erleben

Buch

Es ist der letzte Tag vor den Sommerferien, und Sibel Akman ist kurz davor durchzudrehen: Ihre Lehrerkollegen und Schüler tanzen ihr auf der Nase herum, ihre türkische Familie hält sie für eine Versagerin, weil sie immer noch kein Kind hat, und ihr Freund Florian betrügt sie mit einem Azubi-Weibchen mit Barcode-Tattoo im Nacken und dem Body-Mass-Index eines Schilfrohrs. Grund genug, auszubrechen und endlich zu beweisen, was alles in ihr steckt – am meisten sich selbst!

Sibel übernimmt eine Kurierfahrt von Berlin nach Istanbul, ohne zu ahnen, wie sehr dieser Trip ihr Leben verändern wird. Skurrile Truckerkollegen, ein griechischer Tramper und eine böse Überraschung erwarten sie auf dieser ungewöhnlichen Reise zu sich selbst. Und dann ist da noch ihre Lieferung, die sie sicher ans Ziel bringen muss – eine Europalette mit zwanzigtausend Travelpussys …

Informationen zu Tim Boltz
und weiteren Titeln des Autors
finden Sie am Ende des Buches.

Tim Boltz

Fernverkehr

Ein Roadmovie-Roman

GOLDMANN

Der Verlag weist ausdrücklich darauf hin, dass im Text enthaltene externe Links vom Verlag nur bis zum Zeitpunkt der Buchveröffentlichung eingesehen werden konnten. Auf spätere Veränderungen hat der Verlag keinerlei Einfluss. Eine Haftung des Verlags ist daher ausgeschlossen.

Dieses Buch ist auch als E-Book erhältlich.

MIX
Papier aus verantwortungsvollen Quellen
FSC® C014496
FSC www.fsc.org

Verlagsgruppe Random House FSC® N001967

1. Auflage
Originalausgabe April 2017

Umschlaggestaltung: UNO Werbeagentur München
Umschlagfoto: FinePic®, München
Redaktion: Gerhard Seidl
BH · Herstellung: Str
Satz: Uhl + Massopust, Aalen
Druck und Bindung: GGP Media GmbH, Pößneck
Printed in Germany
ISBN: 978-3-442-48520-8
www.goldmann-verlag.de

Besuchen Sie den Goldmann Verlag im Netz

»Es kommt für jeden der Augenblick der Wahl und der Entscheidung: Ob er sein eigenes Leben führen will, ein höchst persönliches Leben in tiefster Fülle, oder ob er sich zu jenem falschen, seichten, erniedrigenden Dasein entschließen soll, das die Heuchelei der Welt von ihm begehrt.«

Oscar Wilde

Prolog

Ich habe nichts gegen Kinder – jedenfalls nichts Wirkungsvolles …

Mein Name ist Sibel Akman. Und nein, es ist nicht so, dass ich Kinder prinzipiell nicht leiden könnte. Ich mag Kinder, ganz ehrlich. Ich will sogar selbst welche haben … irgendwann mal … vielleicht. Meine partielle Abneigung begrenzt sich vielmehr auf eine ganz spezielle, kleine Auswahl des menschlichen Nachwuchses. Genauer gesagt auf die Schüler der Ernst-Reuther-Gesamtschule von Steglitz. Oder noch genauer: meine fünfte Klasse.

Es scheint nämlich, dass sich die dümmsten und unfähigsten Personen der ganzen Stadt lediglich mit der Absicht gepaart hätten, um mir ihre missratene Brut in den Unterricht schicken zu können. Alles nur, um mich fertigzumachen. Ich unterrichte in der Klasse Deutsch und Sport. Wobei der Deutschunterricht seinem Namen nicht ansatzweise gerecht wird und der Sportunterricht sich eher darauf beschränkt, dass alle Schüler mehr oder weniger unversehrt die nächste Schulstunde erleben und sich der präpubertäre Schweißgeruch für den Folgeunterricht in nicht meldepflichtigen Grenzen hält. Der Sportunterricht in deutschen Schulen gleicht mittlerweile mehr einer Art Bewegungstherapie auf dem Niveau einer Kindergartengruppe. Es wird sich behäbig von links nach rechts und zurück bewegt. Für richtige Sportspiele ist das Verletzungsrisiko zu hoch, und an Turnen ist erst gar nicht zu denken. Wie auch? Der Großteil der Sportgeräte fristet seit ewigen Zeiten ein unbeachtetes Dasein hinter den schlecht vertäfelten Rolltoren der Turnhalle. Das Reck reckt sich schon lange nicht mehr, in den Blechschränken liegen sich nach Leder riechende Medizinbälle aneinander wund, und das Trampolin wurde in diesem Jahrtausend auch noch nicht besprungen. Hinzu kommt, dass wohl kein Einziger aus dem Lehrerkollegium dieses Monstrum an Metallverstrebungen, Federn und Matten fachgerecht aufbauen könnte. In der restlichen Turnhalle sieht es auch nicht viel besser aus: Längst vergessene Taue hängen wie Relikte aus Nachkriegsjahren von der Decke. Urzeitliche Lianen, an denen zuletzt wohl die arische Jugend des Dritten Reichs die drahtigen Körper für den Führer stählte. Direkt daneben baumeln die Ringe wie unwiederbringlich ineinander verwoben. Ringe, von denen man nicht weiß, ob sie nicht zu Staub zerfallen würden, wenn man sie denn wirklich mal mit den Händen greifen würde.

Aber niemand greift.

Man ignoriert.

Alle ignorieren.

Ich genauso wie meine Schüler.

Aber ganz ehrlich, wundert das irgendwen? Wir leben im 21. Jahrhundert und sollen unsere Kinder mit Leibesübungen quälen, die uns Erwachsene selbst nicht im Entferntesten jucken? Hand aufs Herz, welcher Volljährige hat sich jemals bei dem Gedanken ertappt, doch mal wieder eine schöne Kür an Ringen zu schwingen? Dennoch findet sich diese altertümliche Turnübung durchaus im Lehrplan.

Ringe.

Dass ich nicht lache! Man stelle sich das nur vor: Ringe! Die meisten Kinder schaffen es nicht mal, ein halbwegs erkennbares Rad zu schlagen, geschweige denn ihr eigenes Körpergewicht an Ringen zu halten.

Ringe?

Neunzig Prozent der Schüler würden sich direkt den kompletten Arm aus dem Torso reißen, wenn man ihre Leiber da ranhängen würde.

Ringe!

Ringe kennen meine Schüler maximal aus *Der Herr der Ringe* oder als Schlagringe für den Pausenhof – keinesfalls jedoch als Sportgerät. Dieses Bild dürfte sich wohl in beinahe jeder Schulsporthalle des Landes so wiederfinden. Schließlich kann man heutzutage als Sportlehrerin froh sein, wenn sich beim Bockspringen niemand die Schulter auskugelt oder beim Völkerball nur *eine* der kleinen frühmenstruierenden Prinzessinnen theatralisch mit einem Kreislaufkollaps zusammenbricht. Aber so ist es heutzutage nun mal: Jeder Schüler und jede Schülerin kann dir ohne Probleme in wenigen Sekunden via Internet den neuesten Kinofilm über ein verbotenes Videoportal in Kasachstan saugen, aber keinen einzigen Purzelbaum auf die Matte bringen.

Und zweiunddreißig dieser Premiumprodukte sitzen jeden Tag vor mir. Wobei ich mich jeden Morgen neuerlich darüber wundere, dass sie unfallfrei den Weg vom

Schultor bis in den Klassenraum finden und ihn nicht über Nacht vergessen haben. Kann aber auch alles nur dem Herdentrieb geschuldet sein, der sie alltäglich ins Klassenzimmer strömen lässt. Und nein, ich übertreibe nicht! Meine Kollegen nennen meine Klasse schon den Guantánamo-Jahrgang, weil es so hoffnungslos und aggressiv zugeht wie in dem US-Militärgefängnis auf Kuba. Zu meinem letzten Geburtstag hat mir die nette Kollegenschaft einen Karton Baldriantropfen und eine kugelsichere Weste aus dem Army-Shop geschenkt. Das bedarf keiner weiteren Erklärung!

Ich erinnere mich gut an das letzte Jahr, als die Klassen neu eingeteilt wurden. Niemand wollte die 5b unterrichten, mich eingeschlossen. Unsere Rektorin, Frau Westenberger, fragte mich schließlich dennoch. Mein Innerstes schrie laut *Nein*, doch aus meinem Mund kam ein *Ja*. Welch unfassbares Weichei ich doch bin. Ich weiß, Frau Westenberger mag mich nicht. Ich mag sie ja auch nicht. Doch vielmehr mag ich es nicht, dass sie mich nicht mag. Ich versteh das nicht, was kann man schon groß gegen mich haben? Ich bin doch so unauffällig, dass man mich erst einmal bemerken müsste, um mich nicht leiden zu können. Und wer tut das schon?

Schon als Kind konnte ich es nicht verstehen, wenn man mich nicht mochte. Dann habe ich immer extra was mit den Mädchen unternommen, die mich ärgerten und hänselten, um sie umzustimmen, sie zu überzeugen, dass ich eigentlich doch ganz okay bin – und das, obwohl ich sie selbst nicht ausstehen konnte. Ein gewisser Masochismus ist mir also wohl nicht abzusprechen. Und so gewann ich neben dem Zuschlag für meine Armageddon-

Klasse weder Frau Westenbergers Zuneigung noch einen Funken Respekt vor mir selbst. Wieder einmal hatte ich es geschafft, mich kleinzumachen. Nicht aufzufallen oder anzuecken. Meine restlichen Kollegen lächeln mich immer noch zynisch an, wenn es um meine Klasse geht. Und dann diese heuchlerischen Ansagen.

Sibel, du bist die beste Lösung für diese Klasse. Du bist doch auch altersmäßig noch am nächsten dran. Und türkisch kannst du auch noch!

Ich bin neunundzwanzig Jahre alt! Soll ich mich mit den Jungs der Klasse nach der Schule über deren erste Samenergüsse oder die neuesten Gerüchte aus der *BRAVO* unterhalten? Gibt's die eigentlich noch? Also nicht die Samenergüsse … die *BRAVO*. Und selbst wenn ich noch rudimentäres Türkisch spreche, was bringt mir das? Die paar Schüler in der Klasse, die Türkisch verstehen, sprechen diese Sprache sogar noch schlechter als ich, weil sie wie ich ebenfalls in Deutschland geboren und aufgewachsen sind. Die Begründung meiner Kollegen ist also ebenso schwach wie der Notenschnitt meiner Schüler. Aber da ich neben dem Mäuschen-Dasein zu allem Überfluss auch noch die großartige Gabe besitze, mich vor unangenehmen Diskussionen zu drücken, werde ich auch kommendes Schuljahr dieses Rudel in Deutsch und Sport unterrichten und manchmal auch in allen anderen Fächern, wenn wieder mal eine meiner Kolleginnen ganz plötzlich krank geworden ist. Was seltsamerweise nur beim Unterricht für meine Klasse regelmäßig vorkommt.

Und ich?

Ich halte brav den Mund.

Nicke alles stillschweigend ab.

Still ist mein zweiter Vorname.

Sibel »Still« Akman.

Ich hasse mich dafür.

Diese Schwäche, zu ängstlich zu sein, um sich auf die Hinterbeine zu stellen und »Nein« oder »Ich« zu sagen. Ich sollte mir vielleicht mal ein Beispiel an Herrn Deisenbach nehmen. Ein angesehener Kollege jenseits der Pensionsgrenze. Er unterrichtet rein aus Spaß noch Geschichte und Mathematik. Und dieses alte Schlachtross unterstreicht seine Autorität dadurch, dass er sich zu Beginn jedes Schuljahrs in einer neuen Klasse und der ersten aufkommenden Unruhe vor versammelter Mannschaft einen Zirkel mit der Spitze ins Bein rammt. Dann ist schlagartig Ruhe in der Klasse. Unkonventionell, aber wirkungsvoll und zielführend. Gut, man muss vielleicht dazu sagen, dass Herr Deisenbach ein Holzbein hat und dieser Effekt nach dem erstmaligen Anwenden deutlich an Wirksamkeit einbüßt. Und die Schüler sind wohl auch traumatisiert und haben eher Angst als Respekt. Aber immerhin besitzt er ab diesem Tag eine gewisse Autorität bei den Schülern. Ich besitze weder ein Holzbein noch Autorität und muss daher auch weiterhin mit klassischer Pädagogik arbeiten.

Oder ich beginne endlich mal damit, mich durchzusetzen.

Oder die Erde ist doch nur eine Scheibe.

Kapitel 1

Es ist Juli. Kein außergewöhnlich guter Juli. Nicht einmal ein durchschnittlicher. Doch der Juli passt zu mir. Die Erwartungen an ihn sind stets hoch, man mag ihn, doch eigentlich wartet nur jeder darauf, dass der noch heißere August endlich kommt, um dem Juli die Show zu stehlen. Mein Leben ist genau wie der Rhythmus dieser Monate. Ja, ich bin Juli. Niemand hat was gegen mich, aber irgendwie wartet man doch stets nur auf was Besseres. Ich bin der Juli. Und manchmal sogar nur der April.

Heute ist der letzte Tag vor den langen Schulferien. Wie schön, denn ich gehe bereits seit Februar auf dem pädagogischen Zahnfleisch. Immerhin, es sind nur noch wenige Augenblicke bis zu den langersehnten Sommerferien. Es existiert ein Licht am Ende meines Tunnels, und ich bete, dass es kein Zug ist, der auf mich zurollt. Wenigstens ein paar Wochen Erholung, bevor es dann wieder hierher zurückgeht – in die Kupfermine von Steglitz. Um zu buckeln und meine Seele zu verkaufen. Aber heute ist mir das noch egal. Ich bin ganz ruhig. Selbst die Tatsache, dass mir in der großen Pause Orhan hinter einer Säule aufgelauert hat, um dann mit einem gezielten Tritt auf sein Kakao-Trinktütchen das Ganze zum Platzen zu bringen, sodass mein heller Leinenrock nun aussieht, als ob ich einen aggressiven Magen-Darm-Virus hätte, bringt mich nicht aus meinem Yin-und-Yang-Takt. Ich bin ganz ruhig. Ich bin schließlich der Juli.

Seit Beginn der letzten Schulstunde habe ich meinen Kopf nur sehr selten gehoben, denn ich will gar nicht sehen, mit welchem Schwachsinn die Bande heute meinen Unterricht boykottiert. Eigentlich weiß ich es auch so, ohne aufzuschauen, da es ein immer wiederkehrendes Phänomen in einer Endlosschleife ist. In der ersten Reihe spielen Igor und Lennox *Schiffe versenken* und denken, dass ich es nicht bemerken würde. Doch der kleine Russe und sein halbamerikanischer Tischnachbar versenken ihre Schiffe so dermaßen auffällig, dass es mich wundert, wie ihre Urgroßväter jemals den Zweiten Weltkrieg gegen die Deutschen gewinnen konnten. Dahinter daddelt Emily auf ihrem Handy herum, das sie von ihrem schnöseligen Vater geschenkt bekommen hat, damit Prinzesschen auf den hundertfünfzig Metern zwischen Bushaltestelle und Haustür nicht im Großstadtdschungel verloren geht. Karla bohrt mit einer erstaunlichen Ausdauer in ihrer Nase, während ganz hinten in der letzten Reihe Mo und Orhan versuchen, sich gegenseitig in die Hoden zu schlagen. Nur Swenna, die einzige Streberin in der Klasse und Tochter des Abteilungsleiters beim Dänischen Bettenlager in Neukölln, sitzt allein an ihrem Tisch neben den Heizkörpern und schreibt fleißig in ihr einwandfrei geführtes Schulheft. Der Rest tut ebenfalls so, als ob er tatsächlich meiner gestellten Arbeitsaufgabe nachgehen würde: einen Aufsatz über ihre Wünsche für die Ferien niederzuschreiben.

Sie tun es nicht.

Ich weiß es.

Allerdings sollte ich mich nicht allzu weit aus dem Fenster lehnen. Viel besser bin ich ehrlich gesagt auch nicht. Ich tue so, als ob ich Arbeiten korrigieren würde, tatsächlich schreibe ich aber die Einkaufsliste für meinen Neffen Cem, der morgen seinen achten Geburtstag feiert.

Ein Blick auf die Uhr bedeutet mir, dass es auf die Zielgerade geht. Endlich! Ich richte mich auf, rücke mir die Brille auf der Nase zurecht und schweiße mir das realistischste Grinsen ins Gesicht, welches ich in diesem Schuljahr noch hervorbringen kann. Dann hebe ich den Kopf und klatsche wichtigtuerisch in die Hände.

»Also gut, Kinder. Die Zeit ist um. Wer will beginnen?«

Von rechts zuckt eine einzige Hand neben den Heizkörpern empor. Swenna! War ja klar. Ihr Schleimen ist mir fast noch unangenehmer als die Ignoranz ihrer Mitschüler. Ach, was soll's, denke ich mir. Soll sie sich halt wieder um Kopf und Kragen reden und sich ein für alle Mal aus der Klassengemeinschaft heraus ins Abseits schießen.

»Möchtest du beginnen, Swenna?«

Das blonde Mädchen nickt aufgeregt, sodass links und rechts an ihrem Schädel die beiden wie festgetackerten Zöpfe wie zwei Lianen zu schwingen anfangen. Sofort beugt sie sich über ihr Heft.

»In meinen Ferien möchte ich meiner Mutter bei der Hausarbeit helfen. Ich habe ihr auch ein Gedicht geschrieben mit dem Titel ›Die beste Mutter der Welt‹ …«

Die anderen stöhnen genervt auf oder kichern. Man kann es ihnen nicht verdenken. Manche Schüler schreien geradezu danach, gemobbt zu werden, und Swenna ist das goldene Ross, welches für alle gut sichtbar der Mobbingarmee entgegenreitet. Ständig verfasst sie Gedichte, die

Lobeshymnen gleichkommen. Lobeshymnen über ihren Vater, die Mutter, die Großeltern oder ihren Roborowski-Zwerghamster Dschingis Khan. Alle wurden von ihr schon zu Tode gelobt.

»... außerdem werde ich meinem Vater ein Bild malen und zu seinem Geburtstag einen Kuchen backen. Schmand-Mandarine, den mag er am liebsten, dazu noch ein Gedicht mit dem Titel: ›Der beste Papa der Welt‹ ...«

Ob ich ihren Vater im Dänischen Bettenlager anrufen und vorwarnen sollte? Nein, ich lasse ihn in das Schmand-Mandarinen-Massaker hineinlaufen. Das ist schließlich Familiensache.

»... am meisten freue ich mich aber darauf, dass wir unsere Oma besuchen werden. Sie lebt in Hamburg, und ich habe ihr ein Gedicht mit dem Titel ›Die beste Oma der Welt‹ geschrieben und das geht so ...«

Ich glaube, ich muss kotzen!

Schnelles Handeln ist nun gefragt.

»Okay, danke Swenna. Das hat doch viel Schönes ...«

Die Lianenzöpfe stoppen in ihrem Schwingen, und von der Heizkörperseite des Klassenzimmers schaut mich ihr kreisrundes Kindergesicht überrascht an.

»Aber ich habe doch noch gar nicht angefangen. Ich wollte noch das Gedicht vorlesen. Ich habe übrigens auch eins für Sie geschrieben, Frau Akman. Es heißt ›Die beste Lehrerin der Welt‹ und es handelt ...«

»Tatsächlich? Das ist ... äh ... sehr nett von dir«, unterbreche ich sie erneut, um sie vor den drohenden Schmähungen ihrer Mitschüler zu bewahren. Ich nehme die Brille kurz ab und schaue ihr ebenso ernsthaft wie bemüht in die Augen. »Das hören wir uns dann nach den Ferien an, okay? Dann haben wir was, auf das wir uns freuen können. Wirklich sehr schön und herzlich, Swenna. Deine Familie wird sich sicher sehr auf die Ferien mit dir freuen.« Schnell setze ich die Brille wieder auf und schaue über die einunddreißig gesenkten Köpfe der restlichen Klasse. »Noch jemand? Orhan vielleicht?«

»Aua«, kommt es aus der hintersten Bank zurück. Mos letzter Genitalschlag scheint ein Volltreffer gewesen zu sein. »Was, Frau Akman?«

»Möchtest du uns nicht deine Wünsche für die Ferien vorlesen?«

»Nä, eigentlich nicht. Ist nicht so spannend wie bei Swenna.«

»Ach, das überlass doch uns, ob wir das genauso *spannend* finden. Also, bitte …«

»Bitte was?« Orhan schaut mich fragend an, das Gesicht noch immer schmerzverzerrt.

Ich deute zu seinem Arbeitsheft. »Na, fang an. Oder hast du nichts geschrieben?«

»Doch, doch …«

Natürlich weiß ich, dass er nichts zu Papier gebracht hat. Aber ich bin neugierig, wie er sich aus der Situation befreien wird. Man muss ihm ein gewisses Talent zubilligen, dass er sich sehr spontan aus unangenehmen Situationen befreien kann. Das wird ihm bei seiner weiteren Karriere als Kleinkrimineller sicher noch hilfreich sein.

»Na dann. Und nimm dazu bitte die Hände auf den Tisch. Das Gleiche gilt auch für dich, Mo.«

Orhan zögert und wehrt mit einer schnellen Bewegung seines Unterarms noch einen letzten Schlag Mos ab. Dann fängt Orhan an und versucht freiheraus, einen Satz zu bilden. Immerhin. Er versucht, kreativ zu sein. Das ist doch mal was.

»Ich fahre ... ähhh, in den Ferien wie jedes Jahr ... ähhh ... zu meiner Familie nach Istanbul. Dort leben noch meine Großeltern ... ähhh ... ach ja, und meine Cousins und Cousinen ...«

Istanbul, wiederhole ich in Gedanken, während meine Miene in eine Art Stand-by-Modus verfällt. Ja, diese Reisen kenne ich nur allzu gut. Ich erinnere mich an unsere unzähligen Fahrten im Ford Taunus meines Vaters, während Orhan weiter vor sich hin stottert. Einmal quer durch Europa. Vorn meine Mutter Emel, hinten mein Bruder Metin und ich zwischen unzähligen Tüten und Koffern, in denen Geschenke für meine Cousinen und Tanten verstaut waren. Wir Kinder haben uns während der Fahrt immer mit Süßigkeiten vollgestopft, sodass wir spätestens nach hundertfünfzig Kilometern das erste Mal rechts ran fahren mussten, um uns zu übergeben. Mein Vater hat darauf stets geschimpft und beteuert, dass er uns ja gewarnt habe. Ich höre seine baritonbebende Stimme ganz genau.

Habe ich es euch gesagt? Ich habe es euch immern gesagt.

Das ist sowieso die Stammfloskel meines Vaters, der immer alles vorher gesagt haben will. Und zwar immer mit einem »N« zu viel im Satz und seinem unüberhörbaren türkischen Akzent. Irgendwie vermisse ich diese Zeit und Istanbul. Und meine Eltern. Obwohl ich in Berlin geboren und aufgewachsen bin, besteht eine innige Verbindung zu dieser Stadt am Bosporus. Nur leider ist die Verbindung zu der Stadt mittlerweile weitaus inniger als die zu meinen Eltern. Sie sind vor vier Jahren wieder zurück in die Türkei gegangen, nach Istanbul. Wir haben nur sehr wenig Kontakt, was weniger der Entfernung geschuldet ist als vielmehr der Tatsache, dass ich fast ebenso lange einen deutschen Freund habe. Das allein war für meinen Vater schon ein rotes Tuch. Und als ich ihm offenbarte, dass Florian erst einmal keine Kinder wolle, fühlte er sich vollends bestätigt.

Der Kartoffelmann will kein Kind? Der ist nicht richtige Mann für dich, Sibel. Hab ich es dir gesagt? Ich habe es dir immern gesagt!

Er konnte Florian nie leiden. Und Florian hat auch nicht wirklich etwas dazu beigetragen, dieses schwierige Verhältnis zu verbessern. Das Kinderthema hat meinen Freund dann endgültig in die Verbannung meines Vaters getrieben. Und mich gleich dazu.

»Auaaa!«, reißt mich ein schmerzerfüllter Schrei aus den Gedanken. Weg von Istanbul und direkt zurück in Orhans Unterleib.

»Was ist los?«, frage ich, obwohl ich die Antwort bereits kenne.

Orhan verzieht das Gesicht, während die restliche Klasse pubertär kichert. »Der Mo hat mir einen Kick in die Eier gegeben.«

»Mo«, rüge ich pflichtbewusst und würde am liebsten beiden gerne selbst einen gewaltigen Tritt in ihre Weichteile verpassen. »Könnt ihr nicht wenigstens einmal …«

Das Klingeln der Schulglocke erstickt die weiteren Worte, und die Armageddon-Klasse springt geschlossen auf, um sich unter lautem Getöse wie eine Schar Lemminge durch die Tür zu drängen. Hinaus aus dem Klassenzimmer, hinein in die Ferien.

Ich sacke in meinem Stuhl zusammen, spüre die Lehne an meinem Rücken und atme tief durch. Wieder ein Jahr geschafft. Aber das nächste steht schon wie ein drohendes Gewitter am Horizont bereit und wartet nur darauf, sich über mir zu entladen. Was wird dieses Schuljahr wohl für neue Horrorszenarien für mich bereithalten? Die Jungs werden größer und stärker werden und langsam die Mädchen mit billigen Sprüchen anmachen, die Schiffe von Igor und Lennox werden auch in der 6b versenkt werden, Swenna werden Brüste wachsen, über die sie das Gedicht »Die besten Brüste der Welt« schreiben wird, und Karla endlich einen gewaltigen Popel Nasengold zutage fördern. Mos und Orhans Hoden werden praller und sie werden irgendwann ihr blödes Spiel als *zu schwul* abtun und es dann hoffentlich komplett einstellen.

Und ich? Ich werde ein weiteres Jahr die kleine Schwester meines Bruders und die belächelte Tochter meiner Eltern sein. Ich werde darauf warten, dass Florian mich endlich fragt, ob wir heiraten wollen, und mir gleichzeitig anhören müssen, dass Hochzeit und Kinder totaler Druck bedeuten und wir besser noch ein Jahr warten sollten. Und ich? Ich werde alles dulden und die Schuld bei mir suchen. Also, alles wie gehabt.

Ich packe meine Tasche, schließe die Tür des Klassenzimmers hinter mir und gehe über den quietschenden Linoleumboden zum Ausgang.

Der letzte Lemming schiebt sich zur Klippe.

Und ich bin bereit zu springen.

Wie jedes Jahr.

Kapitel 2

Ich kümmere mich natürlich wieder einmal um alles. Daher war ich nach der Schule noch in der Stadt, um schnell ein paar Lebensmittel und das Geburtstagsgeschenk für Cem zu kaufen. Und das, obwohl mein Freund mir eigentlich bei den Einkäufen zur Hand gehen wollte. Bepackt wie ein tibetisches Yak einer Himalaja-Expedition schleppe ich mich nun durch das Treppenhaus nach oben. Im dritten Stock überlege ich ernsthaft, vielleicht für die Nacht ein Basislager zu errichten und erst morgen weiterzugehen, um den Gipfel zu erklimmen. Doch mit einer Reinhold-Messner-artigen Verbissenheit kämpfe ich mich Stockwerk für Stockwerk weiter. Mit dem Schlüsselbund zwischen den Zähnen, vollbepackt mit Einkaufstüten und dem Geschenk für mein Patenkind unter den Arm geklemmt, balanciere ich die letzten Stufen hinauf zu unserer Altbauwohnung. Eine sehr schöne Wohnung. Hohe Wände mit Stuck, aber auch fünfte Etage ohne Aufzug. Das macht zwar angeblich einen strammen Hintern, doch wen interessiert eine nicht atrophierte Gesäßmuskulatur, wenn man sich mit fünf Kilo Einkäufen in jeder Hand die Lungen aus dem Brustkorb schnauft? Ein Schwabbelhintern und ein Aufzug, der mir dafür die ewige Schlepperei ersparen würde, wären mir lieber. Wie blöd schießt mir der Schweiß aus den Poren, und der Sauerstoff rasselt mir wie ein altersschwacher Zweitaktmotor in den Lungen, als ich endlich die Tür aufschließe und alles nacheinander in den Flur wuchte: Tasche. Schlüssel. Einkaufstüten. Meinen Restkörper.

»Bin da«, verkünde ich asthmatisch von meiner Ankunft, wobei ich mir nicht sicher bin, ob ich dies zur eigenen Bestätigung äußere oder um zu hören, ob Florian schon zu Hause ist. Dann rücke ich die Brille zurecht, die mir seit dem ersten Stock von der Nase zu rutschen drohte.

Anstelle einer Antwort kommt jedoch nur ein Brummen als Reaktion aus dem Wohnzimmer zurück. Florian ist also allem Anschein nach schon von seiner Schicht im Krankenhaus nach Hause gekommen und geht seinem normalen Feierabendablauf nach: Die Porzellan-Mopsfiguren seiner Sammlung im Setzkasten abstauben und im Anschluss exzessiv *Grand Tourismo 3* spielen! Ein selten bescheuertes Auto-Raserspiel auf der Playstation, bei dem Flo jeden neuen Highscore mit einem kehligen Rülpser adelt. Gibt er sich in der Klinik immer als wahnsinnig eloquent und kultiviert, ist er zu Hause leider oft ein urzeitliches Höhlenwesen. Ein Stoffel mit dem Benehmen eines pubertierenden Teenagers. Manchmal denke ich, er würde auch große Freude daran haben, sich am Hoden-Schlag-Spiel meiner Schüler zu beteiligen. Natürlich habe ich ihm schon oft durch die Blume zu verstehen gegeben, dass ich sein Verhalten nicht ganz so sexy finde. Doch Blumen sind nicht seine Stärke, und so bekam ich lediglich als Erklärung die patzige Antwort, dass er sich doch wohl wenigstens mal zu Hause entspannen könne.

Ich habe, wie so oft, geschwiegen und mir überlegt, dass ich wahrscheinlich einfach wirklich zu hohe Ansprüche an ihn und mein Leben stelle und dass so ein Verhalten bestimmt früher oder später in jeder Beziehung Einzug halten würde.

Ich packe die Einkäufe in den Kühlschrank, ziehe mein verschwitztes Shirt aus und schlüpfe in was Bequemeres, bevor ich zu ihm ins Wohnzimmer trete und am Türrahmen verharre. »Wolltest du mir nicht bei den Einkäufen helfen? Ich hätte mich echt drüber gefreut, weißt du …«

Ich horche in das Wohnzimmer hinein, doch statt einer Entschuldigung nickt mein apathischer Freund nur wie ein Autist und starrt dazu auf den flackernden Bildschirm, auf dem lautstark aufgemotzte Autos in Leitplanken knallen.

»Gerne. Kein Problem.«

Wie bitte? Was? Er hat mir anscheinend nicht einmal zugehört. Ich verschränke die Arme vor der Brust. »Florian …«

Keine Reaktion.

»Flo-ri-an …«

Dieses *Flo-ri-an* war noch einen Halbton lauter und energischer als das erste, doch das Ergebnis ist identisch. Nichts. Ich wage einen Test, ob er mir wirklich so wenig Gehör schenkt. Mit samtweicher Stimme flüstere ich ihm vom Türrahmen aus zu: »Florian, ich hatte eben einen Unfall, mein Auto ist komplett zerstört. Totalschaden. Ich habe mir beide Beine gebrochen, und mir fehlt ein Auge.«

»Aha«, nuschelt Autisten-Florian, nickt mit offenem Mund und lenkt auf dem Bildschirm einen gelben Porsche durch eine findige Doppelkurve. »Alles klar, ich komme gleich.«

Unfassbar! Am liebsten würde ich ihm sein bescheuertes Rudel Mopsfiguren aus dem Setzkasten in einer Art Dauerflak entgegenschleudern und ihm den Controller um die Ohren hauen, doch er hatte bestimmt wirklich wieder eine harte Schicht und benötigt erst ein wenig Zeit für sich. Zumindest versuche ich, mir das einzureden.

Das Telefon klingelt und rettet ihn sowie seine Porzellanmöpse vor schlimmerem Unheil.

Es ist Susi, meine Schwägerin und großes Vorbild. Sie ist stark, erfolgreich und konsequent ... und sie hat es geschafft, meinen Bruder Metin zu zähmen, der durchaus auch ein gewisses Florian-Grand-Tourismo-Potenzial in sich trägt.

»Hallo Sibel.«

»Hi«, bringe ich eine kurzatmige Antwort hervor.

»Alles okay bei dir?«

»Ja, bin nur gerade erst zur Tür hereingekommen.«

»Oh, verstehe. Ich will dich auch gar nicht lange aufhalten. Ich wollte nur fragen, wann ihr morgen kommt. Cem freut sich schon so sehr auf euch.«

Sowohl Susi als auch ich wissen, dass das gelogen ist.

»Er freut sich wohl eher auf die Geschenke«, antworte ich daher wahrheitsgetreu. Jedes Kind freut sich auf die Geschenke und nicht auf zwanzig Jahre ältere Menschen, die um einen gedeckten Kaffeetisch sitzen und seltsame Dinge quatschen.

»Nein, er freut sich wirklich auf euch ... na ja, okay, auf dich. Florian kann er ja nicht so gut leiden. Aber das beruht wohl auf Gegenseitigkeit.«

Susi hat recht. Und Cem auch. Ich kann es dem Kleinen wirklich nicht verübeln. Florian kann einfach nicht so gut mit ihm. Eigentlich kann er mit allen Kindern nicht wirklich. Genauso wenig wie mit Männern und Frauen und mit Rentnern und Teenagern … eigentlich kann Florian mit keiner Form menschlichen Lebens außer seiner selbst. Denn wenn ich ganz ehrlich bin, kann er oft nicht einmal mit mir. Manchmal frage ich mich, was uns überhaupt zusammenhält. Anfangs fiel mir das nicht so auf. Doch je mehr seine Karriere in der Klinik als Orthopäde voranschritt, desto egoistischer und ignoranter wurde er mir gegenüber. Vielleicht wurde aber auch nur mein Bild von ihm realistischer, und ich hatte ihn all die Zeit nur mit den Augen gesehen, mit denen ich ihn sehen wollte. Das Kinder- und Hochzeitsthema schiebt er jedenfalls konsequent wie eine stinkende Ladung Kuhmist auf dem Schubkarren vor unserer Beziehung her und fordert stets noch ein weiteres Jahr ein, und dass dann alles kein Problem sei. Und ich? Ich gebe ihm jedes einzelne dieser Jahre und warte weiter auf irgendwas, das mir Hoffnung gibt, nicht all die Zeit verschwendet zu haben. Ich fühle mich wie ein Esel, dem man eine Karotte vorhält und der brav hinterhertrottet. Eigentlich komisch, denn eigentlich weiß ich gar nicht mehr, ob ich diese Karotte überhaupt noch wirklich will. Es ist mehr zur Routine, ja beinahe Tradition geworden, diesem Ziel hinterherzuhecheln. Dennoch versuche ich, Flo immer zu verteidigen. So wie jetzt auch vor Susi.

»Das stimmt nicht. Gerade eben hat Florian gesagt, wie sehr er sich auf den Tag mit Cem morgen freut.«

Eine weitere billige Lüge, die weder meine Schwägerin noch ich glauben. Ich höre sie am anderen Ende der Leitung kurz Luft holen und bin dankbar dafür, dass sie nicht weiter nachfragt.

»Na ja, jedenfalls wäre es doch schön, wenn ihr so gegen fünfzehn Uhr kommen könntet. Ich mache noch einen Kuchen. Passt euch das?«

»Kuchen?«, wiederhole ich reflexartig und etwas zu laut. Schließlich weiß ich, was das bedeutet.

»Nix Großes, nur einen Marmorkuchen, ist kein Ding. Das schaffe ich.«

Und ob das ein Ding ist. Susis Kuchen sind eine einzige Katastrophe. Sie schafft es sogar, jede noch so einfache Fertigmischung so unfassbar trocken zu bekommen, dass selbst die Wüste Gobi dagegen ein üppiges Feuchtbiotop darstellt.

»Super«, heuchle ich Begeisterung. Selbst Florian hat die Worte Susi und Kuchen wahrgenommen und wirft mir zwischen einem Grand-Tourismo-Überholmanöver einen verächtlichen Blick zu. »Marmorkuchen ist klasse. Florian nickt schon ganz begeistert.«

Er verdreht die Augen und widmet sich wieder der Spielekonsole.

»Okay, dann sehen wir uns morgen um drei. Bis dann.«

Ich lege auf und will Florian darum bitten, sich morgen ab drei frei zu halten, als mich ein kolossaler Rülpser und ein Jubelschrei inklusive in die Luft gestreckter Siegerfaust davon abhalten. Ein neuer Highscore bei *Grand Tourismo 3*, ein neuer Tiefpunkt in unserer Beziehung. Willkommen in den Sommerferien!

Endlich Urlaub. Doch der erste Ferientag beginnt wie der letzte Schultag aufgehört hat. Mit einer Grundsatzdiskussion zwischen Florian und mir über die weitere Gestaltung der Ferien. Wir sitzen in der Küche, und ich teile ihm mit, dass ich gerne wenigstens eine Woche irgendwohin fahren würde. Ganz egal wohin, einfach nur raus. Raus aus der Stadt, weg von der Schule und dem luftschnürenden Alltag, der sich wie ein Strick um meinen Hals legt und sich mit erschreckendem Tempo immer bedrohlicher zuzieht. Florian hingegen präferiert die Variante, das Geld zu sparen, da die ganzen Hotels gerade jetzt zur Ferienzeit wegen den vielen Familien und ihren nervigen Kindern sowieso völlig überteuert seien. Warum habe man denn schließlich eine so teure Altbauwohnung gemietet, wenn man sie in seiner Freizeit nicht nutzen würde? Fürs Schlafen im Arbeitsalltag hätte man sich auch ein günstiges Einzimmerapartment mieten können. Ich versuche, das Thema diplomatisch zu lösen.

»Verstehst du nicht, dass ich mal ein wenig Abstand von der Schule brauche?«

»Abstand?« Flo lacht künstlich auf. »Dann fahr doch an den Wannsee. Da hast du Abstand.«

Ich überhöre die fiese Antwort. Darin bin ich mittlerweile nicht nur geübt, sondern eine virtuose Perfektionistin.

»Klar kostet das Geld. Aber ich arbeite halt sehr hart, versteh das doch. Du kannst dir nicht vorstellen, wie viel Kraft mich mein Beruf kostet.«

Damit habe ich einen wunden Punkt bei ihm getriggert. Und ich ahne, was jetzt wieder kommt.

»Willst du damit sagen, dass ich nicht viel Kraft in

meinem Beruf aufbringen müsste? Denkst du, ich weiß nicht, wie das ist? Denkst du, ich sitze aus Spaß bis spät nachts am PC?«

Ich zögere, kann mir jedoch einen bissigen Kommentar nicht ganz verkneifen, da ich erst vor Kurzem eine interessante Entdeckung in der Chronik seines PCs machte.

»Zum Teil schon …«, flüstere ich.

»Was soll das denn heißen?«

»Na ja, wird schon seinen Sinn haben, dass die PC-Maus immer auf der linken Seite liegt, wenn du am Abend vorher am Computer warst.«

Ich weiß, dass Flo sich heimlich Pornos im Internet anschaut. Auch wenn er nach seinen nächtlichen Besuchen bei »Teens on Fire« sonst immer alles brav im Verlauf löscht. Ich habe nicht mal was dagegen. Ich finde es viel trauriger, dass er Geheimnisse vor mir hat. Von dem ausbleibenden Sex zwischen uns mal ganz zu schweigen. Seine neueste Neigung hat mich dann allerdings doch sehr verblüfft. Die Internetseite »E-Mails for She-Males« hat mich mit offenem Mund vor dem Computer sitzen lassen. Dass ich mit »Teens on Fire« schwer mithalten kann, ist eine Sache, aber mit einem Penis kann ich nun wirklich nicht dienen. Dazu ist »E-Mails for She-Males« nicht nur eine Videoseite für allzu lockere Handgelenke einsamer Männer, sondern mein Freund tauscht sich auf diesem Portal in Chats auch noch mit den penistragenden Frauen aus. Ich wollte Florian eigentlich längst auf diese Vorliebe ansprechen, aber ich wusste nicht, wie man solch ein Thema angehen sollte, oder ich hatte schlichtweg einfach selbst zu viel Angst vor der möglichen Antwort.

Flos Augen haben sich in der Zwischenzeit auf solche Ausmaße vergrößert, dass man glauben könnte, er experimentiere mit halluzinogenen Drogen.

»Das, das …«

»Verstehe schon, du schulst wahrscheinlich nachts nur auf Linkshänder um, richtig?«

»Ähhh, das …« Florian ringt um eine Antwort und strampelt hoffnungslos im Lügenwasser, das ihm bis zum Hals steht. Ich bin selbst von meiner Deutlichkeit überrascht. Er wohl auch, denn er scheint unschlüssig zu sein, wie viel ich weiß, und begibt sich in einen erbärmlichen Fluchtversuch. »Das hat doch wohl jetzt überhaupt nichts mit unserem Urlaub zu tun.«

Jetzt noch den She-Male-Joker auszuspielen juckt gewaltig, doch etwas anderes interessiert mich noch viel mehr als Frauen mit Penissen.

»Sag mal, findest du mich eigentlich überhaupt noch sexy?« Als die Worte meinen Mund verlassen haben und ich an mir selbst hinabschaue, bereue ich meine Frage bereits wieder. Sie ist zwar absolut berechtigt, aber vielleicht etwas falsch getimt. Denn ich trage zum Frühstück neben meinem Lieblings-Gammel-Pullover meine Biene-Maja-Puschen, die zwar herrlich bequem, aber zugleich auch unfassbar unsexy sind. In diesem Outfit würde wohl kein Mann eine Frau sexy finden. Ich rudere daher schnell zurück. Eine weitere verletzende Antwort ist das Letzte, was ich gerade brauche. »Ach, vergiss es, war 'ne blöde Frage.«

Florian scheint ebenso beruhigt darüber, dass er mir keine Antwort geben muss, und steigt fernab von E-Mails für She-Males und Biene-Maja-Puschen wieder in das Hauptthema ein.

»Ich kann jedenfalls jetzt nicht einfach so in den Urlaub fahren. Wir sind völlig unterbesetzt in der Klinik. In den Ferien ist da die Hölle los, und ich muss jetzt gleich auch wieder los.«

Verwundert stelle ich die Kaffeetasse vor mir auf den Tisch. »Was heißt das denn jetzt? Ich dachte, du hast heute frei. Wir wollten noch zu Cems Geburtstag.«

Florian weicht meinem Blick aus und steht auf. Er greift zu seinem Autoschlüssel und räuspert sich. Das nennt man wohl Fluchtverhalten.

»Es gab da … Probleme.«

»Probleme?«, wiederhole ich vorwurfsvoll. All meiner Harmoniebedürftigkeit zum Trotz bohre ich nach. »In der Klinik? Du hast doch schon vor einem halben Jahr deinen Urlaub eingereicht, als wir über die Sommerferien gesprochen haben. Sie hatten lange genug Zeit, das zu planen.«

»Ähm …«

Florian knetet sich mit Daumen und Zeigefinger ein Ohrläppchen. Er schaut mich flüchtig an, bricht den Blickkontakt aber sogleich wieder ab. Ich weiß, was das bedeutet.

»Du hast doch deinen Urlaub eingereicht, oder etwa nicht?«, frage ich nach.

Er positioniert sich hinter mir. Seine Hand fährt mechanisch über mein Haar, wie man ein krankes Kätzchen streichelt. Dann küsst er mich auf die Wange wie ein unerfahrener Teenager, der so etwas irgendwann mal in einem Film gesehen hat und es nicht besser weiß.

»Wir machen in den Herbstferien was, okay? Wir fahren an die Ostsee. Da haben meine Eltern doch ihre Ferienwohnung, von der ich dir erzählt habe. Das wird dir gefallen.«

Ich fasse es nicht! Er hat den Urlaubsantrag verpennt! Oder noch schlimmer, er hat ihn mit Absicht erst gar nicht eingereicht. Und die besagte Ferienwohnung an der Ostsee kenne ich bislang auch nur von Erzählungen seiner Mutter. Mit mir hat er es in den letzten vier Jahren nicht ein einziges Mal geschafft, dort hinzufahren. Gerade als ich ihn zur Rede stellen will, klingelt sein Mobiltelefon.

»Oh, das ist die Charité. Sorry, ich muss da mal rangehen.«

Er verlässt die Küche, schließt die Tür hinter sich, und ich bleibe allein zurück. Ich spüre, wie Wut und Enttäuschung in mir aufsteigen und ich nur schwer meine Tränen zurückhalten kann. Dann kommt Florian auch schon wieder zurück und lächelt mich scheinheilig an.

»Du, ich muss sofort los, ist ein Notfall. Ich weiß nicht, wie lange das dauert. Am besten, du fährst schon mal vor zu deinem Bruder. Ich komme dann später nach, okay?«

Okay?

Nichts ist okay.

Meine Antwort ist kurz und ebenso ehrlich wie traurig.

»Kein Problem. Ich komme allein zurecht.«

Kapitel 3

Cem ist ein aufgeweckter Junge von acht Jahren. Weder fragt er mit einem einzigen Satz nach Florian noch interessiert er sich besonders für das Geschenk, das ich unter dem Arm trage. Er freut sich tatsächlich einfach darüber, mich zu sehen, und umschließt mich fest mit seinen Armen. Er ist empathischer und liebevoller als alle anderen Männer, die ich kenne. Traurig, aber wahr. Ein Achtjähriger ist meine Benchmark für Männer.

»Schwesterchen.«

Mein Bruder Metin kommt mir mit ausgebreiteten Armen im Flur entgegen. Er ist immerhin der zweitliebevollste Mann, den ich kenne – auch wenn ich immer sein kleines Schwesterchen bleiben werde, der er nicht wirklich etwas zutraut.

»Seni gördügüme sevindim«, sage ich auf Türkisch, was meine Freude zum Ausdruck bringt, ihn zu sehen.

Er küsst mich auf die Stirn und bittet mich in die Küche. Ein magischer Ort. Mein Gott, wie viele Tränen und Alkohol hier schon in Strömen flossen. Hier haben wir über die Rückkehr unserer Eltern nach Istanbul beratschlagt, die Schwangerschaft von Susi gefeiert und ich mich am morgen nach der Hochzeit der beiden in den Mülleimer unter der Spüle übergeben.

»Wo ist Florian?«, fragt meine Schwägerin und blickt hinter mich in den leeren Flur, während sie mit den Händen noch in einer undefinierbaren Masse herumpanscht.

Ich gebe ihr ein Küsschen zur Begrüßung und winke lächelnd ab, um meine Enttäuschung zu überspielen. »Der kommt später. Hatte noch einen Notfall in der Klinik. Ihr wisst schon …«

Die beiden wechseln einen kurzen Blick, der mehr sagt, als mir lieb ist. Ja, sie wissen schon. Meist hat Florian schon etwas Besseres vor, was ihn im Ansehen der beiden nicht gerade in den Himmel hebt. Statt einer Antwort bietet mir Metin einen Stuhl am Tisch an.

»Was willst du trinken? Ich habe einen Cay gemacht.«

»Gerne.«

Susi knetet derweil fleißig die Masse in der Schüssel, von der ich befürchte, dass es der angekündigte Kuchenteig sein könnte.

»Bleibst du noch zum Abendessen? Ich mache gerade ein paar selbst gemachte Kalbsfrikadellen. Ist genug da.«

Aha, doch kein Kuchenteig, doch dass aus der Pampe Frikadellen werden sollen, halte ich ebenso für ausgeschlossen.

Metin stellt mir meine Tasse bereit und beugt sich dabei näher zu mir, um mir ins Ohr zu flüstern: »Sag bloß Nein und dann lauf so schnell du kannst. Die Frikadellen musst du im Sondermüll entsorgen. Schmecken wie Batteriesäure.«

»Schatz«, kommt es von Susi postwendend zurück. »Ich bin vielleicht keine besonders gute Köchin, aber ich habe verdammt gute Ohren. Und falls du jemals mit dem

Gedanken gespielt hast, dass Cem ein Geschwisterchen bekommen soll, dann solltest du es dir nicht mit meiner Vagina verscherzen.«

»Wer ist diese Vagina?«, fragt Cem umgehend nach, wohl im Glauben, dass dies sein Schwesterchen sein könnte.

»Ach niemand, Schatz. Nur eine gute alte Freundin von deinem Papa, die er gerne besucht.«

Cem schaut versonnen, dann lächelt er. »Ich will sie auch mal besuchen«, sagt er.

»Nein, das glaube ich nicht. Und nun pack lieber mal deine Geschenke drüben im Wohnzimmer aus.«

Wir lachen, als Cem mitsamt den Geschenken verschwindet. Ich liebe diese Frau. Sie ist so stark, humorvoll und scheint immer alles unter Kontrolle zu haben. Dazu ist sie eine großartige Mutter, tolle Ehefrau und geht ihrem Traumberuf als Webdesignerin in einer Agentur halbtags nach. Sie ist in allem perfekt … wenn man mal das Kochen und Backen ausklammert. Doch schon der Folgesatz lässt meine Euphorie wie einen nicht verknoteten Luftballon durch den Raum flattern.

»Metin, hol schon mal die Kuchenteller aus dem Schrank und schenk deiner Schwester endlich eine Tasse Tee ein. Der Kuchen steht noch im Kühlschrank, den kannst du auch rausholen. Er müsste fertig sein.«

Es folgen einige weitere Sticheleien und noch mehr Küsschen zwischen meinem Bruder und meiner Schwägerin. Ich glaube, dass das ihr Geheimnis ist. Sie bringen sich nach all der Zeit immer noch zum Lachen. Ich bin neidisch. Cem hat in der Zwischenzeit seine Geschenke ausgepackt und hält sie uns mit leuchtenden Augen entgegen. Neben einigen Süßigkeiten habe ich ihm ein Paar Inliner gekauft.

»Wow, wie cool ist das denn? Mega, Sibel.«

Er umarmt mich und gibt mir einen feuchten Kuss irgendwo zwischen Wange und rechtem Auge.

»Wir waren im Winter doch auf der Schlittschuhbahn. Erinnerst du dich? Und weil du das so toll gemacht hast, dachte ich mir, dass du im Sommer mit den Inlinern üben kannst. Die funktionieren nicht viel anders als Schlittschuhe. Das wirst du ganz fix hinbekommen. Am Ende der Sommerferien hast du es bestimmt schon gelernt.«

Sofort schlüpft Cem in die Inliner und rollt über das Parkett des Flurs hin und her. Er ist ein Bewegungstalent und lernt solche Dinge unfassbar schnell.

»Sei vorsichtig, ja?«, mahnt Metin und wendet sich sogleich mit vorwurfsvollem Blick an mich. Er ist und bleibt ein Bedenkenträger. »Sibel, die Dinger sind verdammt gefährlich. Ist er dafür nicht noch ein wenig zu jung? Der bricht sich doch alle Knochen.«

Susi macht Anstalten, uns allen ein Stück ihres Betonkuchens auf den Teller zu heben, und antwortet an meiner Stelle, noch bevor ich irgendetwas sagen kann: »Ach, Quatsch. Zum Glück ist er ja nicht so ein Bewegungslegastheniker wie du.«

»Was soll das denn heißen?«, echauffiert sich Metin.

»Das weißt du selbst am besten. Du bist ein Tollpatsch.«

Ich nicke zustimmend. »Stimmt, das warst du schon immer. Wenn als Kind irgendwo etwas lag, bist du mit traumwandlerischer Sicherheit drübergestolpert. Und in der Schule hast du dich sogar immer vorm Sportunterricht gedrückt, weißt du noch? Du hast dem Sportlehrer immer gesagt, du hättest auch Bauchweh, und hast dich dann zu den Mädchen mit Menstruationsproblemen auf die Bank gesetzt.«

Susi verharrt in ihrer Bewegung. »Nein, das hat er nicht, oder?« Meine Schwägerin lacht sich halb kaputt, während sie mir ein Stück ihrer Backkunst auf den Teller legt. »So ein Warmduscher warst du? Du hast dich auf die Periodenbank gesetzt, anstatt mitzumachen?«

Wir lachen auf. Zumindest Susi und ich tun dies. Metin findet es nur bedingt witzig.

»Ich hatte eben einen empfindlichen Magen und außerdem wusste ich nichts von diesen Menstruationssachen. Apropos Schule, wie läuft's denn bei dir?«

Ich versuche, mit der kleinen Gabel ein Stück vom Mutterschiff des Kuchens abzubrechen. Hammer und Meißel wären wohl ein adäquateres Besteck als eine überforderte Kuchengabel.

»Ach, frag nicht. Ich überlege mir, ob das wirklich der Beruf ist, in dem ich mich bis zur Rente sehe.«

Meine Schwägerin nickt, schiebt sich ebenfalls ein Stück Kuchen auf die Gabel und beginnt, darauf zu kauen. Wie hat sie das geschafft?

»Verstehe …« Sie nickt.

»Das glaube ich ehrlich gesagt nicht, Susi.«

»Warum? Wie meinst du das?«

»Na, bei euch läuft doch immer alles super. Ihr habt keine Probleme, ihr habt euch, habt Cem. Ihr lebt so ein kleines Traumleben. Ich gönne euch das wirklich von ganzem Herzen, aber ich bin schon ein wenig neidisch auf euch. Ich glaube nicht, dass ausgerechnet ihr meine Probleme nachvollziehen könnt.«

»Wenn du wüsstest. Metins Unternehmen …«

»Susi«, unterbricht mein Bruder ungewohnt ruppig und macht Andeutungen, dass sie nicht weitersprechen solle. »Das gehört nicht hierher.«

»Warum nicht? Sie ist deine Schwester.«

Ich schaue zunächst meine Schwägerin, dann meinen Bruder an und lege die Gabel neben den Kuchenteller auf den Tisch. »Was ist los? Stimmt irgendwas nicht?«

Es entsteht ein kurzes Gesprächsvakuum. Schließlich nickt meine Schwägerin meinem Bruder zu.

»Na los, sag es ihr, Metin.«

Er atmet schwer, dann legt auch er seine Gabel neben den Teller. »Ach, eigentlich nichts.« Er schüttelt den Kopf, doch seiner Antwort entnimmt man genau das Gegenteil. Ich antworte daher nicht und warte, dass er fortfährt. Er holt kurz Luft, bevor er die Arme ausbreitet und beginnt: »Du weißt ja, dass wir die Wohnung jetzt gekauft haben. Und da haben wir uns mit den Raten etwas vertan. Ich dachte halt, dass ich dieses Jahr mehr verdienen würde. Aber momentan läuft's mit der Spedition leider nicht so gut wie geplant.«

Das wundert mich. Bislang lief die Firma meines Bruders immer tadellos. Direkt nach der Schule hatte er sich selbstständig gemacht. Er spezialisierte sich auf individuelle Transporte von Deutschland in die Türkei und zurück. Eine super Idee, da weder die Deutschen gerne eine türkische Spedition noch die Türken eine deutsche Spedition beauftragten. Das lag daran, dass es stets Verständigungsprobleme gab und die Eigenheiten der jeweiligen Geschäftsgepflogenheiten schwer zu vermitteln waren. Deutsche Verlässlichkeit und türkische Geschäftstüchtigkeit kombinierte er zu einem erfolgreichen Ein-Mann-Unternehmen. Jedenfalls dachte ich das bis eben gerade.

»Warum hast du mir nichts gesagt? Ich bin deine Schwester.«

»Weil ich dich damit nicht belasten wollte. Du sagtest ja eben selbst, dass du genug Probleme mit der Schule hast. Und sind wir doch mal ganz ehrlich. Mit Florian und mit Mama und Papa läuft es auch nicht wirklich rund.«

»Ja, das stimmt schon. Aber das hat doch nichts damit zu tun, dass du mir nicht deine Probleme erzählen sollst. Brauchst du Geld?«

»Nein.« Metin währt entschieden ab. »Es läuft schon. Wir müssen nur etwas sparsamer leben, bis es wieder aufwärts geht. Ich habe gerade einen guten Auftrag bekommen. Gibt ordentlich Geld. Ich fahre übermorgen mit dem Transporter eine Lieferung nach Istanbul. Das bringt uns wieder ein Stück voran. Alles gut.«

»Sicher?«

»Ja klar. Alles gut.«

Meine Schwägerin will das nächste Stück ihres Kuchens aufspießen, doch der steinharte Kuchen hüpft wie ein Geschoss von ihrem Teller und landet genau in meinem Schoß. Wir lachen auf, und meine Schwägerin schüttelt den Kopf.

»Also, das mit dem Kuchen und mir ist wirklich ein Phänomen, oder? Lasst ihn bitte stehen, er ist grauenhaft.«

»Uallah«, ruft mein Bruder freudig aus. »Cem, komm,

wir fahren alle zu McDonald's. Die Frikadellen machen wir morgen.«

Metin steht auf und geht hinaus in den Flur, um Cem und seine Jacke zu holen, während meine Schwägerin nach meiner Hand greift.

»Du brauchst dir keine Sorgen um uns machen, Sibel. Aber du siehst, wir haben auch unsere Probleme. Jeder hat sein Päckchen zu tragen. Aber wir schaffen das. Genauso wie du.«

Sie schließt mich in die Arme und drückt mich ganz fest an sich. Es tut gut. Eine ehrliche Umarmung. Wie sehr ich das vermisse, wird mir in diesem Moment wieder einmal schmerzlich bewusst.

»Es wird alles gut. Vertrau mir.«

»Ahhhhhh ... Kahretsin!« Der schmerzerfüllte Schrei meines Bruders ertönt aus dem Flur. Dort liegt Metin neben den Inlinern, die ich Cem geschenkt habe, und hält sich den Knöchel.

»Was ist los?«, fragen Susi und ich gleichzeitig.

»Ich bin über die Scheißteile gestolpert. Verdammt, ich glaube, ich habe mir den Fuß gebrochen.«

Wir beschließen, zu Florian in die Klinik zu fahren. Endlich könnte es sich tatsächlich einmal lohnen, dass er es vorgezogen hat zu arbeiten, anstatt mich zu Metin und Susi zu begleiten. An der Charité angekommen, verfrachten wir Metin in einen Rollstuhl und schieben ihn durch den Eingangsbereich der Klinik. Cem findet dies als Einziger alles spannend und lustig.

Die Dame am Empfang ist um die vierzig und trägt eine Bluse, die verdächtig authentisch zum Kleiderstil der

1970er-Jahre passt. Als wir an die kleine Scheibe vor sie treten, tut sie wichtig und schaut geradezu empört, als ich darum bitte, Florian ausrufen zu lassen.

»Ja?«

»Wir müssen zu Doktor Florian Schnabel in die Orthopädie. Das ist ein Notfall.«

Sie schaut an mir vorbei zu Metin, der mit sichtlichen Schmerzen in seinem Rollstuhl kauert.

»Aber die Notfallaufnahme ist eins tiefer.«

»Das weiß ich. Können Sie bitte dennoch Doktor Florian Schnabel anrufen, dass er zu uns kommt. Ich bin seine Freundin.«

Die Dame wirkt genervt, atmet absichtlich auffällig, als würde ich sie mit meiner Bitte gerade vom Entdecken eines Wundermittels gegen Krebs abhalten, und hämmert dann irgendwas in ihren Computer.

»Moment…« Sie wählt eine Nummer, nickt dreimal und legt den Hörer wieder auf. »Doktor Schnabel hat heute keinen Dienst, er hat Urlaub. Aber sein Kollege kommt sofort. Wenn Sie gerade hier warten wollen.«

»Wie, er ist nicht da?«, stelle ich mir die Frage eher selbst. Die Dame zuckt nur mit den Schultern und widmet sich wieder ihrer Tätigkeit des Wichtigaussehens. Ein paar Minuten später biegt Holger Bellmann, ein Kollege Flos, um die Ecke. Ich mag ihn. Auf Feiern habe ich mich immer gern mit ihm unterhalten.

»Sibel, was ist passiert?«

Ich deute auf Metin. »Mein Bruder ist gestürzt und hat sich den Fuß verdreht. Vielleicht ist er gebrochen.«

»Okay, kein Problem, wir röntgen das gleich mal, dann sehen wir weiter. Kommt mit.«

Wir folgen Holger zum Röntgen und warten im Anschluss eine gefühlte Ewigkeit darauf, dass er wieder mit den Ergebnissen auftaucht. Während Cem die Gänge rauf und runter spurtet, versuche ich, meinen Bruder zu beruhigen.

»Du bist hier in guten Händen. Die bekommen dich schnell wieder fit.«

»Diese Warterei macht mich noch fertig«, beschwert sich Metin hingegen. »Und die Schmerzen werden auch immer schlimmer.«

Ich streiche ihm über den Arm. »Vielleicht ist es gar nicht so schlimm. Florian erzählt oft, dass es manchmal gar kein schlechtes Zeichen ist, Schmerzen zu haben. Je größer die Schmerzen, desto größer die Chance, dass vielleicht nur was gestaucht ist.«

»Bruch des rechten oberen Sprunggelenks, und zwei Außenbänder sind gerissen.«

Holger steht in der Tür und hält die Röntgenbilder in die Höhe. Okay, meine eigenwillige These hat sich soeben erledigt.

»Tut mir leid, Herr Akman. Wir werden Sie wohl erst einmal hierbehalten müssen. Die Schwellung ist zum Glück nicht allzu groß. Ich denke, wir können Sie morgen bereits operieren.«

»Operieren?« Metin drückt sich empor. An eine Operation hatte er keinen Gedanken verschwendet.

»Ja, ist leider unumgänglich. Sie bekommen eine Titanplatte eingesetzt, und die Bänder werden wir wohl auch zusammenflicken. Konservative Behandlung würde ich hier nicht empfehlen.«

»Fuck!« Mein Bruder legt die Hände vors Gesicht. »Ich

muss aber eigentlich eine Fahrt nach Istanbul antreten. Ich bin selbstständig.«

»Istanbul?« Holger schüttelt den Kopf. »Das Einzige, wo Sie hinfahren, ist hoch in den vierten Stock auf die Orthopädie. Und da werden Sie auch ein paar Tage bleiben. Die nächsten Wochen werden Sie sich außerdem auf Gehhilfen fortbewegen müssen.«

Metin wendet sich an meine Schwägerin, die ihm die Hand hält und Mut zuspricht.

»Wird schon, Schatz.«

»Ja, aber was machen wir jetzt mit dem Auftrag? Die Fahrt nach Istanbul? Wir brauchen das Geld.«

»Wir bekommen das schon hin«, beschwichtigt Susi, doch wirklich überzeugt wirkt sie dabei nicht. »Zusammen finden wir eine Lösung. Wir haben doch bislang alles irgendwie hinbekommen.«

Mein Handy klingelt, und ich erkenne im Display, dass es Theresa ist. Das fehlte mir gerade noch. Theresa ist eine Kollegin von der Schule. Im Kollegium nennen wir sie nur Mutter Theresa, da sie die christlichen Werte über alles stellt und streng nach diesen ihr Leben ausgerichtet hat. Sie unterrichtet Religion und Sozialkunde, und wenn die Fächer »Schwermut« und »Sorge« auf dem Unterrichtsplan existent wären, hätte Theresa die Doppelstunden auf Jahre hinaus im Voraus geblockt. Sie ist eine Mittvierzigerin im fair gehandelten Wollpulli aus Kambodscha, mit bereits ergrautem Dutt auf dem Kopf, die mir in den Fünf-Minuten-Pausen von der Achterbahn ihres Lebens berichtet. Von den Schwierigkeiten in ihrer Kirchengemeinde, ihrer autoaggressiven Tochter Loredana, die tragischerweise zeitgleich ihr sexuelles Interesse am eigenen Körper sowie an okkulten Handlungen entdeckt hat. Und kaum, dass man sein Mitgefühl geheuchelt hat, ist am nächsten Tag wieder alles in göttlichem Einklang. Kurzum, ihr Leben klingt wie ein Song von Mariah Carey – es geht in rasanter Geschwindigkeit ständig rauf und runter. Anstatt ihr aber endlich mal die Meinung zu sagen, dass mir ihr Gequatsche tierisch auf die Nerven geht, ertrage ich jede ihrer Gefühlsanwandlungen mit buddhistischem Gleichmut und bin dadurch zu ihrer favorisierten Zuhörerin mit Dauernick-Qualitäten geworden. Aber nicht heute! Denn auf Theresas Achterbahnfahrt habe ich gerade wirklich keine Lust. Ich beginne mit einem pädagogisch wertvollen Einstieg.

»Hi Theresa! Schön von dir zu hören, aber es ist gerade echt schlecht, weil …«

»Das kann man wohl sagen.«

Dieses Biest. Sie geht direkt in die Vollen und schleift mich die ersten Meter der Achterbahnfahrt einfach mit. Ich reagiere dünnhäutig und so aggressiv, dass ich mich selbst vor mir erschrecke.

»Was ist los? Hat Loredana zu laut masturbiert?«

Susi, Metin und Holger schauen mich überrascht an.

Ups, ist mir das gerade wirklich rausgerutscht? Es folgt eine kurze Sprechpause am anderen Ende. Ich höre ein tiefes Atmen, dann folgt Theresas Antwort.

»Das ist nicht witzig, Sibel.«

Okay, das war in der Tat nicht witzig und deutlich zu forsch. Vielleicht ist ja wirklich was Schlimmes passiert, und ich fahre ihr so flegelhaft über den Mund. Ich wende mich ab, sodass mich die anderen nicht mehr hören können.

»Sorry, Theresa. Ist mit Loredana alles okay?«

»Ja, es geht nicht um Lori oder mich.«

»Nicht?«

Ich bin sichtlich erstaunt. Es geht doch sonst immer nur um ihr Leben.

»Na ja, ich weiß nicht, wie ich es dir sagen soll, aber ich bin gerade in der Stadt und… ach, es ist wirklich schlimm.«

»Theresa, ich bin hier gerade im Krankenhaus bei meinem Bruder. Er hat sich den Knöchel gebrochen. Viel schlimmer kann es wohl nicht werden.«

»Ich befürchte doch. Ich bin hier auf der Chausseestraße, bei diesem neuen Italiener, der hier aufgemacht hat. Weißt du, wen ich meine?«

Ich verdrehe die Augen und wechsle das Telefon auf die andere Seite.

»Ja, schon, aber wenn es jetzt nicht wirklich wichtig ist, würde ich dich vielleicht gerne später…«

»Florian sitzt da drin.«

Ich stutze.

»Florian? Welcher Florian?«

»Na, *dein* Florian.«

Ich schlucke. Sie meint wirklich Florian. Meinen Florian. Der Florian, der ja eigentlich einen Notfall im Klinikum behandeln sollte und der allem Anschein nach doch Urlaub hat.

»Ach, tatsächlich?«

»Ja, und er ist nicht alleine. Er hat eine Frau dabei, und das sieht mir nicht nach einem geschäftlichen Essen aus, wenn du verstehst, was ich meine.«

Natürlich verstehe ich. Will es aber nicht wahrhaben.

»Kennst du die Frau?«

»Nein, keine Ahnung. Irgend so ein junges Ding, kaum älter als Lori, würde ich schätzen.«

Das weckt endgültig mein Interesse, und ich beende das Gespräch erst, nachdem mir Theresa genau erklärt hat, wo sie sich befindet. Ich verstaue mein Handy wieder in der Tasche und ernte erstaunte Blicke.

»Alles okay?«, fragt meine Schwägerin.

»Ja, alles okay. Ich muss nur noch mal weg. Ich komme dann später wieder vorbei.« Ich wende mich an Holger. »Sag mal, die Dame unten am Empfang meinte, dass Florian heute gar keinen Dienst hätte.«

»Flo? Nö, der hat doch Urlaub. Zumindest steht das so im Plan. Aber das müsstest du doch wissen. Warum, ist irgendwas mit ihm?«

Das werde ich gleich herausfinden, denke ich. Doch anstatt das zu sagen, versuche ich mich an einem Lächeln.

»Nein, alles gut. Ich habe da wohl was verwechselt. Ich dachte, er hätte irgendwas von einem Notfall erzählt.«

»Notfall? Nein, nein. Nichts Außergewöhnliches heute. Alles solche Fälle.« Er deutet auf den Fuß meines Bruders. »Und selbst wenn was Größeres reinkäme, wir sind da ganz gut aufgestellt momentan. Wir müssen niemanden aus seinem Urlaub holen. Macht euch doch ein paar schöne Tage. Haben seine Eltern nicht diese Ferienwohnung oben an der Ostsee?«

Im Gehen greife ich nach meiner Tasche und nicke mit einem bitteren Lächeln auf den Lippen. »Ja, die Ferienwohnung. Gute Idee.«

Kapitel 4

Die wenigen Minuten Fahrzeit ziehen sich wie ein schlechter Kinofilm mit Überlänge. Meine Gedanken kreisen dabei in abstrusen Sphären und suchen nach einer schlüssigen Erklärung, was mein Freund mit einer wildfremden Frau in diesem Restaurant macht, anstatt mit mir auf Cems Geburtstag gegangen zu sein. Ich weiß, dass Florian ab und an mit Kollegen aus dem Krankenhaus nach gemeinsamen Diensten was essen geht. Er ist schließlich auch zuständig für Personalprobleme sowie die Ausbildung der Krankenschwestern auf der Station. Die meisten Kollegen habe ich auf einer Weihnachtsfeier letztes Jahr kennengelernt. Auch die Arztkolleginnen und Schwestern. Alles keine Konkurrenz. Die meisten sind über fünfzig, und die beiden Auszubildenden sind viel zu jung und dazu dumm wie Stroh. Die eine heißt Heidrun, ernährt sich ausschließlich von naturgebleichter Weizenkleie und ist eine verkappte Walfisch-Retterin, die sich der reinigenden Wirkungsweise von Kernseife verschrieben hat und ihre Urlaube damit verbringt, auf La Gomera Tümmler zu zählen. Ich hatte vergangenes Jahr das zweifelhafte Vergnügen, auf einer Weihnachtsfeier neben ihr und ihrem Freund zu sitzen, wobei ich mir bis heute nicht sicher bin, ob es tatsächlich ihr Freund oder ihr Sherpa war. Heidruns Azubi-Kollegin Doreen hingegen ist das kongeniale Gegenteil von ihr. Ein überschminktes H&M-Weibchen mit dem Body-Mass-Index eines Schilfrohrs und Barcode-Tattoo im Nacken, die ihren Hauptschulabschluss wohl auf dem dritten Bildungsweg gemacht hat. Dazu pusht das Barbiepüppchen ihre Titten so dermaßen nach oben, dass man unter diesem monströsen Balkon problemlos Romeo und Julia aufführen könnte. Außerdem habe ich ihren Freund Rocco auch auf der Feier kennengelernt. Ein aufgepumpter Bodybuilder mit einem kantigen Gesicht wie aus einem 3-D-Drucker und noch weniger Grips als Doreen, was schwer vorstellbar, aber anscheinend möglich ist. Ein Kerl wie ein Baum, wobei das jedem Baum gegenüber ungerecht wäre, da diese ja wenigstens zur Fotosynthese fähig sind und somit Rocco intelligenztechnisch enteilt sein dürften. Männer wie Rocco sind einfach zu nichts nutze und verbrauchen nur kostbares CO2. Spätestens nachdem er fragte, ob Orthopädie nicht verboten sei, weil doch erst neulich so ein Kinderficker in den Knast gewandert sei, wurde mir klar, dass er nicht nur Orthopädie nicht von Pädophilie unterscheiden kann, sondern auch sonst nicht gerade die tiefen Teller erfunden hat. Immerhin war sein Bizepsumfang enorm, den er im zum Bersten gespannten Poloshirt auch gerne den Damen am Tisch präsentierte und alle den dickbäuchigen Muskel ehrfürchtig betatschen durften. Florian und ich haben uns über die beiden auf dem Nachhauseweg köstlich amüsiert. Immerhin, meinte er, seien die beiden Azubis trotz ihrer Gegensätze aber sehr nett zu den Patienten auf der Station, und dies sei ja das Einzige, was zähle.

Ich biege in die Chausseestraße und sehe Theresa schon von Weitem wild am Straßenrand winken. Ich parke den Wagen direkt vor ihr, und sie springt zu mir ins Auto.

»Mensch, Sibel, ich dachte echt, ich sehe nicht richtig. Ich meine, du weißt, ich mag Florian …«

Ich schaue sie mit großen Augen an. »Du kannst ihn nicht ausstehen, Theresa.«

»Das, das stimmt nicht! Es ist nur, weil … weil …«

»Du hast ihn sogar bei Facebook geblockt.«

»Ja, aber eigentlich mag ich ihn wirklich.«

»Das ist unlogisch, Theresa. Und außerdem hast du mir gesagt, dass du uns nicht zu deinem Geburtstag einlädst, weil er die Stimmung immer so runterzieht und du Angst hast, dass sich Loredana danach was antun könnte.«

Theresa schaut in den Abendhimmel. »Gut, er hat in der Tat ein etwas unreines Karma, und ich kann ihn vielleicht nicht so toll leiden. Aber das ist jetzt ja auch egal. Du bist meine Freundin, und wir erzählen uns doch immer alles, oder?«

Gerne würde ich ihr sagen, dass eigentlich nur sie mir immer alles erzählt, und zwar ungefragt, und dass wir ganz sicher keine Freundinnen sind. Aber es gibt im Moment Wichtigeres, also stimme ich zu.

»Ja.«

»Und darum will ich nur, dass du glücklich bist und du deinen Platz in Gottes Garten findest.«

»Ich bin Muslima, Theresa.«

»Na ja, dann eben in Allahs Garten. Der hat doch bestimmt auch so was, oder?«

Diese Frau treibt mich noch in den Wahnsinn. Bin ich

hier, um die Bibel oder den Koran zu interpretieren? Ich antworte ihr nicht und schaue mich stattdessen nach Florian um.

»Willst du mir jetzt vielleicht endlich sagen, was hier los ist! Wo ist er?«, frage ich und recke den Hals.

Theresa deutet zu dem Restaurant auf der anderen Straßenseite.

Zunächst kneife ich trotz meiner Brille die Augen zusammen und scanne den Eingang – erkenne aber nichts. Vielleicht alles nur eine Verwechslung? Doch dann entdecke ich Florian. Er sitzt an einem Tisch direkt neben dem Eingang an einem der bodentiefen Fenster. Und er ist in der Tat nicht alleine. Gegenüber sitzt ein offensiv geschminktes, junges Mädchen mit einem allzu luftigen Sommerkleidchen. Ich erkenne sie sofort: Dumpfbacken-Doreen!

»Kennst du die?«, fragt mich Theresa und rutscht aufgeregt auf dem Beifahrersitz hin und her, um auch etwas zu erkennen.

Ich nicke. »Ist eine Kollegin von ihm.«

»Florian hat so junge Kolleginnen? Macht die ein Schulpraktikum oder was?«

»Sie ist in der Schwesternausbildung. Die haben sich bestimmt nur zufällig hier getroffen.«

Theresa hebt die Augenbrauen. »Ich bin jetzt schon seit einer halben Stunde hier. Sie haben sich zur Vorspeise einen Caesarsalat geteilt und sind jetzt gerade bei der Hauptspeise mit Pasta und Fisch. Ein bisschen viel Kohlenhydrate für ein zufälliges Treffen, wenn du mich fragst.«

Gerade als ich erklären möchte, dass das durchaus ein

Zufall sein kann, legt Florian der kleinen Schlampe den Arm um die Schultern. Theresa spitzt die Lippen und schaut mich vielsagend an, und ich flüchte mich in die nächste Ausrede.

»Vielleicht will er ihr nur in den Mantel helfen.«

»Es ist Sommer, Sibel. Ich tippe mal, wir haben noch gut und gerne einundzwanzig Grad draußen. Und ganz ehrlich, so wenig, wie die Kleine anhat, bezweifele ich, dass sie überhaupt so was wie einen Mantel besitzt.«

Ich versuche, Florian mit allen Mitteln zu verteidigen. Einerseits, um mir die Situation selbst zu erklären, und andererseits, weil es mir unendlich peinlich ist, dass Theresa mit ansieht, wie meine Beziehung gerade den Bach runtergeht.

»Na ja, aber vielleicht … vielleicht hat er so eine Art Vaterkomplex und will sie trösten, weil sie Ärger mit ihrem Freund hat. Ich kenne den Typen, der ist nicht ganz einfach. Vielleicht schlägt er sie sogar. Florian ist ein guter Zuhörer, weißt du?!«

Im Restaurant gegenüber stoßen die beiden mit Rotwein an und Florian legt ihr eine Hand auf den Unterarm. Sie schaut ihn verträumt an und beugt sich zu ihm. Ihre Lippen berühren sich, und die beiden küssen sich ganz offen in dem Lokal, als ob es mich nie gegeben hätte. Es zerstört alle weiteren Erklärungsversuche, und Theresa fühlt sich bestätigt.

»Hört Florian immer mit seinen Lippen anstelle seiner Ohren zu?«

»Scheiße, Theresa.«

Eine Welt bricht in diesem Moment in mir zusammen. Ich bin verletzt und frage mich im ersten Moment, was diese Schlampe hat, was ich nicht zu bieten hätte. Ihr Alter? Ihre gepushten Möpse? Oder ist sie vielleicht am Ende sogar eine She-Male mit Penis? Eigentlich auch egal. Denn etwas anderes schmerzt noch viel mehr. Nicht weil er mich mit diesem kleinen, tätowierten Barbiepüppchen betrügt, sondern weil ich so viel für ihn aufgegeben habe. Ich habe mich von meiner Familie abgewendet, um ihm zu zeigen, dass ich an unsere gemeinsame Zukunft glaube. Ich habe ihn vor allen Anfeindungen meiner Freunde geschützt, die ihn nie leiden konnten, weil er es mir wert war. Und nun muss ich erkennen, dass ich mit allem falschlag. Es ist die eigene Enttäuschung über mich selbst, die wie eine Welle über mir bricht. Wie konnte ich all die Zeit nur so blind gewesen sein? Warum habe ich all die Jahre nicht ein einziges Mal den Mund aufgemacht und auf den Tisch gehauen? Und die alles entscheidende Frage: Was mache ich jetzt?!

»Was machen wir jetzt?«, fragt Theresa wie aufs Stichwort. »Wollt ihr vielleicht mit dem Pfarrer unserer Gemeinde mal ein Gespräch führen? Er ist ein toller Zuhörer und hat mir auch schon oft in schweren Zeiten meiner Ehe beigestanden.«

Ich schaue Theresa nur kurz in die Augen, und sie versteht diesen Blick.

»Ich meinte ja nur. Willst du ihn lieber heute Abend zur Rede stellen, wenn er nach Hause kommt?«

Will ich das? Will ich überhaupt noch einmal mit ihm eine Minute in der gemeinsamen Wohnung verbringen? Will ich überhaupt noch mit ihm irgendetwas klären? Meine Entscheidung fälle ich schnell und erstaunlich klar.

»Ich geh da jetzt rein.«

»Du willst was?« Theresa zuckt neben mir erschrocken zusammen und legt sich beide Hände über den Brustkorb.

»Ich geh da jetzt rein und beende das. Hier und jetzt.«

»Du?«

»Ja, warum schaust du so?«

»Weil … weil, na ja, weil ich dich ehrlich gesagt noch nie böse erlebt habe und du doch sonst immer eher so eine besonnene Person bist.«

»Du meinst, dass ich ein Angsthase bin.«

»Das habe ich nicht gesagt.«

»Aber das hast du gemeint.«

»Nein.« Sie schüttelt vehement den Kopf.

»Du sollst nicht lügen!«

»Na ja, vielleicht ein klein wenig … ja.«

Gerne würde ich Theresa nun entgegnen, dass das überhaupt nicht stimme und sie mich gar nicht richtig kennen würde. Doch beides wäre gelogen. Theresa kennt mich anscheinend sogar besser, als ich dachte.

»Soll ich mich lieber wieder wie ein Mäuschen zu Hause verstecken und warten, bis der Herr von seinem Schäferstündchen mit der kleinen Schlampe heimkommt?«

»Nein, du hast recht, er muss Beichte ablegen. Ich wundere mich nur.«

»Ja, wundere dich nur. Das werden noch so einige. Florian, meine Eltern, Orhan und Swenna auch.«

»Wie bitte? Wer?«

»Ach, egal.«

Keine Ahnung, warum mir ausgerechnet jetzt meine Schüler einfallen. Wütend öffne ich die Tür meines Autos und steige aus.

»Du willst das also echt machen? So ’ne richtige Szene?«

Auch wenn ich bereits spüre, wie mich meine Ängste schon wieder daran hindern wollen, nicke ich. »Ja, will ich.«

»O Gott, wie verrucht! Darf ich bitte mitkommen? So was habe ich noch nie live erlebt.«

Wortlos neige ich den Kopf zur Seite und bedeute ihr so, ebenfalls auszusteigen. Ein wenig göttlicher Beistand kann vielleicht gar nicht so verkehrt sein. Die wenigen Schritte bis zur Tür des Lokals zittern meine Knie wie Wackelpudding, und als ich mich durch die Drehtür winde, überlege ich für eine Millisekunde, ob ich mich nicht einfach zur anderen Seite wieder nach draußen drehen soll. Doch Theresa schiebt mich ins Innere und bleibt selbst an der Tür zurück. Ohne zu wissen, was ich sagen soll, gehe ich die wenigen Meter weiter und stehe schließlich vor dem Tisch der beiden Turteltauben. Doch sie bemerken mich zunächst nicht. Ich komme mir unglaublich dämlich vor und bereue, dass ich mir nicht einen markigen Satz zurechtgelegt habe, den ich nun losschießen kann. Das Barbiepüppchen hat ihre hochgebockten Brüste auf der Tischplatte abgelegt, was meinen Freund für alle anderen Dinge in seinem Blickfeld erblinden lässt. Das gibt’s doch nicht. Selbst jetzt, als ich direkt neben ihm am Tisch stehe, werde ich nicht von ihm wahrgenommen. Das lässt mich unsicher werden, und ich schiebe verlegen die Brille hin und her, was ich immer mache, wenn ich nervös bin. Ich komme mir wie ein Hausmädchen vor, das darauf wartet, das schmutzige Geschirr des Gutsherrn abtragen zu dürfen. Also schlüpfe ich noch ein wenig mehr in diese Rolle.

»Darf es noch was sein?«

»Nein«, kommt es beiläufig zurück, ohne dass Florian aufblickt.

»Wirklich nicht? Ich kann Ihnen den heutigen Nachtisch empfehlen. Es gibt heute einen fetten Tritt in den Arsch, oder darf es vielleicht doch lieber ein ordentliches FUCK YOU sein?«

Den letzten Teil des Satzes schreie ich lauthals, sodass augenblicklich das gesamte Restaurant innehält. Wo habe ich den Spruch denn hergeholt? Überrascht von mir selbst bleibe ich wie ein Fels vor den beiden stehen. Jetzt habe ich nicht nur die ungeteilte Aufmerksamkeit der zwei, sondern des kompletten Restaurants. Alle schauen mich an. Die Kleine erkennt mich nicht einmal, Florian dafür umso besser.

»Sibel!? Was machst du denn hier?«

Geschockt zuckt er zurück, will aufstehen, bleibt jedoch mit dem Oberschenkel am Tisch hängen und sackt wieder zurück in seinen Stuhl. Dafür fällt sämtliches Besteck klirrend zu Boden. Alle Anwesenden schauen gebannt zu dem Tisch am Fenster, zu dem ungleichen Pärchen, das sich eben noch so verliebt gegenübersaß, und zu der dunkelhaarigen Frau, die nun wie ein Totengräber vor den beiden steht und mit etwas zu lauter Stimme die Dinge geraderückt. Ich habe keine Ahnung, was in mich gefahren ist, doch irgendwie fühlt es sich nicht schlecht an.

»Was ich hier mache? Die Frage dürfte doch wohl viel eher lauten, was *du* hier machst.«

»Ich? Nichts ... ich mache hier nichts.«

Mein Gott, ist das erbärmlich. Er hat es nicht anders verdient.

»Dann wollen wir doch mal sehen, ob wir nicht eine bessere Antwort finden.« Ich drehe mich zu den Gästen des Lokals um. »Was denken Sie, was mein Freund hier gerade mit seiner Auszubildenden macht, während er mir erzählt hat, dass er angeblich einen Notfall in der Klinik zu behandeln hat?«

Eine ältere Dame, die mit ihrem Mann an einem kleinen Tisch sitzt, hebt die Hand wie meine Schüler der 5b. Ich deute ihr an, ihre Einschätzung loszuwerden.

»Er setzt Ihnen Hörner auf und vernascht dieses junge Ding hinter Ihrem Rücken?«

Mit ausgestrecktem Zeigefinger deute ich auf die Dame, als hätte sie gerade bei Jauch die Millionenfrage beantwortet. »Das klingt doch ziemlich plausibel, findest du nicht, Florian?«

Mein Freund wird knallrot und lächelt dabei unsagbar dämlich und hilflos. »Sibel, jetzt beruhig dich und mach hier keine Szene.«

»Oh, entschuldige! Natürlich. Das ist wirklich äußerst unkorrekt von mir. Selbstverständlich bin ich die Böse, weil du jetzt denkst, ich hätte dir hinterherspioniert. Du solltest froh sein, dass euch nicht ihr Bodybuilderfreund auf die Schliche gekommen ist, sonst würdest du jetzt schon aus der Nase bluten.«

»Rocco?« Das Püppchen schaut sich entsetzt um. »Ist der auch hier?«

»Nein, ist er nicht«, fahre ich sie von der Seite an. »Und jetzt halt die Klappe, Püppchen.« Sie senkt wieder brav den Kopf und schaut nach unten. Mein Gott, ist die hohl. Die psychische Kernschmelze dürfte bei ihr komplett abgeschlossen sein. Ich bin stolz auf mich. Wenn meine

Schüler auch mal so auf mich hören würden. Florian scheint sich derweil wieder etwas zu fangen. Er steht auf und greift mich am Arm.

»Lass uns in Ruhe darüber reden, Sibel.«

»Setz dich hin, Florian!«, herrsche ich ihn an und wirke dabei anscheinend wirklich angsteinflößend. Er gehorcht und schluckt verschüchtert. Ich glaube, er hat zum ersten Mal in seinem Leben Angst vor einer Frau. »Und nimm deine Finger von mir. Du fasst mich nie wieder an.«

»Aber, aber …«

»Und ich blöde Kuh wollte mit dir echt noch an die Ostsee fahren.«

»Was?«, mokiert sich wieder das Doreen-Püppchen und deutet mit ihren French Nails auf mich. »Will die etwa nächstes Wochenende auch mitkommen?«

Mein Blick wandert zu Florian. Ich fasse es nicht.

»Du wolltest mir ihr an die Ostsee fahren? In die Ferienwohnung deiner Eltern? Nächstes Wochenende?«

»Äh, nein, das hat sie nur falsch verstanden.«

Barbie schaut ihn ungläubig an. »Falsch verstanden? Du hast doch gerade noch gesagt, dass ich mir für das nächste Wochenende nichts vornehmen soll. Aber du hast nicht gesagt, dass da noch jemand mitfährt.«

Ich stehe mit offenem Mund vor den beiden und weiß nicht, was ich sagen soll. Ebenso wie die Gäste an den Tischen um uns herum, die diesem Liveschauspiel gerade beiwohnen und wie eine Grand Jury über den Angeklagten diskutieren.

»Okay, das war's, Florian! Endgültig. Und du Schätzchen, du solltest schauen, dass du dir einen anderen suchst. Florian hat weder einen so ausgeprägten Bizeps wie dein Rocco, noch vögelt er besonders gut. Stattdessen hat er aber gestern erst einen neuen Highscore auf der Playstation erreicht.«

Was sarkastisch wirken sollte, fällt bei dem Dummchen jedoch auf fruchtbaren Boden. Ihre Gesichtszüge hellen sich wieder auf.

»Du hast 'ne Playstation? Cool! Hast du auch *Grand Tourismo*? Das ist mein Lieblingsspiel.«

Ich schließe für einen Moment die Augen. Wie weit darf die Evolution noch gehen? Vielleicht passen die beiden ja doch besser zusammen, als ich dachte.

»Na dann, viel Spaß beim Zocken, ihr zwei. Und vergiss nicht die Regenreifen, Florian, es soll nass werden.«

Ich nehme die noch halb gefüllte Karaffe Rotwein vom Tisch und lasse ihren Inhalt Florian in aller Ruhe von oben über den Kopf laufen. Theresa schlägt die Hände vors Gesicht, die Leute im Lokal schreien spitz auf, und irgendjemand applaudiert. Florian sitzt nur bedröppelt da und lässt alles stumm über sich ergehen. Im Anschluss wende ich mich um und möchte bereits wieder gehen, als ich mich noch einmal zu Barbie umdrehe.

»Du hast keinen Penis, oder?«

Sie schüttelt verständnislos den Kopf, und ich bin ein klein wenig beruhigt. Beim Hinausgehen nickt mir die ältere Dame zu und hebt anerkennend den rechten Daumen, während ich am gesamten Körper zittere. Wie auf Schienen schiebe ich mich zurück in Richtung Auto. Theresa läuft einige Schritte neben mir her, dann vernehme ich ein Kichern.

»Entschuldige Sibel, aber das war … unglaublich. Wie im Film.«

»O mein Gott, habe ich das gerade wirklich getan?«

»Und wie du das getan hast. Ich weiß, dass man das nicht sagen sollte, aber das war, wie sagt man … Das war echt geil.«

»Da bin ich mir nicht so sicher.«

Wir setzen uns ins Auto. Sie legt mir eine Hand auf meine und versucht, mich zu beruhigen.

»Doch. Das musste einfach raus. Da war sehr viel aufgestaute Energie. Jetzt bist du wieder im Fluss.«

»Ich glaube eher, dass Florian sich gerade wie im Fluss fühlt.« Jetzt muss ich kichern. »Ich habe ihm die komplette Karaffe drübergeschüttet …«

Nun müssen wir beide lachen.

Ja, es ist wohl wirklich an der Zeit, dass die neue Sibel sich nicht mehr alles gefallen lässt und mutiger ihren Standpunkt vertritt. Und sei es mithilfe einer Karaffe Rotwein.

Kapitel 5

Nachdem mir Theresa aus ihrer Handtasche ein halbes Dutzend Globuli in die Hand gedrückt und sich dreimal vergewissert hat, dass mit mir auch wirklich alles okay ist, fahre ich zunächst heulend durch die Stadt. Nach Hause möchte ich nicht, denn es ist nun nicht mehr mein Zuhause. Streng genommen sitze ich gerade sogar auf der Straße. Theresa hat mir zwar angeboten, dass ich auch bei ihr schlafen könnte, aber erstens reagiere ich allergisch auf ihre Katzen, und zweitens möchte ich das sowieso nicht. Die verlassene Kollegin, die auf der Ausziehcouch Unterschlupf sucht … nein, das ist erbärmlich. Ich beschließe, zurück in die Klinik zu fahren und nach meinem Bruder zu schauen. Den hatte ich in dem ganzen Trubel der letzten Stunde beinahe vergessen. Als ich im Krankenhaus ankomme, teilt man mir mit, dass er mittlerweile auf einem Krankenzimmer in der Orthopädie liege. Er teilt sich das Zimmer mit einem älteren Herren mit Leistenbruch und einem jungen Fußballer mit gerissenen Bändern. Natürlich versucht Schwesterchen, sich wieder einmal nichts anmerken zu lassen. Ich grüße reihum freundlich in die Runde. Dann setze ich mich zu Susi und Cem an Metins Krankenbett.

»Hi, hast du schon den Termin für die OP bekommen?«

Metin richtet sich auf und verzieht dabei schmerzverzerrt die Mundwinkel. »Ja, ich komme wohl wirklich schon direkt morgen dran.«

»Das ist doch gut. Siehst du, es wird sicher ganz schnell wieder aufwärtsgehen.«

Wir sitzen einen Moment schweigend nebeneinander, bis meine Schwägerin meinen Kopf in ihre Hände nimmt und zu sich dreht. Meine Schminke ist verlaufen, und ich sehe wohl fürchterlich aus. Zumindest einer Person ist es nicht entgangen, dass es mir beschissen geht.

»Was ist los mit dir, Sibel? Sag mal, hast du geweint?«

Noch bevor ich was sagen kann, höre ich Metins Stimme.

»Du brauchst doch nicht heulen, Sibel. Ich bekomm den Fuß ja nicht abgenommen, es ist nur eine normale Operation für die hier. Brauchst dich nicht zu sorgen.«

»Du Idiot«, antwortet Susi. »Du verstehst echt nichts.«

Eigentlich will ich noch sagen, dass echt okay ist, doch dann bricht es völlig unvorbereitet aus mir heraus, und mir schießen erneut die Tränen in die Augen. Ja, es ist peinlich, aber ich heule wie ein kleines Mädchen in den Armen meiner Schwägerin. Nur ein einziger Satz dringt aus mir hervor. Dafür ist dieser für alle im Raum gut zu hören.

»Florian vögelt mit seiner Auszubildenden.«

Susi hält mich in ihren Armen, während sie Cem erklärt, dass das nichts Schlimmes ist, sondern Tante Sibel nur Vögel sehr gerne mag und er sich jetzt am Automaten im Flur etwas Süßes kaufen könne. Metin schaut beschämt, und Großvater Leistenbruch bleibt beinahe das Abendbrot im Halse stecken. Nur der junge Fußballer sieht das Ganze als Chance.

»Falls es dir hilft, ich finde dich echt sexy.«

»He«, richtet sich Metin in seinem Bett auf. »Du redest hier von meiner Schwester. Also Klappe da drüben!«

»Könnt ihr vielleicht mal aufhören. Es gibt hier gerade Wichtigeres.« Susi streicht mir übers Haar, während ich schluchzend in ihrem Arm hänge. So ein mütterlicher Arm tut einfach gut. Es wirkt auf mich wie ein Kinderpflaster mit Pippi-Langstrumpf-Bild darauf. Wenn sie mir jetzt noch über mein gebrochenes Herz blasen und sagen würde, dass alles wieder heil wird, würde ich es ihr vielleicht sogar glauben. Doch stattdessen streicht sie mir weiter über den Kopf und redet dabei mit samtweicher Stimme. »Woher weißt du das, Sibel? Was ist denn nur passiert?«

Mit zittriger Stimme berichte ich, was ich beobachtet habe, und wie ich dann ins Restaurant gestürmt bin, um Florian den Rotwein über den Schädel laufen zu lassen. Vor allem das feuchte Ende mit dem Wein sorgt auch bei meiner Schwägerin für Erstaunen.

»Du? *Du* bist da rein und hast ihm sein Glas Wein über den Kopf gekippt?«

»Kein Glas. Eine ganze Karaffe ...« Ich schluchze auf. »Fast voll.«

»Geile Geschichte«, befindet der Fußballer, worauf er erneut einen bösen Blick meines Bruders erntet. »Sorry, ist aber echt fett! Respekt!«

»Na ja, jedenfalls ist jetzt alles aus«, bringe ich meine kurze Erzählung zu Ende.

Weder Metin noch Susi sagen etwas. Sie überlegen wohl, ob sie sich für die Variante Jubel oder Trauer entscheiden sollen.

»Das tut mir leid.« Susi zieht mich nach oben und streicht mir eine Strähne aus dem Gesicht. »Auch wenn ich ihn nie mochte, es tut mir wirklich leid. Vielleicht ist es aber auch besser so, denkst du nicht?«

»Natürlich ist das besser so.« Mein Bruder triumphiert in seinem Bett. Er hat sich offensichtlich für die erste Variante entschieden. »Endlich ist dieser Kotzbrocken weg. Sorry, Sibel, aber der war so unglaublich scheiße, ich weiß echt nicht, was du an dem gefunden hast.«

Ich pflichte ihnen beiden bei und komme langsam wieder zur Ruhe. Schließlich wechseln wir das Thema, da es momentan noch andere dringliche Dinge zu klären gibt außer meinem schwanzgesteuerten Freund – Exfreund! Die beiden diskutieren eine Weile, wie sie es mit Cem machen wollen, wenn Metin im Krankenhaus bleiben muss, und wie sie den ausgefallenen Auftrag wieder irgendwie ausgleichen könnten. Ihre Thesen sind haarsträubend und unrealistisch. Ich schnäuze mich in mein Taschentuch, schaue auf den Linoleumboden des Krankenzimmers hinab und überlege, wie ich meine Probleme löse. Kein Zuhause, Sommerferien, zu viele Gedanken im Kopf. Ich atme tief durch, als plötzlich ein Gedanke in meinem Kopf Gestalt annimmt. Zunächst glaube ich selbst nicht an diese Möglichkeit, doch dann merke ich, dass eigentlich wirklich nichts dagegenspricht. Ich schnäuze mich ein weiteres Mal, hole Luft und rücke meine Brille zurecht.

»Ich fahre!«

»Okay, ist vielleicht auch besser so.« Mein Bruder nickt und breitet die Arme wie zur Verabschiedung aus. »Hier kannst du eh nicht helfen. Fahr nach Hause und ruh dich aus! Ich ruf dich morgen an und sage dir, wie die Operation verlaufen ist.«

»Nein, nein, das meine ich nicht. Ich will nicht nach Hause fahren. Ich meinte, dass ich das mache mit dem Speditionsauftrag – ich fahre.«

»Was?« Metins Augenbrauen ziehen sich zu zwei spitzen Pfeilen zusammen. »Ich verstehe nicht. Wohin willst du?«

»Na, nach Istanbul. Ich mach deine Tour. Ich fahre da hin. Einer muss es doch machen.«

Nun schaut er noch verdutzter, doch dann sickert meine Antwort langsam in sein Bewusstsein.

»Du?«

»Ja, ich.«

»Ausgerechnet du willst meine Tour fahren?«

»Ja.«

»Nach Istanbul?«

»Ja.«

»Mit dem Transporter?«

»Ja.«

Es kehrt kurze Stille ein. Die ebenso kurzen wie deutlichen Antworten meinerseits sind ihm fremd, und er weiß sie nicht einzuordnen. Dann beginnt Metin, laut zu lachen.

»O Mann, Sibel, für einen kurzen Moment hab ich dir das echt fast abgenommen.«

»Das war auch kein Witz. Du hast richtig gehört. Ich fahre da runter. Schau mal, du hast den Fuß gebrochen. Ich habe Ferien. Mein Freund vögelt seine Auszubildende. Ich muss den Kopf freibekommen und weiß sowieso nicht, wo ich die nächsten Tage hin soll. Ich meine das völlig ernst, ich fahr deine Tour nach Istanbul. Es wird mir guttun. Vielleicht kann ich noch Mama und Papa besuchen. Wäre doch prima, oder?«

Schlagartig verliert sich das Lachen, und Metin schüttelt vehement den Kopf.

»Das kommt überhaupt nicht infrage.«

»Warum nicht?«

»Weil, weil … weil du überhaupt keine Ahnung von Speditionsfahrten hast.«

Ich schaue ihm fest in die Augen. »Ich wusste ja nicht, dass man für eine Kurierfahrt Raumfahrttechnik studiert haben muss.«

»Mach dich nicht lustig über meinen Job. Das ist nicht so einfach, wie du denkst …«

»Einladen, hinfahren, ausladen, zurückfahren. Ich denke, die grundlegenden Eckpfeiler der Speditionsbranche dürften damit erklärt sein.«

Er windet sich. Ich glaube, er weiß selbst nicht, warum ich das nicht machen sollte. Ich finde die Idee jedenfalls perfekt. Endlich könnte ich ihm mal zeigen, was in mir steckt. Tief in ihm ruht nämlich immer noch die Überzeugung, dass ich sein kleines Schwesterchen bin, das brav studiert hat und sonst aber nichts auf die Reihe bekommt … und, na ja, irgendwie hat er ja nicht einmal unrecht damit. So wie alle mit dieser Meinung recht haben. Doch damit ist jetzt ein für alle Mal Schluss. Ich werde ihm und allen anderen beweisen, was ich alles leisten kann.

»Das ist aber nicht alles, Sibel. Der Trip geht durch halb Europa, viele Länder, Rastplätze, seltsame Typen. Für eine Frau ist das nichts.«

»Was soll das denn jetzt bitte heißen«, mischt sich

meine Schwägerin mit in das Gespräch ein. Sie ist eine Verfechterin von Frauenrechten. Das Argument *Für Frauen ist das nichts* bietet grundsätzlich in jedem Zusammenhang eine willkommene Angriffsfläche für meine Schwägerin. Sehr gut, mit ihr als Fürsprecherin an meiner Seite hat mein Vorhaben deutlich größere Chancen. »Willst du damit sagen, dass eine Frau das nicht leisten kann, oder was?«

»Nein, aber das muss man langsam angehen.« Metin streckt sich, als würde er uns nun für einen kurzen Moment in die tiefen Geheimnisse des Kurierfahrtenuniversums einweihen. »So eine Kurierfahrt mit einem großen Mercedes-Sprinter über den Balkan nach Istanbul ist was anderes, als mit deinem Smart zum Bio-Händler um die Ecke zu düsen. Da gehört Mut dazu, Geschick und Orientierungsvermögen. Man muss spontan auf Widrigkeiten reagieren können.«

Meine Schwägerin verdreht die Augen.

»Wenn du jetzt noch sagst, dass du mit deinen Fahrten den Weltfrieden sicherstellst, verleihe ich dir das Bundesverdienstkreuz. Ich kotz gleich, Metin. Du bist Kurierfahrer.«

»Ich meine das ehrlich, Susi.«

»Ich weiß, das ist ja das Schlimme.«

Metin wendet sich wieder mir zu. »Und überhaupt, bist du schon jemals ein größeres Auto als deinen Smart gefahren?«

Ich schüttle den Kopf. »Nein. Aber das Prinzip ist doch wohl das gleiche, oder? Es hat vier Reifen und bewegt sich mithilfe von Gas und Kupplung vorwärts. Metin, ich habe schon ein paar Tage den Führerschein.«

»Das sagst du dann bitte noch mal, wenn du auf der Autobahn bei hundertfünfzig Sachen von einer Windböe von der Fahrbahn geblasen wirst. Sibel, das ist echt nicht so ohne.«

Wieder bringt Susi sich ins Spiel. Sie scheint Gefallen an meiner Idee gefunden zu haben. »Metin, deine Schwester versucht gerade, uns hier den Arsch zu retten. Das solltest du mal honorieren. Und sie ist außerdem eine erwachsene Frau, die allein entscheiden kann, was sie will und was sie kann. Mal ganz davon abgesehen, dass sie ja nicht zum Mond fliegt. Wir können die ganze Zeit über mit ihr in telefonischem Kontakt bleiben. Und du weißt selbst am allerbesten, dass wir diesen Auftrag dringend benötigen.«

Er verschränkt die Arme vor der Brust und wackelt unschlüssig mit dem Kopf. »Ich weiß nicht. Mir gefällt das alles nicht.«

Jetzt heißt es, dranzubleiben. Ich bohre nach: »Susi kann mir die Schlüssel für den Transporter geben und die Auftragsformulare. Und wenn wirklich irgendwas sein sollte, rufe ich dich an. Ist doch echt kein Ding, Metin. Wann soll die Tour losgehen?«

»Die Ware muss in einer Woche dort sein.«

Susi klatscht in die Hände. »Na, das ist doch prima! Dann kann Sibel doch gleich morgen früh in aller Ruhe losfahren. Sie hätte eine ganze Woche Zeit und braucht nicht hetzen. Das dürfte ja wohl genügen. Alles ganz easy, Metin. Also, wer dafür ist, hebt die Hand.«

Ich strecke spontan eine Hand nach oben. Susi und Cem unterstützen den Antrag ebenfalls. Und als auch der Leistenbruch und der junge Fußballer die Hand heben, bin ich mir sicher, dass Metin nicht mehr Nein sagen kann, und lächle.

»Fünf zu eins.«

Kapitel 6

Die Nacht war fürchterlich. Ich musste noch einmal zurück in unsere gemeinsame Wohnung. Florian war zum Glück nicht da. Er ließ sich wohl von Tattoo-Barbie die Rotweinflecken aus der Kleidung lutschen. Nachdem ich hastig einige Sachen aus der Wohnung geholt, zwei Mopsfiguren versehentlich auf dem Boden verteilt und den CD-Einschub der Spielekonsole mit einigen Salzstangen gefüttert hatte, bin ich wieder zu Susi und Cem gefahren und habe dort übernachtet. Allerdings habe ich kaum ein Auge zubekommen. Also habe ich mir aus lauter Verzweiflung eine Bridget-Jones-DVD aus Susis Filmsammlung angeschaut. Dazu habe ich Theresas Globuli eingeworfen, Susis Proseccovorrat dezimiert und eine ganze Schachtel Amicelli weggeputzt, bis mir schlecht war. Wobei unklar war, ob das von den Globuli, der Schokolade, dem Prosecco oder Renée Zellweger kam.

Nach dem Aufstehen haben Susi, Cem und ich gemeinsam gefrühstückt und die weiteren Schritte besprochen. Alle Unterlagen, Papiere und Lieferscheine liegen nun auf dem Armaturenbrett in einer Mappe vor mir, die ich stets mit mir führen soll. Susi sitzt neben mir im Sprinter und legt mir nahe, dass ich mich jetzt mit dem übermächtigen Transporter anfreunden muss.

»Alles verstanden?«, fragt sie und sieht dabei nicht überzeugt aus.

Ich nicke und lüge mit größtmöglicher Überzeugung. »Ja, klar, kein Problem.«

Ich sitze in dem weißen Transporter und habe soeben meine ersten Annäherungsversuche an das Fahrzeug hinter mich gebracht. Größere Autos als meinen Smart habe ich bisher nur beim Spiel *Grand Tourismo 3* mit Florian bewegt. Und selbst da war ich eine Niete und überlebte selten die zweite Kurve. Nun sitzt Susi neben mir, wählt eine Nummer und hält das Telefon dann im Lautsprechermodus in meine Richtung gestreckt. Metin gibt mir noch vor seiner Operation via Handy in einer Art Fernstudium einen Crashkurs darin, wie man einen Kleintransporter fährt.

»Die Ladefläche des Sprinters ist blickdicht. Du musst dich also dran gewöhnen, dass du nichts im Rückspiegel sehen kannst, nur über die Außenspiegel kannst du nach hinten sehen.«

»Bin ja nicht blind, das habe ich schon bemerkt.«

»Und dein Arsch schwenkt weit aus.«

»Wie bitte?«

»Nicht *dein* Arsch, der Hintern vom Transporter. Das sagt man so. Du brauchst immer ein wenig Rangierabstand.«

Ich höre, wie Metin erneut seinen Zimmernachbarn zurechtweist, dass ihn der Arsch seiner Schwester nichts anginge.

»Außerdem habe ich hinten im Laderaum noch eine Isomatte und einen Schlafsack, falls du mal kein Hotel oder eine Pension findest. Aber ich habe dir eine Liste mit

Rastplätzen per SMS geschickt, die auch ein Hotel haben. Fahr die am besten an, ist sicherer.«

»Okay.«

»Und keine Anhalter mitnehmen.«

»Nein.«

»Und mach immer genug Pausen, hörst du?«

»Isomatte im Laderaum, keine Anhalter mitnehmen, Pausen machen … alles klar, Papa!«

Er schnaubt am anderen Ende der Leitung. »Ich meine es ja nur gut mit dir.«

»Ich weiß. War nur ein Witz. Ich schaffe das schon. Ich wende jetzt noch den Transporter, und dann düse ich los.«

Während wir noch reden, setze ich zurück und reiße mir bereits auf dem ersten Meter am Eisentor direkt den linken Außenspiegel ab. Susi und ich starren uns an. Susi formt mit ihren Lippen das Wort *fuck*! Ich schließe kurz die Augen und schlucke.

»Was war das?«

Mein Bruder scheint ebenfalls etwas gehört zu haben. Ich antworte das, was man immer antwortet, wenn man Dreck am Stecken hat.

»Was?«

»Das Geräusch eben?«

»Was für ein Geräusch?«

»Na, das laute eben.«

Susi reagiert pfeilschnell.

»Das war … im Radio, Schatz. Du, wir müssen jetzt aber auch mal Schluss machen, sonst kommt Sibel ja nie an. Ich komm dann nachher zu dir ins Krankenhaus, wenn es für dich in den OP geht, okay?«

Tatsächlich lässt er sich ablenken und geht auf Susis Bluff ein.

»Alles klar. Und Sibel?«

»Ja?«

»Danke.«

»Kein Problem. Ich schaff das schon.«

»Okay, dann fahr los. Papiere hast du?«

Susi hebt die Mappe mit den Lieferscheinen, Dokumenten und anderem Papier empor. Demnach muss ich zunächst einmal von Berlin nach Frankfurt am Main, um dort meine Ladung aufzunehmen. Eine Palette. Meine Palette. Meine Fracht.

»Ja, ich habe alles. Drück dir die Daumen für die Operation, Bruderherz.«

»Das belastet mich momentan am allerwenigsten. Fahr bloß vorsichtig und bring mir das Teil wieder heil zurück.«

»Ich gebe mein Bestes, Tschüss.«

»Und keine Anhalter mitnehmen! Nie!«

»Nein.«

Susi beendet das Telefonat mit meinem Bruder und verstaut das Handy in ihrer Tasche. Dann drückt sie mich und umfasst meine Schultern. »Das ist echt nett von dir, dass du das für uns machst, Sibel. Das werde ich dir nie vergessen.«

»Ach, quatsch. Und ganz ehrlich. Ich mache das vor allen Dingen auch für mich.«

Sie drückt mich erneut und gibt mir zum Abschied ein Küsschen. Dann steigt sie aus, reicht mir den abgefahrenen Außenspiegel, den ich im Fußraum des Beifahrersitzes verstaue, und winkt mir noch zu.

Ich lege den ersten Gang ein, der sich kreischend in

sein Schicksal ergibt, und lasse den ersten Gang langsam kommen. Der Transporter fädelt in den Verkehr ein. Ich bin *on the road*!

Kapitel 7

Die ersten Kilometer als Fernfahrerin verlaufen ohne Probleme. Wenn man mal davon absieht, dass die Ausmaße dieses Transporters in der Tat eine andere Nummer sind als die meines Smart. Und kaum sitze ich als Asphalt-Cowgirl wie ein professioneller Truckfahrer auf dem Bock, nerven mich auch schon die anderen Fahrzeuge, die vor mir schwerfällig durch den Verkehr kriechen. Egal ob Rentner, die so nah am Lenkrad kauern, dass man meinen könnte, sie steuern ihren Sonntags-Benz mit dem Unterkiefer ihrer Dritten, oder Familienvans mit pseudowitzigen Aufklebern auf der Heckscheibe, alle nerven. »Leandro und Samira sind auch gegen Atomkraft« oder »Einzelkinder kann jeder – Hanna, Hanno, Heiko, Hendrike und Helene« sind nur einige der Aufkleber-Highlights der ersten einhundert Kilometer. Es hat aber auch etwas Erhabenes, so hoch über der Straße zu sitzen. Ich überhole das Kindermobil und schaue mir die Eltern der H-Sippe an. Mutti sitzt im Batik-Shirt von Chanel im Fond und versucht, die Meute zu bespaßen. Erinnert mich irgendwie an mich in der Schule. Nur mit weniger Batik-Shirt und noch weniger Chanel.

Ich halte zweimal auf dem Weg nach Frankfurt, wo ich meine Ladung aufnehmen soll. »Aufnehmen« und nicht lapidar »Einladen« heiße das, hat mir Metin mehrfach erläutert. Der erste Stopp führt mich kurz hinter Leipzig auf einen Rastplatz, um mir einen Kaffee und was Süßes zu kaufen. Ich gönne mir gegen den Frust und den Hunger eine Tafel weiße Schokolade, die mit dem Sarotti-Mohr vorn drauf. Irgendwie verwirrend, denke ich beim Kauen und überlege, ob ich diesen Widerspruch in meinen Unterricht einbauen sollte, denke dann aber an Swenna und verwerfe den Gedanken schnell wieder. Den zweiten Halt lege ich am Kirchheimer Dreieck ein, weil meine Blase zu bersten droht. Rastplätze haben irgendwie ganz eigene Gesetze. Sie halten sich an keine herkömmlichen Ladenöffnungszeiten, es gibt immer was Warmes zu essen, und die Klos sind heutzutage auch meist sauber und ordentlich. Eigentlich ein Wunder, dass man hier noch keine Eigentumswohnungen kaufen kann.

Bewaffnet mit dem nächsten Sanifair-Bon, den man bei jedem Toilettengang bekommt und ebenso jedes Mal vergisst einzulösen, steige ich wieder in mein Fahrzeug. Ich rolle in Gedanken versunken über den Asphalt und beginne mit einem Mal zu weinen. Dabei versuche ich zu ergründen, ob ich das tue, weil ich Flo vermisse, sauer bin, enttäuscht, verletzt oder sogar erleichtert. Ich muss über mich selbst lachen, als passend dazu im Radio »Just give me a reason« von Pink ertönt. Sie ist nicht nur eine meiner Lieblingssängerinnen, sondern ich kenne das Lied und jede einzelne Zeile davon. Daher kann ich nichts dagegen tun: Wie durch einen Schlüsselreiz beginne ich sofort wieder loszuheulen. Ich drehe das Radio bis zur Belastungsgrenze der Boxen auf und intoniere zwischen Schluchzern und Tränen jedes Wort lautstark mit. Nein, ich intoniere nicht, ich schreie es heraus und bin dankbar, dass der lärmende Autobahnverkehr meinen fragwürdigen Gesang für alle anderen Fahrer verschluckt.

We're not broken just bent
and we can learn to love again ...

Ja, du hast so recht, Pink, das ist es, was ich mir wünsche. Ich darf und werde daran nicht zerbrechen. Ja, vielleicht bin ich emotional etwas verbogen und in keinem einwandfreien Zustand mehr. Ganz sicher bin ich sogar ein schwieriger Mensch mit Eigenheiten, der seine Schrammen abbekommen hat. Aber damit bin ich wohl nicht allein auf dieser Welt, und ich habe keine Lust, mich ewig zu bemitleiden. Ganz im Gegenteil: Ich möchte mich irgendwann einmal wieder verlieben können. Und das werde ich auch. Und dann werde ich nicht mehr zögern, meine Wünsche und Ängste zu äußern. Und ganz sicher werde ich mich nicht mehr einschränken oder mich mit einem Kompromiss begnügen. Lieber bleibe ich Single. Wenn ich etwas gelernt habe, dann, dass falsche Zugeständnisse und Blindheit in Beziehungen wie ein Boomerang schmerzhaft zu einem zurückgeflogen kommen, wenn man davor die Augen verschließt und sie so weit verdrängt, dass man sie nicht anschauen muss. Und so singe ich den Refrain nach neuem Sibel-Style nun noch lauter mit, um es mir selbst wie einen Schwur einzutrichtern.

»I'm not broken just bent and I will learn to love again ...«

Die Tränen laufen mir wie Sturzbäche über die Wangen. Alles löst sich, und es tut gut, es loszulassen. Erstaunlich, dass man gleichzeitig glücklich und so traurig sein kann. Weinen und Lachen liegen erschreckend nah beieinander, und es bedarf nur eines Wimpernschlags, um von dem einen Extrem in das andere zu gleiten. Erst als das Display meines Handys vor mir aufblinkt, zucke ich zurück. Ich fühle mich ertappt und drehe die Lautstärke des Radios beinahe wie ein Schuldeingeständnis wieder herunter. Noch überraschter bin ich, als ich erkenne, wer mich da versucht anzurufen. Es ist die Nummer meiner Eltern. Ich staune nicht schlecht, schließlich habe ich von meinen Eltern seit Monaten nichts gehört. Schnell wische ich mir die Tränen von der Wange, streiche mir eine Strähne hinters Ohr, als könnte man am anderen Ende erkennen, wie ich gerade aussehe, und reiße mich zusammen.

»Hallo?«

»Habe ich es gesagt? Ich habe es euch immern gesagt!«

Sofort erkenne ich die unverwechselbare Stimme inklusive unverwechselbarer Vorwürfe meines Vaters. Erstaunlicherweise reden wir meist auf Deutsch miteinander, obwohl er dies nicht so gut beherrscht wie Türkisch. Aber meine Mutter war der Meinung, dass wir von klein auf Deutsch sprechen sollten, um die Sprache zu perfektionieren. Was, wenn man mit meinem Vater sprach, ein fragwürdiges Unterfangen war. Dennoch hat es sich über all die Jahre fortgesetzt. Wir sprechen Deutsch miteinander. Meine Mutter, mein Bruder und ich fließend, mein Vater radebrechend.

»Papa …«

»Dein Bruder«, werde ich rüde unterbrochen. »Dein Bruder hat angerufen und mir Vater alles erzählt.«

O nein, denke ich. Warum kann Metin nicht einmal die Klappe halten? Ich hätte mir ein anderes Thema gewünscht, über das wir uns nach den ganzen Wochen des Ignorierens unterhalten würden. Aber nun ist mein Vater natürlich in seinem Element.

»Und nun hat Metin sich auch noch Bein gebrochen. Ich habe immern gesagt, Metin, du mache nicht selbeständig. Aber nix gehört auf Vater. Jetzt bekommt er nix Geld von deutscher Kassenkrank.«

»Krankenkasse«, verbessere ich, doch auch das stört meinen Vater nicht in seinem Redeschwall. Und ich höre, wie er meiner Mutter etwas zuruft, die wohl im Nachbarzimmer zu sein scheint.

»Hab ich es gesagt? Ich habe es immern gesagt!«

»Ja, das hast du«, antworte ich stellvertretend gleich für meine Mutter mit. »Na ja, das mit dem Bein wird ja wieder werden, und ich habe jetzt halt die Tour übernommen.«

»Uallah«, ruft mein Vater aus, »hat mich Metin auch gesagt. Bist du verruckt, Tochter?! Du bist Frau, und Frau gehört nicht auf Straßenbahn.«

»Autobahn.«

»Und sei nicht frech und verbessern mich nicht! Du solltest zu Hause sein und dich um Familie und Kinder kümmern.«

»Papa, ich habe keine Familie und Kinder zu Hause.«

»Siehst du! Habe ich es gesagt? Ich habe es immern gesagt! Was macht der Kartoffelmann?«

Ich überlege kurz, ob ich verschweigen soll, dass ich mich von Florian getrennt habe, um nicht noch mehr Öl ins Feuer zu gießen. Andererseits brennt es ohnehin gerade so schön, da kann man eigentlich auch etwas Holz nachlegen. Außerdem weiß ich nicht, was mein Bruder noch alles erzählt hat.

»Wir haben uns getrennt.«

»Was?«

»Wir haben uns getrennt. Er hat eine andere.«

Kurze Pause, dann donnert es wieder mit der Stammfloskel meines Vaters los in meine Richtung.

»Habe ich es gesagt? Ich habe es immern gesagt!«

»Ja, hast du.«

Meine kurze Antwort und mein anschließendes Schweigen bleiben auch meinem Vater nicht verborgen. Dass mich das Ganze beschäftigt, wird ihm wohl jetzt erst richtig bewusst. Zumindest wird seine Stimme mit einem Mal samtweich.

»Ist es vielleicht bessern so, Tochter. War nicht gut ... Florian. Du brauchst anderes Mann.«

»Ja, vielleicht hast du recht.«

»Einen Türken.«

Jetzt geht das Thema wieder los. Seit ich sechzehn geworden bin, wollte mein Vater mich am liebsten mit dem Sohn eines wohlhabenden Türken verkuppeln. Nicht auf die altmodische Art, sondern einfach nur so, weil er es nett fand. Und schon damals fand ich die Idee fürchterlich. Stattdessen suchte ich mir einen eigenen Mann. Florian. Das nenne ich mal vom Regen in die Traufe.

»Im Moment will ich gar keinen Mann.«

»Kann ich mich umhören hier in Istanbul, wenn du willst.«

»Papa!«

»Ist ja gut. Aber das hat bei deine Muttergroß und Vatergroß auch gut funktionieren. Wurden auch versprochen und schau nur, was daraus geworden ist.«

»Großvater und Großmutter heißt das, Papa. Aber ja,

ich weiß, dass sie eine tolle Ehe führten.« In der Tat hatten meine Großeltern eine unglaublich schöne Partnerschaft, bis mein Opa starb. Und ihre vier Kinder, darunter mein Vater, sind allesamt etwas geworden. Dennoch bevorzuge ich es, mir meinen Partner selbst auszusuchen und nun das Gespräch in eine andere Richtung zu lenken. »Ist Mama zu Hause?«

»Moment.«

Mein Vater ruft nach meiner Mutter, als würde sie auf der anderen Seite des Bosporus wohnen, und reicht ihr schließlich das Telefon.

»Kind, was ist passiert? Erst bricht dein Bruder sich das Bein, und jetzt höre ich, dass du allein nach Istanbul fährst.«

»Alles gut, Mama. Ich muss das jetzt einfach mal machen. Ich wollte es so.«

»Alles gut bei dir? Du klingst traurig?«

Ich erzähle auch ihr von der Trennung mit Flo, verzichte aber auf genauere Details. Meine Mutter ist weitaus diplomatischer als mein Vater.

»Irgendwie wolltest du das doch auch gar nicht mehr mit Florian, oder? Das habe ich schon lange gespürt.«

Aus dem Hintergrund höre ich meinen Vater rufen.

»Habe ich es gesagt? Ich habe es immer gesagt!«

Meine Mutter bittet meinen Vater um Ruhe, und ich bestätige ihr, dass sie damit vielleicht wirklich recht hat. Irgendwie war unsere Beziehung schon lange vorbei. Dennoch schmerzt es nicht weniger, wenn man so hintergangen wird.

»Kommst du uns denn wenigstens besuchen, wenn du in Istanbul bist?«

»Natürlich.«

»Das ist mein Mädchen. Pass auf dich auf! Wenn dein Vater manchmal auch impulsiv ist, er macht sich große Sorgen um dich, wenn du so alleine die ganze Strecke fährst. Und begeistert bin ich auch nicht.«

»Ich weiß.«

»Du gehörst da wirklich nicht hin.«

»Doch, Mama. Genau da gehöre ich gerade hin. Macht euch keine Gedanken. Wir sehen uns dann in ein paar Tagen. Hab euch lieb.«

Dann beende ich das Gespräch und rolle vom Rastplatz. Irgendwie schön, dass sie sich solche Sorgen machen. Ich liebe meine Eltern, auch wenn sie manchmal sehr anstrengend sind. Und sie lieben mich auch, das weiß ich. Denn haben sie mir das nicht schon immer gesagt? – Ja, das haben sie mir schon *immern* gesagt.

Die Sonne hat heute ihren Angebertag. Mit ganzer Wucht knallen ihre heißen Strahlen auf den Asphalt der Straße, der vor mir flirrend heiß wie eine Fata Morgana wabert. Zum Glück hat der Transporter eine Klimaanlage, die deutlich hörbar an ihrer Leistungsgrenze arbeitet. Dank meines Navis lenke ich schließlich gegen Nachmittag mein Kampfross zu der gewünschten Adresse in einem Industriegebiet im Frankfurter Osten. Ich frage mich durch, wo ich denn hin müsse, und man lotst mich in die hinterste Halle auf dem Gelände. Dort frönt man eher der wortkargen Konversation. Ein missmutiger Herr mit Halbglatze nimmt mir lediglich die Papiere aus der Hand und raunzt irgendetwas Unverständliches in ein knackendes Funkgerät. Nachdem ich mich aus dem Fahrzeug gequält habe und hinaus in die Hitze trete, rollt nach einigen Minuten ein Staplerfahrer mit Zigarette im Mundwinkel auf mich zu. Vor sich trägt er eine dick umwickelte Palette auf den Gabeln seines Gefährts. Er mustert mich von oben bis unten, erspart sich dann jedoch einen Kommentar und ruft mir stattdessen zu, dass ich die Ladefläche öffnen solle. Ich tue wie mir geheißen, und der Kerl manövriert die Fracht geschickt in den Laderaum des Transporters, der darauf direkt in die Knie geht. Auch eine Art, das Fahrzeug tieferzulegen. Ich frage mich, ob das die Achse wirklich verträgt? Metin hatte vielleicht doch recht. Solche Speditionsfahrten sind vielleicht wirklich nicht so ohne. Dennoch bin ich stolz: Jetzt bin ich komplett! Meine Fracht, mein Baby, für das ich nun voll verantwortlich bin, um es unversehrt zum Händler nach Istanbul zu bringen. Der Staplerfahrer hakt etwas auf einem Formular ab und winkt mich zu sich an den Stapler.

»Einmal hier unten unterschreiben bitte.«

Ich setze meine Unterschrift so routiniert wie möglich unter das Papier, ohne zu wissen, ob ich damit womöglich nun ein halbes Dutzend Kühlschränke gekauft oder ein Kind im Kongo adoptiert habe.

»Sie müssen noch vorn ins Häuschen und sich von Siggi die Lieferscheine bestätigen und abstempeln lassen.«

Ich schaue mich auf dem riesigen Gelände um. Doch nirgends steht eine Leuchtreklame mit dem Hinweis: »Hier geht's zu Siggi.«

»Siggi? Wie finde ich den denn?«

Ich ernte ein verraucht kehliges Lachen. Die Mundwinkel des Staplerfahrers wippen dabei samt Kippe vergnügt rauf und runter.

»Der findet Sie. Einfach vorn an dem Häuschen warten, dann kommt er schon raus.«

Weder das Häuschen noch Siggi kann ich ausmachen, aber sei's drum. Ich werde den ominösen Siggi schon finden. Und ich will mich jetzt auch nicht als komplettes Greenhorn outen, also nicke ich wie selbstverständlich.

»Alles klar. Ach, sagen Sie, was habe ich da denn überhaupt geladen?«

»Na, schauen Sie doch selbst.« Der Kerl lacht erneut auf und schüttelt vielsagend den Kopf. »Wünsche jedenfalls viel Spaß damit und gute Fahrt.«

»Danke.«

Er dreht grußlos ab. Jetzt bin ich aber schon neugierig, was ich da die nächsten Tage über den Kontinent kutschiere. Ich trete vor meine Ladung und löse die stramme Folie, die wie eine zweite Haut eng um die Palette gewickelt ist, etwas ab. Dann stoße ich langsam zu der Ladung vor. Es sind kleine, gestapelte Päckchen. Im ersten Moment denke ich, dass es Kartenspiele sind. Doch bei näherer Sicht erkenne ich, dass die Verpackungen kleiner als Zigarettenpäckchen, aber größer als Streichholzschachteln sind und definitiv keine Spielkarten für ein Casino sein können. Schade eigentlich, hätte ich spannend gefunden. Ich muss meinen Kopf drehen, um die Schrift am Verpackungsrand besser lesen zu können. Langsam forme ich jeden einzelnen Buchstaben, während ich laut lese.

»T…r…a…v…e…l…p…u…s…s…y. Travelpussy.« Ich wiederhole es noch zweimal im Ganzen und verstehe dennoch nichts. Travelpussy? Ich schaue mich um, ob mich jemand beobachtet, doch ich bin alleine auf dem Hof. Jetzt will ich es genau wissen. Was ist das für ein Teil? Vorsichtig fingere ich eines der Päckchen aus dem Stapel heraus und halte es in der Hand. Ich erkenne eine spärlich bekleidete Frau auf der Vorderseite der kleinen Schachtel. Unter ihr ist ein Text aufgebracht.

TravelPussy – Die künstliche Vagina für unterwegs. TravelPussy ist ein hygienisches Einweg-Sex-Toy für Männer aus haut- und umweltfreundlichem Material.
Inhalt: 1 TravelPussy
1 TravelPussyGel

Was zur Hölle?

Na super!

Dann muss ich unweigerlich lächeln. Wenn das mal kein Schicksal ist. Mein Freund vögelt ein neunzehnjähriges Azubiweibchen, und ich fahre Gummimuschis durchs Land. Wobei ich mir nicht mal sicher bin, wie die Dinger überhaupt funktionieren. Ich verstaue das Päckchen wieder und schließe die Türen. Schließlich muss ich ja noch zu Siggi. Und ich habe keine Ahnung, wo ich ihn finden kann.

Langsam fahre ich über den Hof und entdecke tatsächlich das alte Backsteinhäuschen. Ein kleines Wärterhäuschen, das wie ein Relikt aus alten Tagen kurz vor der Ausfahrt des Geländes dicht an eine Lagerhalle gepresst steht. Von einem Siggi jedoch keine Spur. Ich beschließe auszusteigen und gehe die wenigen Schritte zu dem

Häuschen hinüber. Ich klopfe und schaue durch eines der Fenster ins Innere, doch niemand ist zu sehen, als mir plötzlich jemand von hinten auf die Schulter tippt.

»Suche Se misch velleischt?«, vernehme ich den breiten Akzent eines echten Frankfurters. Ein gedrungener Mann älteren Semesters steht vor mir und lächelt mich aus seinem pausbäckigen Gesicht an. Er trägt einen Blaumann, der am Bauch deutlich zu sehr spannt, darunter ein nicht mehr ganz farbechtes T-Shirt der Henninger Brauerei. Dazu trägt er eine Schiebermütze auf dem ansonsten kahlen Schädel. Irgendwie wirkt er wie eine Figur aus den Zeichentrickfilmen und Serien meiner Kindheit. Das macht ihn mir sofort sympathisch.

»Wenn Sie Siggi sind, dann ja.«

»Ja ja, des bin isch. Wie kann isch Ihne dann helfe dun, Fräuleinsche?«

Auch wenn ich des Hessischen nicht mächtig bin, so verstehe ich doch, dass er wissen möchte, was ich von ihm will, und ich halte ihm die Papiere entgegen.

»Hier, das soll ich mir von Ihnen abzeichnen lassen.«

»Ach, die Plastikmuschis. Wird ja aach e mal Zeit, dass die fortkimme. Waas gar net, ob des Zeusch so ebbes wie en Verfallsdatum hat.«

Das war wohl ein Scherz. Jedenfalls lacht Siggi laut auf, und ich stimme aus Unsicherheit mit ein.

»So, dann wolle mer ma gugge, wo die hinkimme. Oh, nach Istanbul. Na, da wern sisch die Alis aba freue, gelle?!«

Erneutes Lachen. Siggi ahnt wohl nicht, dass auch ich türkische Wurzeln habe, wobei seine Äußerung keinesfalls böse wirkt.

»Bestimmt.«

»So, Fräuleinsche, wo is dann der Fahrer von dem Transpoddä?«

Ich schaue mich um, dann deute ich auf mich. »Äh, na ja, das bin ich.«

»Ach, werklisch?« Die Augen Siggis weiten sich. »Sie fahrn des Ding ganz allaans dorsch halb Eurobba?«

»Ja.«

»Reschpeggt, Fräuleinsche. Des hat ma net oft.«

»Das glaube ich. Ich mach das auch nur vertretungsweise. Nur für die eine Tour.«

»Ganz allaans, ohne dass wer uff sie uffbasse tut. Des is net ohne. Da mach isch mir jetzt e bissi Gedanke um Ihre Sischerheit.«

»Ach, na ja. Ich pass schon auf mich auf. Bin ja schon groß, nicht wahr?«

Siggi scheint meine Antwort nicht zu genügen. Er schüttelt den Kopf und hebt den Zeigefinger als Zeichen dafür, dass er wohl eine Idee hat. »Wadde Se ma, mir fällt da ebbes ei. Isch muss eh kurz nei ins Bürrro un de Stempel druff drigge. Isch bin gleisch widde da. Isch hab da glaab isch was für Sie. Aan Uffbasser. So was wie aan Schutzengelschä.«

Ich habe keinen blassen Schimmer, was Siggi nun vorhat. Jedenfalls verschwindet er für einen Moment in seinem Kabuff. Dann kommt er zurück und streckt mir neben den abgestempelten Papieren etwas entgegen, das von Weitem wie eine Visitenkarte aussieht. Will er mir jetzt etwa seine Nummer geben? Als er näher kommt, erkenne ich jedoch, dass es sich dabei um ein Panini-Sammelbild handelt. Unter dem anderen Arm hält er sogar das komplette und wohl dazu passende Sammelheft geklemmt. Ich kenne so was sehr gut. Die Kinder in der Schule haben auch ständig irgendwelche Bildchen von Manga-Figuren mit riesigen Augen und verschiedenster Bewaffnung bei sich. Aber was will Siggi mit Manga-Figuren auf Abziehbildern?

»Was ist das?«

»Des is des offizielle Sammelheftsche von de Fussball-Weltmeisterschaft 1974. Isch hab gesammelt, wisse Se?!«

Nein, ich weiß nicht. Doch ich bringe lediglich ein anerkennendes »Aha« hervor.

»Und isch hab se all gekrischt. Hat e bissi gedauert, aber es is komplett. Gugge Se ruhisch dorsch, net aans dud fehle.« Siggi zeigt mir stolz Bildchen von Männern mit langen Haaren aus den Teams Australiens und der DDR. Ab und an nicke ich und ziehe anerkennend die Augenbrauen nach oben, ohne zu wissen, warum, während Siggi weiterplappert. »All hab isch se in des Heftsche neigebappt. Über vierzisch Jahr is des jetz her. Genauso lang bin isch aach schon hier.«

Siggi lässt es sich nicht nehmen, mir zu jeder Mannschaft und einzelnen Spielern eine kleine Anekdote zu erzählen. Über irgendeinen DDR-Spieler namens Sparwasser, dem wir es irgendwie sogar zu verdanken hätten, dass wir später überhaupt den Titel geholt hätten. Er blättert vor meinen Augen das Sammelheft bis zum Ende durch. Eine feierliche Geruchsmelange aus Nikotin, nassem und wieder getrocknetem Papier und Modergestank weht mir bei jeder Seite, die er umschlägt, entgegen. Dann stoppt Siggi, schließt das Sammelheft und hält mir das einzelne Abziehbild stolz entgegen, als hätte er all die Jahre die blaue Mauritius in seinem Kabuff versteckt gehabt und würde mir diese nun zeigen. Der Kopf des Fußballers darauf erinnert mich entfernt nun doch an eine Manga-Figur.

»Was ist das?«

Beinahe mystisch beäugt mich Siggi und redet nun in einem Flüsterton zu mir. »Net was, sondern wer?!«

»Okay, wer ist das?«

»Des is einer unserer Helde hier in Frankfurt. Des is de Grabi.«

»Grabi?«

»Kenne Se net?«

Ich schüttle ängstlich den Kopf und fühle mich schlecht dabei, diesen ominösen Grabi nicht zu kennen. Wahrscheinlich nennt man ihn in einem Atemzug mit den großen Deutschen. Luther, Bismarck, Goethe und eben *de Grabi*. Siggi legt mir großmütig eine Hand auf die Schulter. Ich werde nun wohl in den Kreis der Wissenden aufgenommen.

»Jürgen Grabowski. Eurobbacup 1980! Eintracht Frankfurt! Unn de Grabi is ebbe aach aaner von unsern Weltmeistern von 74. Leschendäres Finale! De Grabi hat damals für die Eintracht gekickt. So wie de Hölzenbein. Sacht Ihne aach nix, gell?«

Ich schüttele erneut verschämt den Kopf. Mir fällt dazu unsinnigerweise nur mein alter Lehrerkollege mit dem Holzbein ein. »Fußball war noch nie so meins. Und 1974 war ehrlich gesagt auch nicht so ganz mein Jahr.«

Siggi winkt ab. »Des macht nix. Jedenfalls hat isch all die Jahr de Grabi immä doppelt. Habs aber net übers Herz gebracht, de Grabi in de Müll zu schmeiße. Helde wirft man net in de Müll, odä?«

Ich bin davon überzeugt, dass ich nun vehement dagegen sein sollte, Herrn Grabowski der Müllentsorgung zuzuführen. Daher hebe ich brüskiert den Kopf. »Natürlich nicht! Niemals. Helden niemals wegwerfen.«

»Ebe drum! Isch dacht, erschend wann is de Grabi noch emal für ebbes gut. Un er hat mir immä Glück gebracht, wisse Se?! Vierzisch Jahr un net aan aanzische Unfall hier uffem Werkshof. So, jetzt komme Sie. Was sache Se da dazu?«

»Da bin ich platt. Herr Grabowski scheint gut auf Sie aufgepasst zu haben.«

»Ja, ebe drum. Jetzt habe Se es verstanne.«

»Aha, ja natürlich«, tue ich so, als würde ich auch nur in Ansätzen nachvollziehen können, was Siggi damit meint. »Und deswegen ...«

»Deswesche bapp isch Ihne jetzt de Grabi hinne uff de Transpoddä und dann basst der von jetzt an uff Inne uff, des Ihne nix bassiere dud. Verstehe Se?«

Nein, ich verstehe immer noch nicht. Weder die Sprache noch Grabowski und schon gar nicht den Sinn der Aktion. Aber irgendwie finde ich das sehr anrührend, dass sich dieser fremde Mann solche Sorgen um mich macht, dass er mir sogar *de Grabi* hinten auf den Transporter kleben will.

»Aber das kann ich doch nicht annehmen.«

»Doch, doch, des basst scho. Glaawe Se mir. De Grabi wird Ihne noch wie aan Schutzengelschä helfe dun. Velleischt habe Se mal en Platte hinne links. Dann läschelt Se de Grabi an, während Se irschendwo am Balkan mit dem Wachehebä de Sprinter hochbocke müsse. Der basst uff Inne uff, glaawe Se mir.«

»Also ich weiß nicht …«

»Wisse Se, Fräuleinsche, isch geh nächst Woch in Rende, dann is eh de Drops für misch gelutscht, gelle? Un weil isch de Grabi eh doppelt hab, schenk isch Ihne den jetz.«

»Das ist … äh … zu viel der Ehre. Danke.«

»So, unn jetzt genuch gebabbelt. Sehe Se zu, dass Se uff die Gass kimme.«

»Wohin?«

»Uff die Gass. Auf die Straße.«

»Ach so, ja. Also nochmals vielen Dank.«

Siggi positioniert Herrn Grabowskis 74er-Panini-Konterfei oberhalb der Stoßstange auf eine der Rücktüren des Transporters. Metin wird begeistert sein, dass sein Firmenwagen so verziert wird. Dann drückt Siggi mir die Papiere in die Hand und winkt mir zum Abschied zu. Erst in Höhe des Frankfurter Kreuzes fasse ich wieder einen klaren Gedanken und muss dabei schmunzeln.

»De Grabi … Na dann, bass ma schö uff misch uff!«

Ich lache auf, schalte einen Gang runter und fädele über den Beschleunigungsstreifen in den fließenden Verkehr ein. Und ich dachte immer, Berlin oder Istanbul seien verrückte Städte.

Kapitel 8

Noch immer brennt mir die Sonne frontal durch die Windschutzscheibe ins Gesicht. Dennoch komme ich gut voran. Zumindest glaube ich das. Denn ich habe keinen Vergleich, was gutes Vorankommen eigentlich ist. Ich pendle zwischen rechter und mittlerer Spur und musste bislang nicht einmal einen Stau ertragen. Meiner Meinung nach genügt das für das Prädikat »gut vorankommen«. Mein heutiges Tagesziel lautet Passau, kurz vor der österreichischen Grenze. Hier hat selbst Napoleon Bonaparte zwischen seinen Schlachten eine Pause eingelegt. Zumindest wurde mir das in meinem Studium gelehrt, und damit ist mein Wissen über Passau auch schon wieder erschöpft. Aber immerhin scheint diese Stadt für Pausen prädestiniert zu sein. Wenn Bonaparte hier verschnaufte, kann ich das wohl auch. Wenn das mal kein Zeichen ist! Ich muss zugeben, dass ich langsam Gefallen an der Fahrt finde. Zweimal ertappe ich mich dabei, wie ich Fernfahrer grüße, und erst dann bemerke, wie lächerlich das wirken muss. Schließlich fahre ich lediglich einen weißen Mercedes-Sprinter mit einem Aufkleber eines Exfußballers auf dem Lack, während die anderen riesige Aufhänger mit Firmenschriftzügen in der Größe von Kleinwagen hinter ihren schweren Zugmaschinen herziehen. Doch wer sonst nur in einem kleinen Smart zum Einkaufen um die Ecke fährt, fühlt sich auf der Autobahn mit so einem Kleintransporter schnell wie ein richtiger Trucker. Apropos Exfußballer: *De Grabi* hat mir bislang wirklich Glück gebracht, denn alles verlief ohne Probleme. Keine Reifenpanne, kein Unfall oder kompletter Verlust der Ladung. Daher habe ich mich irgendwo zwischen Würzburg und Nürnberg dazu entschieden, meinen kleinen Flitzer auf den Spitznamen *Grabi* oder wahlweise auch *de Grabi* zu taufen. Da ich die nächste Zeit viel Zweisamkeit in und mit ihm verbringen werde, kann ein wenig persönliche Beziehung zum Fahrzeug nicht schaden. Vorbei an Straubing und Deggendorf lande ich schließlich auf einem Rastplatz, den mir mein Bruder empfohlen hat, da es hier auch ein kleines Hotel gibt. Solche Rastplätze seien rar gesät, da die meisten Fahrer lieber in ihren Fahrzeugen schlafen. Weil ich heute aber noch keine große Lust auf die Isomatte und den Schlafsack verspüre, sondern stattdessen gerne eine schöne Dusche nehmen würde und in einem richtigen Bett schlafen möchte, nehme ich den Tipp meines Bruders gerne an. Ich ergattere für Grabi sogar noch einen Parkplatz nahe dem Hotel. Es ist noch immer angenehm warm, sodass sich auch um diese Uhrzeit überall viele Menschen auf dem Weg in ihren Urlaub tummeln. Einige haben Klappstühle vor ihr Auto gestellt und trinken genüsslich ein Bier und beißen dazu in ihre mitgebrachten Sandwiches. Andere machen wohl nur kurz halt und dehnen ihre müden Knochen, um kurz darauf wieder weiterzufahren. Wiederum andere laufen mit einem Becher Kaffee in der Hand scheinbar ziellos über den Parkplatz und suchen zwischen all den unzähligen Autos ihr abgestelltes Fahrzeug. Ich öffne die Hecktüren von Grabi, um meine Reisetasche herauszuholen, als mich eine der Gestalten, die hier umherstreifen, anquatscht.

»Berlin, wa?«

Ich wende mich um und erkenne einen älteren Mann mit dampfendem Kaffeebecher, der auf mein Nummernschild deutet.

Ich nicke.

»Ick och. Und janz allene uffm Bock unterwegs?«

Wie selbstverständlich nehme ich meine Reisetasche und antworte kurz und knapp.

»Ja.«

»Is ja nisch jerade unjefährlich ... so eene attraktive Frau, janz allene auf so eenem riesijen Rastplatz. Da passieren manchmal de verrücktesten Dinge, wissen Se?!«

Der Kerl bläst in seinen heißen Kaffeebecher und grinst dabei vielsagend. Ein komischer Typ, der mir zwar keine Angst macht, aber dennoch unangenehm ist.

»Ich komme zurecht, danke.«

Er zuckt mit den Schultern, als wolle er mir damit verdeutlichen, dass er mich ja gewarnt habe, falls ich morgen früh in meinem eigenen Blut aufwachen würde. Dann reckt er den Hals und deutet an mir vorbei zu der umwickelten Palette im Innenraum des Transporters.

»Wat ham Se denn jeladen?«

Verdammt, kann der Typ nicht einfach abhauen? Was will der denn von mir? Und dann noch diese peinliche Frage nach meiner Ladung. Sofort werde ich wieder unsicher. Ich beginne zu stottern und schiebe mir verlegen die Hornbrille zurecht.

»Das, äh, das ist …«

Ohne einen Funken Benehmen tritt er näher, zieht die Verpackungsfolie an einer Ecke nach unten und hält seinen Kopf schräg, um die Schrift identifizieren zu können. Es dauert einen kurzen Augenblick, dann fährt sein Kopf zu mir herum.

»Ne, oder?«

»Doch. Job ist eben Job, nicht wahr?«

Der Kerl lacht laut auf und kriegt sich kaum mehr ein.

»Travelpussys? Sie fahrn ’ne Ladung Travelpussys durch de Jegend?«

»Na ja, ich fahr sie nicht durch die Gegend, ich liefere sie aus. So ist das Geschäft nun mal. Da stellt man besser keine Fragen.«

Er nippt erneut an seinem Kaffee. »Da sagen Se was. Ick habe letzten Monat eene Ladung Litschis von Amsterdam nach Bukarest jefahren. Kenn Se Litschis? Diese kleenen Früschtschen, die wie Minijolfbälle mit Pickeln aussehen.«

»Ich kenne Litschis, ja.«

»Ick wusste dit bis dato nich. Denn wenn ick et jewusst hätte, hätt ick och de Kühlung anjeschaltet. Dit wusst ick ja nisch, verstehn Se? De janze Fracht ist mir deshalb bei über dreißig Grad kurz vor Graz verjammelt. Na, un im Laderaum waren es wahrscheinlich sogar weit über fuffzig Grad. Musste allet wegjekippt werdn. Dit gab vielleicht eenen Stress. Hören Se mir uff. Dann doch lieber Travelpussys, wa?«

»Sie sagen es. Zumindest kann mir meine Ladung nicht verderben.«

Er lacht auf. »Dit können Se laut sagen. Men Hänger stinkt jetze noch nach de Litschis.«

Ich schultere meine Tasche, als der Kerl sich grußlos, dafür aber kopfschüttelnd abdreht und etwas in seinen Kaffee nuschelt.

»Travelpussys, ick fasse et nisch. De Kleene fährt Travelpussys.«

Ich schließe Grabi ab und hoffe, dass der Kerl nun nicht jedem auf dem Rastplatz davon erzählt, dass da eine junge Frau künstliche Vaginas transportiert. Doch er ist ebenso schnell wieder verschwunden, wie er aufgetaucht ist. Ich gehe weiter zur Rezeption des Hotels, wo mich eine nette Dame freundlich begrüßt.

»Schönen guten Abend.«

»Hallo.« Ich lächle und stelle meine Tasche neben mir ab. »Ich hätte gerne ein Bett für die Nacht.«

»Gerne. Auf welchen Namen war das reserviert?«

»Reserviert?« Ich ahne nichts Gutes. »Ich habe nichts reserviert.«

»Oh, da muss ich Sie leider enttäuschen. Unsere Zimmer sind alle komplett ausgebucht. Die Ferien haben begonnen, wissen Sie?!«

Da ich selbst Lehrerin bin, ist mir dieser Fakt durchaus bewusst. Ich bin ja nicht bescheuert.

»Ja, ich weiß. Aber gibt's nicht vielleicht etwas ganz kleines?«

»Tut mir leid.«

»Ich brauche aber ganz dringend eine Dusche.«

»Na, duschen können Sie auch unten am Rastplatz.« Die Frau deutet hinter mich in Richtung der grellen Leuchtstoffröhren der Tankstelle. »Die sind sauber. Das machen die meisten Fernfahrer.«

»Hm, okay. Vielen Dank.«

Das war's dann wohl mit meiner Hoffnung auf ein Bett. Ich gehe zurück zu Grabi, stelle meine Tasche wieder in den Laderaum und nehme mir lediglich den Kulturbeutel heraus. Damit schlendere ich hinüber zum Rasthof und dem angegliederten Sanifair-Tempel, als mir einfällt, dass ich ja meine Bons einlösen könnte. Mist, wieder vergessen! Ich betrete nicht ohne Stolz zum ersten Mal einen Sanifair-Tempel, um nicht nur Pipi zu machen, sondern auch um zu duschen und mir die Zähne zu putzen. Wie ein richtiger Fernfahrer eben.

Im Sanifair-Bereich begrüßt mich zunächst die Werbetafel des Betreibers, die ich belustigt durchlese:

UNSER VERSPRECHEN!
Hygiene auf höchstem Niveau. Freundliche und hilfsbereite SANIFAIR-Service-Fachkräfte. Topkomfort in angenehmer Atmosphäre.

Und dann der Hammer:

UNSERE PHILOSOPHIE!
Unsere Gäste sollen sich bei uns sicher und wohlfühlen und das erfrischend andere WC erleben.

Das klingt ehrlich gesagt nach mehr Entspannung und Urlaub, als ich mit Florian je erlebt habe. Vielleicht hätte ich einfach sagen sollen: »Schatz, lass uns doch mal wieder ein Wellness-Wohlfühlwochenende auf dem Sanifair-Klo an der Autobahn buchen.«

Ich lese interessiert weiter:

Sanifair überzeugt durch seine Architektur und die hochwertige Ausstattung. Durchdachte Funktionalität und eine ansprechende Atmosphäre verbinden sich zu einer harmonischen Einheit, in der ein freundlicher und hilfsbereiter Service selbstverständlich ist.

Jetzt gibt es also beim Pinkeln zwischen Regensburg und Salzburg schon eine eigene Pinkel-Philosophie, in der ich beim Strullern die durchdachte Architektur einer harmonischen Einheit beachten soll. Leute, ich will 'ne heiße Dusche und muss vielleicht mal Pipi und will keine philosophische Diskussion mit dem Klo führen.

Ich werfe die Münzen am Eingang ein, ziehe einen weiteren Wertbon und drehe mich durch das Drehkreuz ins Innere des Klos. Wobei ich beim Betreten erkenne, dass das hier nichts mit Porzellan zu tun hat. Bei den Männern gibt es sogar selbstreinigende Pissoirs ohne Wasser, die einem bei jedem Pinkeln wohl das Gefühl vermitteln sollen, dass man gerade einen Hektar südamerikanischen Regenwald mit seinem Strahl gerettet hat. Auch für große Geschäfte ist hier bestens gesorgt. Man entleert auf Rastplätzen in ansprechender Atmosphäre und unter den Klängen von Orinoco Flow und Walgesängen. Wahrscheinlich dient dies auch dem Naturschutz. Toll! Denn wer kann das schon behaupten? Ich habe heute auf der A3 hinter Deggendorf einen Pottwal mit einem einzigen Schiss gerettet. Ich muss schmunzeln und stelle meinen Kulturbeutel ab. In einer der Umkleiden entledige ich mich meiner Klamotten, Brille und Unterwäsche und gehe zu einer der Duschen. Wie die Frau schon sagte: Nix Großes, aber sauber. Als ich gerade in die Dusche steigen möchte, erkenne ich neben mir eine hünenhafte Frau, die so aussieht, als würde sie in ihrer Freizeit Katapulte nach Gondor ziehen. Neben ihrer wuchtigen Figur verfügt sie außerdem über eine beeindruckende Sammlung an Körperbehaarung. Sie wirkt dadurch eher wie ein Flachlandgorilla als ein Mensch. Wow, so ein haariges Exemplar habe ich schon lange nicht mehr zu Gesicht bekommen. Und ich kenne immerhin meine türkischen Tanten, die sich ebenfalls noch nie in ihrem Leben unter den Achseln oder im Intimbereich rasiert haben. Die Gestalt besteigt die Dusche neben mir, und ich kann mir einen weiteren Blick nicht verkneifen. Irgendwie beeindruckend. Wenn diese Frau irgendwann in Würde ergraut und in den Bergen spazieren geht, wird sie wohl als lebender Beweis für den Yeti in die Geschichte eingehen. Ich nicke freundlich, drehe den Wasserhahn auf und lasse mir das heiße Wasser über den Körper laufen.

Herrlich!

Ich habe noch nie eine schönere Dusche gehabt!

Kapitel 9

Frisch geduscht gehe ich zurück in den Selbstbedienungsbereich des Rasthofs. Noch ein heißer Tee, und dann heißt es für heute Nacht wohl, die Luftmatratze aufzublasen. Direkt neben einem Automaten, aus dem man mit einem Greifarm hässliche Plüschtiere angeln kann, steht ein Kaffeeautomat, der auch heißes Wasser für meine mitgebrachten Teebeutel anbietet. Ich werfe eine Münze ein und drücke den Knopf. Doch nichts passiert. Keine Münze, kein heißes Wasser, kein Tee. Ich tanze wie Rumpelstilzchen um den Automaten herum, als sich plötzlich eine Frau neben mir aufbaut und mich irritiert anschaut. Sofort erstarre ich in Ehrfurcht. Es ist die behaarte Frau aus dem Duschraum. Sie kommt noch einen bedrohlichen Schritt auf mich zu, und ich schlucke.

»Sorry, ich wollte nur …«

»Geh mal beiseite, Süße.«

Sie schiebt mich mit einem einzigen Wink ihres Arms zur Seite und versetzt dem Automaten einen mächtigen Schlag in Höhe des Münzeinwurfs, worauf sogleich mein Teewasser wie gewünscht in die Tasse darunter fließt. Ich bin ob der brachialen Gewalt der Frau sichtlich beeindruckt und auch ein wenig verängstigt.

»Wow, nicht schlecht.«

»Spinnt manchmal ein wenig. Ist nicht mehr der Neuste.«

»Danke.«

»Schon gut. Ich kenne jeden Automaten zwischen dem Nordkap und Sizilien. Alle haben sie ihre Macken.«

Ich mustere sie etwas genauer. Ihre Augenlider, die Mundwinkel und Wangen, das strohig wirkende Haar, alles an ihr scheint erschöpft zu sein und nach unten zu ziehen. Und sie sieht so aus, als wäre sie genauso wenig auf Urlaubsreise wie ich.

»Sie fahren beruflich?«, frage ich vorsichtig und muss dabei unweigerlich an meine Assoziation denken.

Sie nickt.

»Was fahren Sie denn?«

Ich bin mir sicher, dass sie Katapult antwortet.

»Einen Achtzehntonner.«

»Und wo geht's hin?«, frage ich, und egal was sie sagen wird, es wird sich in meinen Ohren wie *Gondor* anhören.

»Ich bin gerade auf der Fahrt nach Zagreb. Und Sie, wo geht es denn hin in den Urlaub?«

Noch in Gedanken zwischen Auenland und Mittelerde gefangen, schüttle ich mich.

»Hm? Äh, nein. Nein, ich bin nicht auf der Fahrt in den Urlaub. Ich fahre auch beruflich.« Ein gewisser Stolz liegt in meiner Stimme, als ich weiter ausführe. »Ich habe eine Fracht nach Istanbul zu bringen.«

»Ach, was? Das hätte ich jetzt nicht gedacht. Hab dich noch nie hier gesehen. Ich bin übrigens die Uschi.« Unvermittelt ist sie ins Du übergegangen und hält mir ihre mächtige Pranke hin.

Wir schütteln uns die Hände. Eigentlich schüttelt nur

sie, und ich bin darum bemüht, mir nicht den Arm auskugeln zu lassen. Aber Uschi ist nett. Sogar sehr nett. Und mit ihr an meiner Seite fühle ich mich sicher.

»Angenehm, Sibel.«

»Sybille?«

»Nein, Sibel.«

»Okay, Sybille.«

Ich wage es nicht, sie ein weiteres Mal zu verbessern.

»Schön dich kennenzulernen, Uschi.«

»Magst du dich zu uns setzen?« Uschi deutet auf einen Tisch ein paar Meter entfernt, an dem zwei Männer sitzen.

»Gerne.«

Wir gehen hinüber zu den beiden Männern, die mich von oben bis unten mustern. Ich entspreche wohl nicht dem typischen Bild einer Fernfahrerin. Uschi stellt mich den beiden vor.

»Jungs, das ist Sybille.« Die Männer nicken, und Uschi deutet auf jeden Einzelnen von ihnen. »Das ist der Knipser-Kalle und der da ist Bohnen-Peter.«

Ich schüttle beiden die Hände, ohne zu wissen, wer wer von beiden ist. Sie sind beide sehr höflich, stehen kurz auf, und der eine, von dem ich vermute, dass es Kalle ist, nimmt sogar seine Baseballkappe ab. Er dürfte Ende fünfzig sein. Der andere, von dem ich vermute, dass er Peter ist, wirkt ein paar Jährchen jünger.

»Schön euch kennenzulernen. Ich habe leider keinen so tollen Spitznamen wie ihr.«

Uschi übernimmt die Aufklärung, während wir an dem Tisch Platz nehmen.

»So einen Spitznamen hat jeder von uns. Unser Kalle

hier ist schon zweimal von der Autobahnpolizei angehalten worden, weil er sich während der Fahrt gerne mal die Fußnägel schneidet. Hat 'ne richtig saftige Strafe gegeben, nicht wahr?«

Der Mann, von dem ich nicht vermutete, dass er Kalle sei, hebt beschwichtigend die Hände.

»Fußpflege ist eben wichtig.«

»Aber nicht, wenn du eine Ladung schnell entflammbare Farbdosen auf deinem Hänger hast. Manchmal bist du echt bescheuert, Junge.«

Der Mann, von dem ich nun weiß, dass er Kalle ist, winkt ab. »Ist ja nix passiert. Hab das im Griff.«

Ich lächle und frage in die Richtung des anderen Mannes, bei dem ich mir nun ziemlich sicher bin, dass es Peter sein müsste. »Und du, Peter? Warum Bohnen-Peter?«

Seine Augen beginnen zu leuchten.

»Weil ich den besten Bohnenkaffee in meinem Truck mache, den es auf deutschen Autobahnen zu trinken gibt. Nicht so eine Plörre wie die hier im Automaten. Ich lade dich gerne mal ein.«

»Oh, danke. Sehr gerne. Das machen wir auf jeden Fall mal.«

Uschi gähnt und streckt sich dabei ausgiebig.

»Willst du auch was essen? Ich hol mir 'ne Kleinigkeit.«

Normalerweise würde ich dankend ablehnen, doch ich habe richtig Hunger. Seit der weißen Sarotti-Mohr-Schokolade habe ich nichts mehr gegessen. Ich hatte es einfach vergessen, und erst jetzt spüre ich, wie mir der Magen knurrt.

»Gerne. Was gibt es denn?«

»Ich kann dir einen Tankstellen-Fasan mitbringen.«

Will sie mich verarschen? Ich schaue skeptisch.

»Einen Fasan? Hier auf dem Autorasthof?«

Uschi legt mir eine Hand auf die Schulter. »Ach ja, das sagt dir alles nichts. Das ist nur so eine Floskel für 'ne Bockwurst. So wie ›Dampfpimmel‹ oder ›Saitling-Peitsche‹.«

»Ah, verstehe. Dann nehme ich gerne einen Tankstellen-Fasan. Danke.«

Kurze Zeit später sitzen wir alle zusammen um ein paar Fasane und Dampfpimmel, als Bohnen-Peter mich schließlich fragt, was ich hier eigentlich verloren habe.

»Und du, Sybille, was machst du hier?«

»Ich fahre auch eine Ladung. Zwar nicht mit so einem Truck wie ihr, sondern nur mit meinem kleinen Transporter da draußen. Ach, da fällt mir ein, der hat übrigens auch so einen schönen Spitznamen wie ihr. Er heißt *de Grabi*.«

»De Grabi?«, wiederholt Kalle. »So wie der Grabowski?«

Das gibt's doch nicht. Jeder außer mir scheint diesen Typen zu kennen. Ich glaube, ich habe da eine Bildungslücke.

»Du kennst den?«

»Na klar! Fußballweltmeister 1974.«

»Ja, genau. Na, jedenfalls fahre ich aushilfsweise eine Tour für meinen Bruder. Der hat sich den Fuß gebrochen. Na ja, und da ich gerade nichts Besseres vorhabe, habe ich ihm eben angeboten, dass ich fahre.«

»Okay. Warum auch nicht?! Wo geht's denn hin?«

»Nach Istanbul.«

»Ui, das ist noch eine ganze Strecke. Wir müssen aber alle in die gleiche Richtung. Kalle fährt eine Ladung Lackdosen nach Sofia, Uschi Tiefspülklos und Waschbecken nach Zagreb und ich Autoteile nach Athen. Was hast du denn geladen?«

Ich wusste, dass diese Frage früher oder später kommen musste. Auch wenn und gerade weil die drei einen wirklich netten Eindruck machen, möchte ich ungern sagen, dass ich zwanzigtausend Plastikmuschis in meinem Fahrzeug transportiere. Also dehne ich die Wahrheit ein klein wenig.

»Plastik... spielzeug.«

»Plastikspielzeug. Aha.«

Wir sitzen noch eine Weile beisammen, und die drei erzählen mir ein paar ihrer Erlebnisse, die sie in den letzten Jahren so gemacht haben, als sich ein bekanntes Gesicht neben uns an den Tisch gesellt. Es ist der Typ mit dem Kaffee vom Parkplatz. Natürlich erkennt er mich sogleich wieder und deutet lachend mit dem Finger auf mich.

»Na kiek mal eener an, de Travelpussy.«

Sofort zuckt Uschi neben mir empor und wirft sich in eine kampfbereite Pose.

»He, Friedel, nenn unsere Sybille nicht so. Benimm dich mal, hier sind noch mehr Frauen anwesend.«

Der Typ, der anscheinend auf den Namen Friedel hört, winkt entschuldigend ab und deutet auf mich. »Ne, dit war keene Beleidjung. De Kleene hier fährt doch Plastikmuschis durch de Jegend. Eene janze Palette voll. Hab dit selbst jesehen.«

Die Köpfe an meinem Tisch drehen sich allesamt zu mir und starren mich mit großen Augen an, als ob es im Konsum Bananen gäbe. Ich hebe fragend beide Arme. Ich tue so, als sei dies das Normalste der Welt, und beiße genüsslich in meine Wurst.

»Ich sagte ja Plastikspielzeug. Halt Spielzeug für Erwachsene.«

Knipser-Kalle lächelt verschmitzt, nippt an seinem Kaffee und prostet mir damit dazu. »Na, zumindest hast du jetzt auch einen Spitznamen. Willkommen im Klub, Travelpussy.«

Na super! Göttin des Asphalts oder meinetwegen auch Teer-Tussy hätte ich ja irgendwie noch cool gefunden, aber Travelpussy? Aber Spitznamen kann man sich nun mal nicht aussuchen, und es ist auch besser, als ständig mit dem falschen Namen angesprochen zu werden. Die anderen stoßen mit an, und auch Friedel kommt nun mit zu uns an den Tisch. Es stellt sich heraus, dass er zwar nicht unbedingt der hellste Stern am Firmament, aber im Prinzip ein netter Kerl ist. Er heißt eigentlich Friedwart, wurde vor zehn Jahren geschieden, hat zwei Kinder und stammt aus der gleichen Ecke Berlins wie ich. Eine sehr unterhaltsame Gruppe, die sich da zusammengefunden hat. Wir lachen viel, und als ich mich nach dem dritten Tee von ihnen verabschiede, bemerke ich, dass ich nicht ein einziges Mal an Florian gedacht habe.

Die Luft ist noch immer angenehm warm, und die Dämmerung hat bereits eingesetzt, als ich mich wieder zum Transporter begebe. Ich mag das hier gerade. Es hat so was Klares und Einfaches. Man hat einen Auftrag und fährt, bis man am Ziel ist. Fertig. Selbst das gleichbleibende Rauschen des fließenden Verkehrs hat etwas Beruhigendes. Vielleicht werde ich diese Romantik aber in wenigen Augenblicken etwas anders beurteilen, wenn ich hinten im Laderaum von Grabi mein Nachtlager aufschlage. Auf dem Weg zurück von der Truckerrunde klingelt mein Telefon in der Tasche. Schon im Display erkenne ich, dass es Metin ist. Verdammt, hatte ich ja beinahe vergessen, dass er heute auch seine Operation hatte.

»Hi Bruderherz, na, wie ist alles gelaufen?«

»Hi Sibel. Na ja, ich bin noch ein bisschen benebelt von der Narkose, aber der Arzt meinte, es ist alles gut verlaufen. In ein paar Wochen kann ich wohl schon wieder loslegen.«

»Na, siehst du. Das klingt doch prima. Es wird alles gut.«

»Und bei dir?«

Zunächst will ich antworten, dass alles wie erwartet verläuft, doch es gibt eine Sache, die ich meinen Bruder noch fragen muss.

»Sag mal, wusstest du, dass ich eine Europalette Travelpussys als Ladung bekommen habe?«

»Travel… was?«

»Travelpussys. Das sind so kleine Plastikteile, die man sich aus den Kondomautomaten ziehen kann und die sich die Männer dann …«

»Ich weiß, was das ist. Aber ich wusste nicht, dass das die Ladung sein würde. Ich hatte nur den Auftrag, eine Lieferung von Frankfurt nach Istanbul zu fahren. Ich habe den Auftrag über einen Kumpel aus Offenbach bekommen. Na, dem werde ich was erzählen.«

»Nein, ist schon okay. Mich würde ehrlich gesagt viel mehr interessieren, wie die Dinger funktionieren.«

»Was?«

»Ach, schon gut.«

»Finger weg von der Ladung, Sibel. Das geht uns nichts an.«

»Ist ja gut. Interessieren tut es mich trotzdem. Außerdem habe ich dadurch wenigstens ziemlich schnell Anschluss zu anderen Fahrern und Fahrerinnen gefunden.«

»Wie, fahren die alle diese Plastikmuschis?«

»Nein.« Ich gehe die Stufen weiter hinunter zum Parkplatz und lehne mich mit dem Rücken an Grabi. »Aber die haben mitbekommen, welch heiße Ware ich fahre, und dann war das natürlich schnell Thema. Sind aber alle echt nett.«

»Pass bloß auf. Da gibt es einige schräge Vögel. Und auf so einem Rastplatz tummelt sich sowieso manchmal ein komisches Völkchen.«

Ich muss schmunzeln.

»Schräg sind sie, das stimmt. Aber die sind wirklich alle völlig harmlos.«

»Du kommst also zurecht?«

»Klar.«

»Und der Transporter ist noch unbeschädigt?«

Ich drehe mich zu dem fehlenden Außenspiegel, der schon im Hinterhof von Metins Wohnung sein Leben lassen musste.

»Alles super.«

»Na gut, dann geh mal schlafen, damit du morgen früh fit für die nächste Etappe bist. Du bist doch auf dem Rastplatz mit dem Hotel, das ich dir empfohlen habe?«

»Ja«, antworte ich und muss dabei noch nicht einmal lügen. Schnell wechsle ich jedoch wieder das Thema. »Ich will morgen bis nach Maribor.«

»Fahr langsam, du hast Zeit, Sibel.«

»Mach ich. Also dann, ich wünsche dir gute Besserung und eine gute Nacht. Ich hoffe, du kannst schlafen.«

»Das hoffe ich auch. Der Leistenbruch neben mir im Zimmer schnarcht wie ein Holzfäller, und der kleine Fußballer fragt ständig nach dir.«

»Ach ja? Ist doch nett.«

»Na ja.«

»Hab dich lieb und grüß mir Susi und Cem!«

»Mach ich und pass auf dich auf!«

»Na klar, brauchst dir um mich keine Sorgen zu machen. Ich habe hier alles im Griff. Gute Nacht.«

Kaum, dass ich das Telefonat beendet habe und in den Transporter steigen möchte, um mich auf der Isomatte im Schlafsack auszubreiten, wird mir bewusst gemacht, dass ich rein gar nichts im Griff habe. Ich spüre plötzlich etwas Spitzes in meinem Rücken und kann dazu den Atem einer Person in meinen Haaren hinter mir spüren.

»Kein Ton, sonst stech ich dich ab. Geld raus, los!«

Kapitel 10

Mein Herz weiß nicht, ob es wie wild schlagen oder direkt und für alle Zeiten damit aufhören soll. Das Gefühl der Machtlosigkeit ist ebenso erdrückend wie unwirklich. Und schon ist die soeben erstarkte Sibel wieder ganz klein und macht sich vor Angst fast in die Hose. Einzig meine Schockstarre verhindert es, dass ich mich einnässe. Noch nicht einmal meine Beine kann ich dazu bewegen wegzulaufen.

Warum schreie ich nicht laut um Hilfe?

Warum kämpfe ich nicht um mein Leben?

Nein, mein Körper entscheidet sich, wie das Kaninchen vor der Schlange zu erstarren. Nur mein Gehirn arbeitet auf Hochtouren und sendet mir die seltsamsten Gedanken. Die wenigsten davon ergeben jedoch einen Sinn. Ich muss an Siggi denken, dass mir Grabi doch eigentlich Glück bringen sollte, an Cem, wie er an meinem Grab steht und von Susi erklärt bekommt, dass seine Tante einfach wieder versagt hat. An meinen Vater, wie er in eine Fernsehkamera von *Aktenzeichen XY* brüllt: *Hab ich es nicht gesagt? Ich habe es immern gesagt*. Dazu gesellen sich noch ganz emotionslose Gedanken: Was geschieht eigentlich mit den Travelpussys, wenn ich sie nicht mehr ausliefern kann? Wird die Polizei beim Untersuchen des

Tatorts schlüpfrige Witze machen, dass das Opfer ausgerechnet beim Transport von zwanzigtausend künstlichen Vaginas ermordet wurde. Himmel, was wird das für eine Schlagzeile in der *BILD* geben?!

»Ich sag es nicht noch einmal«, tönt die düstere Stimme hinter mir. Dazu lässt er die Klinge seines Messers nun von meinem Rücken höher wandern und drückt sie mir schließlich gegen den Hals. »Gib mir dein Geld.«

»Ich … ich gebe es Ihnen ja. Aber dazu muss ich an meine Handtasche. Lassen Sie mich bitte leben.«

»Wo ist deine Tasche?«

Ich deute auf den Boden, wo ich den Kulturbeutel und meine Handtasche abgestellt habe.

»Heb sie auf und gib mir dein Geld!«

Mein Angreifer lockert seinen Griff etwas, sodass ich mich bewegen kann. Ich tue wie befohlen und bekomme in meiner Handtasche die Geldbörse zu greifen. Ich reiche sie nach hinten, ohne mich umzudrehen. Dazu wiederhole ich meinen einzigen Wunsch.

»Hier, nehmen Sie das Geld. Aber bitte, bitte lassen Sie mich am Leben.«

Ich höre, wie er die Scheine herausnimmt und den Geldbeutel auf den Grünstreifen neben dem Fahrzeug wirft. Was wird er nun tun? Ich spüre, wie er wieder näher kommt, wie er mich fester packt und zu sich zieht.

»Du bist eine verdammt Hübsche, weißt du das?« Der Mann legt mir eine Strähne hinter das Ohr, und ich spüre, wie sein Mund und seine Nase ganz nah an meinem Nacken sind. Ich kann seinen Atem auf meiner Haut spüren. »Was hältst du davon, wenn wir zwei noch ein wenig Spaß haben?«

Wieder rasen die Gedanken durch mein Hirn, und ich antworte geistesgegenwärtig.

»Ich, ich habe die Tage … das geht nicht.«

»Ach, das stört mich nicht.«

Der Kerl drängt sich näher an mich, und ich schließe die Augen. Als Nächstes spüre ich seine Hände auf meinen Brüsten und höre ihn schwerer atmen. Doch noch etwas anderes höre ich. Eine weitere Stimme, die mir wie ein Leuchtfeuer am Horizont Hoffnung schenkt.

»He, was ist denn hier los? Lass die Finger von der Frau.«

Der Kerl hinter mir stößt mich erschrocken von sich und dreht sich in die Richtung, aus der die Stimme gekommen ist. Ich stürze zu Boden, wende mich um und sehe erstmalig meinen Peiniger im Schattenriss vor dem Laternenlicht. Dann erkenne ich einen weiteren Mann, der meinem Angreifer im Halbdunkel den Weg versperrt. Es ist ein Mann mit halblangem, lockigem Haar. Über seine Schultern trägt er etwas, das wie eine Gitarre aussieht, und einen Rucksack. Dann sehe ich, wie die tödliche Klinge im Licht aufblitzt und der Dieb in eine Angriffshaltung übergeht. Mein Retter löst indes langsam seinen Rucksack und die Gitarre von den Schultern und lässt alles in einer einzigen Bewegung neben sich zu Boden gleiten. Die beiden belauern sich und warten darauf, dass der jeweilig andere den ersten Schritt macht, während ich mich mit dem Rücken gegen das Fahrzeug presse.

»Verpiss dich, du hast hier nichts verloren«, brüllt der Mann mit dem Messer. Mich wundert es, dass niemand sonst von dem Vorfall Notiz nimmt oder vielleicht keine

Notiz nehmen will? »Es ist besser, du verschwindest ganz schnell. Das hier ist nicht dein Problem.«

Sein Gegenüber schiebt sich eine Locke aus der Stirn und nimmt seine beiden Fäuste nach oben.

»Doch, jetzt schon.«

Die beiden sind keinen Meter mehr von einander entfernt, als plötzlich das Messer schlagartig nach vorn fährt. Der lockige Mann kann mit einem Reflex gerade noch ausweichen. Er macht einen schnellen Schritt zur Seite und versetzt dem Angreifer gleichzeitig einen heftigen Hieb mit seinem Ellbogen. Ein kurzer Aufschrei, doch schon steht er wieder bedrohlich mit dem Messer breitbeinig zum Angriff parat und wischt sich mit seiner Hand über den Mund.

»Das war keine gute Idee. Jetzt bin ich sauer. Ich mach dich fertig.«

Wieder greift er mit dem Messer an. Diesmal noch wuchtiger, aber auch unkontrollierter. Doch der breitschultrige Mann war darauf vorbereitet und lässt die Klinge erneut ins Leere laufen. Er bekommt den Angreifer sogar mit einer Hand zu packen. Er schleudert ihn herum und versetzt ihm mit der anderen Hand einen Faustschlag ins Gesicht. Der Mann stürzt, sein Messer rutscht über den schwarzen Asphalt, und er muss sich für einen kurzen Moment neu orientieren. Dann greift er wieder zu seinem Messer, leckt sich über die blutende Lippe und schaut zunächst seinen Gegner, dann mich an. Es scheint so, als würde er seine weiteren Chancen abwägen. Schließlich deutet er mit der Klinge auf mich und weicht einen Schritt zurück. »Wir sehen uns noch. Wart's ab!«

Daraufhin verschwindet er ebenso schnell im Nichts,

wie er gekommen war. Sofort kommt mein Retter auf mich zu und hält mich, bevor ich ganz ohnmächtig werde.

»Ich glaube, der Typ ist weg. Alles okay bei dir?«

Ich nicke, doch eigentlich bin ich mir nicht wirklich sicher. Bin ich okay?

»Ja, danke, geht schon. Ich brauch nur einen kurzen Moment.«

Er nimmt sich seinen Rucksack und holt eine Flasche Wasser daraus hervor.

»Hier, nimm einen Schluck.« Mit meinen zittrigen Händen kann ich die Flasche kaum zum Mund führen. Nach ein paar Schlucken setze ich die Flasche ab und schaue ihn an. Erst jetzt sehe ich ihn das erste Mal richtig. Ich schätze ihn auf Anfang dreißig. Er hat freundliche dunkelbraune Augen, trägt lässige, etwas abgetragene Schlabberkleidung und lächelt mich an. »Wieder besser?«

Langsam beruhigt sich mein Puls. Ich rücke die Brille zurecht und schaue ihn an. »Du hast mir das Leben gerettet. Der Kerl wollte mich …«

»Was für ein Penner«, unterbricht er mich, bevor ich den Satz beenden kann. Wofür ich ihm ebenso dankbar bin wie für sein Einschreiten. »Er kann froh sein, dass ich ihn nicht richtig zu fassen bekommen habe. Ich habe mal Kung-Fu gemacht. Dachte gar nicht, dass so viel hängen geblieben ist.«

»Das war wahnsinnig mutig.«

»Ach, quatsch. Das hätte doch jeder gemacht. Wo kommst du her?«

»Berlin«, antworte ich. »Und du?«

»Stuttgart. Ich bin auf dem Weg zu meinen Eltern nach Thessaloniki.«

»Griechenland«, erkläre ich, wobei das für ihn wohl keine neue Erkenntnis sein dürfte. »Urlaub?«

Er schüttelt den Kopf. »Leider nicht. Ich werde da wohl jetzt eine Zeit lang leben. Ist eine lange Geschichte. Und du?« Er klopft gegen die Seitentür. »Sieht aus, als würdest du umziehen.«

»Nein. Ich bin Fahrerin und transportiere eine Ladung nach Istanbul.«

»Echt jetzt?«

»Ja.«

»Du bist Truckerfahrerin?«

»Nein ... ich meine, ja ... irgendwie schon. Aushilfsweise in den Ferien. Na ja, eigentlich bin ich Lehrerin an einer Grundschule.«

»Ah, ja, das passt besser.«

Er lacht verächtlich, während er sich ein Päckchen Zigaretten aus der Brusttasche seines Hemds nimmt und sich eine ansteckt. Ich bin ein ganz klein wenig beleidigt, dass mir niemand meine Rolle als Truckerfahrerin abnehmen will.

»Ach ja? Warum?«

»Weil ich noch nie eine Truckerfahrerin mit gezupften Augenbrauen und einer Designerbrille auf der Nase gesehen habe. Du siehst einfach nicht so aus, als würdest du ständig mit dem Hubwagen Paletten durch die Gegend schieben und auf Rastplätzen übernachten. Du siehst viel zu ... na ja, spießig dazu aus.«

»Falls das ein Kompliment sein sollte, war das jetzt eher durchwachsen.«

»Ist nur die Wahrheit.« Charmant ist er ja nicht gerade. Er steht auf und geht zu dem Grünstreifen. Dann bückt er sich kurz und reicht mir meinen Geldbeutel entgegen. »Die Kohle ist wohl weg. Aber zumindest hast du noch deine Karten und deinen Ausweis.«

Ich winke ab. »War eh nicht viel drin. Ich reise mit leichtem Gepäck.« Vielleicht erwartet er ja eine Entschädigung von mir, denke ich mir. So wie er ausschaut, kann er jeden Euro gebrauchen. Ja, das wird es sein. Hat er sich auch verdient. »Ich bin jetzt leider abgebrannt. Aber falls es hier einen Geldautomaten gibt, gebe ich dir gern was.«

Das eben noch so freundliche Gesicht wandelt sich schlagartig in ein sehr ernstes.

»Versteh ich nicht. Was willst du damit sagen?«

»Na ja, du willst sicher ein kleines Dankeschön, oder?«

Er schüttelt den lockigen Kopf. Doch zumindest löst sich das Ernste wieder aus seiner Mimik. Er nimmt einen tiefen Zug an seiner Zigarette. Dann sagt er: »Sehe ich wirklich so erbärmlich aus, dass du denkst, ich sei ein Obdachloser?«

»Nein, nein, so war das nicht gemeint.«

»Wie denn dann?«

Gute Frage. Wie war das eigentlich von mir gemeint? Eigentlich genau so, wie er es verstanden hat.

»Ach, keine Ahnung. Tut mir leid. Kann ich mich sonst irgendwie erkenntlich zeigen?«

Wieder schaut er mich fragend an.

O Gott, er denkt doch jetzt hoffentlich nicht … Sofort hebe ich abwehrend die Hände. »Nein, so war das nun auch nicht gemeint. Mann, ich trete hier von einem Fettnäpfchen ins nächste, oder?«

»Könnte man so interpretieren, ja.«

»War wohl etwas zu viel für mich heute.«

»Na ja, wenn du mich aber so ehrlich fragst, könntest du mir wirklich helfen und was Gutes tun.«

»Echt? Was denn?«

»Du fährst nach Istanbul, sagtest du, richtig?«

»Ja.«

»Wäre genial, wenn du mich ein Stück mitnehmen könntest. Vielleicht kannst du ja einen Beifahrer gebrauchen, der dir Gesellschaft leistet und dich vor nächtlichen Messerüberfällen beschützt?«

Sofort habe ich die Stimme meines Bruders im Ohr: *Und keine Anhalter mitnehmen. Nie!* Nach dem gerade erlebten Zwischenfall sollte ich wirklich vorsichtig sein. Er hat mir zwar geholfen und macht außer seiner etwas uncharmanten Art einen harmlosen Eindruck – aber das sagen die Nachbarn von Serienkillern auch immer. Und dann schwemmen irgendwelche zersägten Leichenteile in einem Müllsack verschnürt am Spreeufer an. Also, besser dankend ablehnen und ihm vielleicht doch lieber ein wenig Geld geben. Ja, das ist definitiv besser. Sag ihm einfach, dass du das lieber nicht möchtest. Er wird es verstehen.

»Okay, meinetwegen.«

Was? Ich glaube selbst nicht, was ich da sage. Gerade habe ich mir doch etwas ganz anderes vorgenommen. Und jetzt purzeln diese Worte aus meinem Mund. Letzte Chance zum Zurückrudern, Sibel!

»Das ist wohl das Mindeste, was ich tun kann.«

Okay, das war es. Super! Wie willst du dich gegen die Kinder in der Schule durchsetzen, wenn du es nicht mal bei dir selbst kannst?

»Echt? Ja, klasse. Wann willst du denn weiter?«

»Ich wollte mich jetzt schlafen legen und dann morgen früh weiterfahren.«

»Perfekt! Dann hau ich mich auch mal hin. Ich schlage mein Nachtlager direkt hier auf dem Grünstreifen neben deinem Transporter auf, wenn das okay für dich ist.«

»Oh, das ist mehr als okay. Falls dieser Typ mit dem Messer noch mal vorbeischaut, wäre ich dankbar, wenn ich nicht alleine wäre.«

»Du schläfst im Wagen?«

Ich nicke und deute hinter mich. »Äh, ja. Hinten im Laderaum.«

»Okay, dann schließ besser ab. Ich pass auf, und wenn was sein sollte, schlage ich Alarm.«

»Gut.« Ich weiß nicht recht, was ich nun sagen soll. Ist ja nicht so, als würde man sich verabschieden und nun in zwei verschiedene Hotelzimmer gehen. Es ist absurd: Dieser Mann liegt im Gras auf einem Rastplatz und schläft zwischen Bordsteinkante und einem Mülleimer; ich liege zwei Meter von ihm entfernt, getrennt durch Grabis Außenwand und eine Palette Plastikvaginas. Da fällt ein Nachtgruß à la *He, schlaf gut, wir sehen uns dann morgen beim Frühstück* irgendwie schwer. Daher bin ich mir unsicher, was die richtige Verabschiedung ist, und belasse es bei einem unmotivierten Winken. »Dann, ja, dann … bis morgen früh.«

Er hat sich schon mit seinem Rucksack auf dem Grünstreifen platziert und hebt seinerseits ebenfalls die Hand, während er den Rest seiner Zigarette ins Gras drückt.

»Ja, schlaf gut.«

»Du auch.«

Es muss ein skurriles Bild sein. Zumindest habe ich

mich noch nie von jemandem verabschiedet und bin im Anschluss in einen Transporter gestiegen, um mich dort im Laderaum schlafen zu legen. Noch beim Umziehen im Laderaum schüttle ich unentwegt den Kopf. Als ich kurz darauf in meinen Schlafsack schlüpfe, merke ich, wie erschöpft ich bin. An Einschlafen ist dennoch nicht zu denken.

Was für ein Tag!

Verrückt!

Mir kommt der Gedanke, dass es eigentlich ziemlich unfair von mir ist, hier im sicher abgeschlossenen Laderaum zu liegen, während mein Retter draußen ungeschützt im Freien liegen muss. Und das, obwohl da draußen irgendwo ein Kerl mit einem Messer über die Raststätte schleicht und jeden Moment wieder zurückkommen könnte. Und verdammt noch mal, wie heißt mein Retter eigentlich? Ich habe es nicht einmal für nötig gehalten, mich vorzustellen. Wie undankbar bist du denn, Sibel? Das musst du sofort nachholen. Ich setze die Brille wieder auf, was in der Dunkelheit des Transporters überhaupt keinen Sinn ergibt, schlage entsetzt über meine Unfreundlichkeit den Schlafsack zurück und stehe auf. Ich gehe zur Tür, bleibe dann aber stehen, als ich bereits den Türgriff in der Hand halte. Andererseits kenne ich ihn wirklich nicht gut. Und außerdem stehe ich hier in Slip und T-Shirt. Man muss ja den Teufel auch nicht herausfordern, oder? Vielleicht versteht er das am Ende falsch. Nein, leg dich wieder hin. Ja, besser so. Du tust niemanden was. Im Gegenteil, du hast dich immerhin einverstanden erklärt, ihn morgen ein Stück des Wegs mitzunehmen. Du kannst dich ihm auch noch morgen vorstellen. Kaum liege ich wieder und habe die Brille neben mir abgelegt, meldet sich auch schon mein schlechtes Gewissen zurück. Und wenn er nun schon aufgeschlitzt und blutüberströmt neben Grabi auf dem Rasen liegt? Was soll ich seinen Eltern sagen, wenn sie am Grab weinend neben mir stehen? Ja, ihr Sohn hat mir zwar das Leben gerettet, aber ich habe ihn dann doch lieber im Freien liegen lassen, weil ich dachte, dass mein Slip ihn vielleicht anmachen würde. Albern, Sibel! Ich greife erneut zur Brille, stehe wieder auf, taste mich im Dunkel voran und stoße mir mit voller Wucht den kleinen Zeh meines linken Fußes an der Muschi-Palette.

»Aua! Scheiße Grabi!«, fahre ich den Transporter an, der sich wahrscheinlich nicht bei mir entschuldigen wird. Ein mir bis dato unbekannter Schmerz durchfährt mich, und ich hüpfe auf einem Bein durch den Laderaum.

»Alles okay da drin?«, erkenne ich die Stimme meines namenlosen Retters von draußen erklingen. Zumindest scheint er noch nicht ganz verblutet zu sein. Ich setze mich auf den Boden, beiße die Zähne aufeinander und versuche, nicht weinerlich zu klingen.

»Äh, ja, alles gut. Habe mich nur gestoßen.«

»Ist da noch jemand mit dir drin?«

»Nein, wieso?«

»Dachte, du hättest gerade einen Namen gerufen. Einen Rabbi oder so? Bist du Jüdin?«

»Äh, ne, da musst du dich verhört haben.«

»Du bist aber auch keine Schizo, oder?«

»Nein, verdammt, ich bin auch nicht schizophren. Ich habe mich einfach nur am Fuß gestoßen.«

»Wie du meinst. Nacht!«

»Gute Naa-aacht«, singe ich meine Antwort aus einem Grund, der mir selbst nicht ersichtlich ist. Ich mache mich hier eindeutig gerade zum Deppen. Langsam krieche ich auf allen vieren tastend zurück in meinen Schlafsack. Dort angekommen, streiche ich eine Weile über meinen lädierten Fuß und überlege, wie oft so ein Messerüberfall in der gleichen Nacht am gleichen Ort wohl schon vorkommen kann? Die Chancen stehen doch wohl sehr gering, oder? Ich schätze sie auf unter fünf Prozent. Das genügt, um mein Gewissen so weit zu beruhigen, dass ich die Brille ein letztes Mal ablege, die Augen schließe und bereits nach wenigen Momenten eingeschlafen bin.

Kapitel 11

Mein Rücken schmerzt.

Als ich am nächsten Morgen aufwache, weiß ich zunächst nicht, wo ich mich befinde, und taste blind wie ein Maulwurf nach meiner Brille. Meine Augen gewöhnen sich nur langsam an das schummrige Licht, das durch ein paar Ritzen der Karosserie hereinfällt. Der Laderaum versprüht zudem den Charme eines Frauengefängnisses in Nicaragua: Die Liege ist hart, es riecht nach Schmierfett, und ich liege auf engstem Raum direkt neben unzähligen anderen Muschis.

Ich strecke den Rücken durch und setze mich auf. Oh, verdammt, da war ja noch was. Die Erinnerung an den vergangenen Abend kehrt schlagartig zurück und mit ihr die Erkenntnis, dass dort draußen noch mein Lebensretter im Gras liegt. Zumindest hoffe ich das. Vorsichtig gehe ich die wenigen Schritte zur Tür. Schließlich lernt man ja aus seinen Fehlern, und auch mein Zeh wird es mir danken. Zunächst öffne ich die Tür nur einen kleinen Spalt, doch es genügt, um mir durch das gleißende Sonnenlicht des Morgens mein komplettes Augenlicht zu zerfräsen. Ich halte eine Hand schützend über meine Augen und blinzle nach draußen. Doch dort liegt kein Lebensretter. Meine Augen suchen die kleine Grasfläche ab, doch niemand ist dort zu sehen. Er ist weg! Ist der Kerl mit dem Messer etwa doch noch zurückgekommen? O mein Gott, ich habe ihn geopfert. Allerdings kann ich keine Blutspuren oder andere Hinweise erkennen, die auf einen Kampf schließen lassen würden. Außer Autos und fremden Menschen ist niemand zu sehen. Ein Truck hält direkt neben mir. Erst als die Scheibe heruntergelassen wird, erkenne ich, dass es Bohnen-Peter ist.

»Moin, Travelpussy! Na, alles okay bei dir? Du siehst ziemlich mitgenommen aus.«

Ich vermeide es, sowohl auf meinen neuen Spitznamen einzugehen, als auch die Geschichte mit dem gestrigen Überfall zu erzählen. Es muss ja nicht gleich jeder erfahren, was hier vergangene Nacht los war.

»Ich bin nur ein wenig müde. Sag mal, hast du zufällig heute Morgen jemanden neben meinem Transporter liegen sehen. So ein langhaariger Mann, mit Sandalen und einem Leinenshirt an?«

Bohnen-Peter lacht schallend auf. »Hast du eine Jesus-Erscheinung gehabt?«

»Nein, ernsthaft. Ich schulde ihm noch was, aber ich finde ihn nicht mehr.«

»Nein, ich habe niemanden gesehen. Ich hatte meinen Truck aber auch weiter vorn stehen. Pass bloß auf und nimm keine Anhalter mit, hörst du?«

»Hm, ja.«

»Na dann. Wir sehen uns. Wir haben dir ja gesagt, auf welchen Rastplätzen wir die nächsten Tage sind. Schließlich steht meine Kaffeeeinladung noch aus.«

»Die nehme ich auf jeden Fall wahr. Mach's gut.«

»Gute Fahrt.«

Der Motor des Trucks heult auf, und Bohnen-Peter rollt mit seinen Autoteilen vom Rastplatz. Da fällt mir ein, dass er ja nach Griechenland will. Also genau dorthin, wohin auch mein Retter möchte. Vielleicht könnte Bohnen-Peter ihn ja mitnehmen. Dazu müsste ich meinen Retter allerdings erst einmal finden. Vielleicht ist er aber auch schon mit jemand anderem gefahren. Ja, wahrscheinlich sogar. Er hat jemanden gefunden, der ihn nach Griechenland mitnimmt. Prima, dann ist ja allen geholfen, denke ich, wobei ich zugeben muss, etwas enttäuscht zu sein. Ich gehe zurück zu Grabi. Im Laderaum ziehe ich mich um und räume mein Nachtlager zusammen.

»Siehst du, Grabi, man muss nur Geduld haben. Die meisten Probleme lösen sich von ganz alleine.«

Ich lasse noch einige Schimpftiraden auf den gestrigen Überfall los und trete wieder hinaus, um weiterzufahren, als mich dort jemand breit grinsend an einer Zigarette ziehend und auf seinem Rucksack sitzend erwartet.

»Und du bist wirklich ganz sicher, dass du außer dir dort niemanden drin hast?«, fragt mein abtrünniger Mitfahrer und hält mir einen Becher Kaffee entgegen.

»Wie lange sitzt du schon hier draußen?«

»Lange genug, um verwirrt zu sein, mit wem du dich da drin die ganze Zeit unterhältst.«

»Ich dachte schon, du wärst bereits weitergefahren.«

»Ich? Nein. Ich habe doch gesagt, dass ich mit dir fahre. Ich habe uns nur einen Kaffee geholt. Sozusagen als kleines Dankeschön fürs Mitnehmen. Er ist nicht besonders gut, aber er macht wach. Hier, nimm schon!« Er reicht mir den Becher, während er sich durch die Haare fährt und gegen die Morgensonne blinzelt. »Also, du bist kein Freak, der da irgendjemanden drin gefangen hält?«

»Nein, zum Teufel, natürlich nicht.«

Ich nehme den Kaffee. Dann schließe ich die Tür zur Ladefläche und gehe um das Fahrzeug herum. Der Kerl nervt ein wenig. »Ich will heute ein gutes Stück vorankommen. Also, wenn es dir nichts ausmacht, würde ich gerne gleich losfahren.«

»Ey, Captain.«

Er verstaut seine Sachen und schwingt sich auf den Beifahrersitz neben mich. Das sind genau die Situationen, bei denen man sich in Horrorfilmen immer darüber aufregt, wie jemand so blöd sein kann, einfach einen fremden Mann mitzunehmen. Mir schießen komplette Staffeln der Serie *Medical Detectives* durch den Kopf, aber der Kerl hat mich schließlich gerettet. Wie soll man da seinem einzigen Wunsch nicht entsprechen, ihn zumindest ein paar Kilometer mitzunehmen. Meine Nervosität versuche ich daher durch aufgesetzte Höflichkeit zu überspielen und reiche ihm die Hand.

»Ich bin übrigens die Sibel. Ich habe gestern in dem ganzen Trubel wohl vergessen, mich vorzustellen.«

»Georgios. Kannst aber gerne Jorgo sagen. So nennen mich alle.«

O Gott, wenn das mein Vater wüsste. Und schon purzelt mir die nächste Peinlichkeit aus dem Mund.

»Grieche, was?«

»Nee, Schwede«, antwortet Jorgo.

»Was?«, frage ich und werfe ihm kurz einen irritierten Seitenblick zu.

»War ein Witz. Natürlich Grieche. Das heißt, eigentlich

bin ich Deutscher. Meine Eltern sind Griechen. Ich bin in Stuttgart geboren und aufgewachsen.«

»Wie ich.«

»Du bist auch in Stuttgart geboren?«

»Nein. Aber meine Eltern sind auch Ausländer. Türken.«

Nun verdreht Jorgo die Augen. »Das hat mir nun auch noch gefehlt. Eine Türkin.«

Ich schaue pikiert neben mich. »Kannst gerne wieder aussteigen.«

»Schon okay, fahr einfach. Wir sind ja beide Deutsche.«

Damit verabschiedet sich Jorgo aus dem aktiven Teil des Gesprächs. Er klappt seine Sitzlehne so weit es geht zurück und macht Anstalten, sich schlafen zu legen. Einerseits bin ich froh, dass er mich nicht direkt in Einzelteile zerhacken will und ich auch keine verräterischen Müllsäcke bei ihm entdecken kann, doch andererseits empfinde ich es als unhöflich, sich in ein fremdes Auto zu setzen und einfach zu pennen. Also sage ich es auch.

»Du willst doch jetzt wohl nicht schlafen. Das ist unhöflich.«

Er streckt seinen Kopf wieder empor und schaut mich verdutzt an. »Was?«

»Das heißt nicht *was*, sondern *wie bitte*, und es ist unhöflich.«

»Bist du meine Mutter oder so 'ne Scheißlehrerin oder was?«

»Schon vergessen? Ja, ich bin so 'ne Scheißlehrerin. Und jetzt setz dich aufrecht hin und schnall dich bitte an. Das ist in der Straßenverkehrsordnung nicht ohne Grund so festgelegt worden.«

Gut so, Sibel, mach gleich mal klar, dass du keine verschreckte kleine Göre bist, die er so einfach in ihrem Wagen überwältigen kann.

»Ach du Scheiße. Vielleicht hätte ich den Typen einfach machen lassen sollen. Gute Nacht.«

Er dreht sich wieder zur Seite und ignoriert meine Bitte um Aufmerksamkeit und Anschnallen. Frechheit. Ich schaue noch dreimal hinüber, bevor ich es fürs Erste belasse. Wart's ab, mein Lieber, wir haben ja noch ein paar Kilometer …

Kapitel 12

Je weiter wir auf der Autobahn nach Süden vorankommen, desto mehr lasse ich tatsächlich die Gedanken und Probleme von zu Hause hinter mir. Natürlich denke ich ab und an daran, was Florian gerade wohl so treibt, doch alle Antworten, die sich mir bieten, beinhalten eine Praktikantin mit den steil abstehenden Brüsten einer Barbiepuppe. Also verwerfe ich die Gedanken ebenso schnell, wie sie kommen. Das gelingt mir erstaunlich gut. Und mein Mitfahrer? Na ja, Jorgo ist ein wenig seltsam, aber zumindest hat er bislang noch keine Anstalten gemacht, mich zu zerhacken. Und wie er so schläft, sieht er auch nicht wirklich gefährlich aus. Ich mustere ihn nun etwas genauer. Seine lockigen Haare scheinen genauso unangepasst wie der Rest von ihm zu sein. Zumindest ist er keiner dieser Jasager, die über keine eigene Meinung verfügen. Aber vorlaut ist er dennoch. Und ungehobelt. Für das Nichtanschnallen hat er eigentlich noch eine Retourkutsche verdient.

Aber wie?

Einige Kilometer weiter habe ich eine Idee und muss schon grinsen, bevor ich sie umsetze. Ich umfasse das Lenkrad, schaue in den Rückspiegel, dass auch weit und breit niemand direkt hinter mir ist, und trete mit einem

Mal kräftig auf die Bremse. Sofort schießt Jorgo nach vorn und schlägt dort unter einem lauten Aufschrei gegen Handschuhfach und Innenraumverkleidung. Schlagartig ist er wach und schaut mich mit weit aufgerissenen Augen an.

»Scheiße, was ist los?«

Ich schiebe die Brille zurecht, deute mit gespielter Erschrockenheit auf den verwaisten Straßenrand und schaue unbeeindruckt vor mich auf die Fahrbahn.

»Fuchs. Da war ein Fuchs. Ui, das war knapp. Zum Glück habe ich eine so gute Reaktion.«

»Fuck, du hast mich zu Tode erschreckt. Ich hätte durch die Scheibe fliegen können.«

»Siehst du! Dann schnall dich das nächste Mal einfach besser an, dann passiert so was nicht.«

Jorgo mustert mich und überlegt wohl, ob er mir die Fuchsgeschichte abkaufen soll, entscheidet sich dann aber dazu, es zu tun und nicht weiter nachzufragen. Stattdessen schnallt er sich vorsichtshalber an und streckt sich. Und zwar so, dass sein Leinenhemd ein Stück seines trainierten Bauchs freigibt. Das sehe ich natürlich nur durch Zufall, als ich noch mal nach dem Fuchs am Straßenrand Ausschau halte.

»Wo sind wir?«

»Was?« Ich fühle mich ertappt und fummle reflexartig am Scheibenwischer herum. Sinnfrei bei nahezu dreißig Grad und strahlendem Sonnenschein.

»Das heißt *wie bitte*, Frau Lehrerin, und ich wollte wissen, wo wir sind.«

»Ach so, ja. Irgendwo hinter der deutsch-österreichischen Grenze.«

»Ach, sind wir schon? Ist ganz schön die Gegend hier.«

»Hmmm«, brumme ich, wobei unklar bleibt, ob dies meine Zustimmung oder eine komplett andere Meinung signalisiert. Jorgo ist die Antwort anscheinend aber egal, und er schaut weiter hinaus, wo die Landschaft in einer Endlosschleife vorbeizieht. Dann macht er Anstalten, sich eine Zigarette anzuzünden. Kaum dass die Spitze glimmt, werfe ich ihm einen unmissverständlichen Blick zu.

»Sag mir jetzt nicht, dass das ein Nichtraucherwagen ist.«

»Doch, genau das ist es. Tut mir leid, hier wird nicht geraucht.«

Jorgo dreht die Scheibe einen Spalt weit herunter und wirft die Kippe aus dem Fahrzeug. Dazu brummt er etwas, das sich verdächtig nach *Das kann ja heiter werden* klingt. Doch dann sagt er etwas anderes.

»Ist irgendwie ein wenig wie früher, findest du nicht?«, fragt er, ohne dabei seinen Blick von dem Panorama zu nehmen. Ein Ausblick über ein Tal breitet sich gerade vor uns aus, als wir eine mächtige Autobahnbrücke überqueren.

»Was meinst du?«

»Na, als wir klein waren. Die Fahrten in den Sommerferien.« Er dreht den Kopf zu mir und lächelt mich an. »Das kennst du doch auch noch, oder? Die vollgepackten Autos mit Geschenken für die ganzen Onkel und Tanten in der alten Heimat. Und dann diese tagelangen Fahrten mit dem alten Mercedes.«

Auch ich lächle bei dem Gedanken daran. Natürlich erinnere ich mich. Gefühlt habe ich meine komplette Pubertät in unserem Auto irgendwo zwischen Berlin und

Istanbul verbracht. Zumindest in den Sommerferien. Allerdings hatten wir keinen alten Mercedes, sondern das Auto aller Türken in der damaligen Zeit.

»Ach, das meinst du. Klar weiß ich das noch. Aber Mercedes? – Nein! Wir als Vorzeige-Migranten-Familie hatten natürlich den Klassiker. Einen Ford Taunus, in dem mein Bruder und ich uns ständig stritten. Himmel, wenn ich da noch dran denke. Jedes Jahr zwei Tage Fahrt runter in die Türkei, dann sechs Wochen Istanbul und wieder zwei Tage zurück.«

»O ja …«, stimmt Jorgo mir zu, und ich führe weiter aus.

»Nur einmal sind mein Bruder und ich nicht mit in die Türkei gefahren. Mein Vater und meine Mutter mussten in Istanbul irgendetwas auf einem Amt klären, und wir sind für die Zeit in ein Ferienlager für Kinder in den Harz gefahren. O Gott, das war noch schlimmer als die tagelange Fahrerei über den Balkan. Und meine Mutter hatte solch eine Angst um uns, dass wir unter den ganzen deutschen Kindern nicht klarkommen.«

»Wie Mütter nun mal so sind.«

Jorgo wendet sich wieder der vorbeifliegenden Landschaft zu. Doch bei der Erinnerung an diese Ferien kommen mir noch ein paar ganz andere Gedanken. Ich muss unweigerlich laut lachen und trommele auf das Lenkrad.

»O Gott, mir fällt gerade was ein. Meine Mutter ist da nämlich wirklich ein wenig extrem gewesen. Sie ist da, nennen wir es … sehr experimentell gewesen.«

Mein Beifahrer dreht sich wieder zu mir und zieht fragend die Augenbrauen zusammen. »Was meinst du damit?«

»Sie hat uns damals vorher eingetrichtert, dass wir auf gar keinen Fall sagen sollen, dass wir türkische Kinder sind. Anstelle von Metin und Sibel sollten wir uns Martin und Sybille nennen.«

Jorgo schlägt sich vergnügt auf die Schenkel. »Was? Martin und Sybille? Das ist nicht dein Ernst, oder?«

»Doch ist es. Aber das war noch nicht das Schlimmste. Damit wir auch ganz bestimmt nicht auffallen, hat uns unsere Mutter sogar extra die Haare blond gefärbt und uns in typisch deutsche Klamotten gesteckt. Zumindest in die Klamotten, die meine Mutter typisch deutsch fand.«

»O nein, sag jetzt nicht …«

»… Dirndl und Lederhose, jawohl!« Auch ich lache erneut laut auf, während mir all die Erinnerungen durch den Kopf schwirren. »Wir sahen aus, als würden wir in ein verdammtes Ferienlager der Hitlerjugend fahren.«

De Grabi bebt geradezu beseelt von unserem Lachen, und ich muss mich zusammenreißen, um nicht die Kontrolle über das Fahrzeug zu verlieren. Wir kommen nur langsam wieder zur Ruhe.

»Blonde Haare und Dirndl. Du bist ein verdammter Nazi, Sybille.«

»An mir ist eine Eva Braun verloren gegangen.«

»Du kannst ja richtig witzig sein, Sibel. Wer hätte das gedacht. Ich dachte, du seist total spießig.«

»Oh, das bin ich auch. Aber ja, manchmal kann selbst ich auch richtig witzig sein. Zumindest wenn man mir nicht gerade auf die Nerven geht.«

»Sorry.« Jorgo knetet sich mit einer Hand seinen steifen Nacken. »Ich hatte die letzten Tage viel um die Ohren.«

Und ich erst, würde ich ihm am liebsten antworten,

doch all das Belastende um Schule und Florian geht ihn nichts an. Stattdessen erzähle ich lieber von dem Ferienlager weiter.

»Na, jedenfalls fielen wir natürlich durch unsere Trachtenkleider erst recht auf. Mal abgesehen davon, dass die Hälfte der anderen Kinder sowieso ebenfalls alle Ausländer waren und die ganze Scharade völlig überflüssig war.«

»Ich schmeiß mich weg. Die beiden Türkenkinder in Kartoffelkleidern.«

»Ja, noch ein Bärtchen für meinen Bruder und einen Schäferhund für mich, und wir hätten bei der Rückfahrt nach Berlin direkt im Reichstag einmarschieren können. Wir lachen uns heute immer noch darüber kaputt, wenn wir auf Familienfeiern davon erzählen.«

Jorgo überkommt wieder ein Lachanfall, und er kann sich kaum mehr einkriegen. Es tut verdammt gut, mal wieder so herzhaft zu lachen. Eigentlich lache ich sehr gerne. Nur die letzte Zeit habe ich das irgendwie vergessen. Kann man Lachen verlernen? Vielleicht. Zumindest boten sich in den vergangenen Wochen wenige Momente, in denen ich es hätte trainieren können.

»Okay, eins zu null für dich. So schlimm war meine Mutter dann doch nicht. Zumindest sind meine Haare nie blond gefärbt worden, und ich kann mich auch nicht daran erinnern, dass meine Mutter mich aufgefordert hätte, dass ich mich vor den anderen Kindern Schorsch nennen soll.«

»Ach, war halb so schlimm …« Ich winke ab. »Zumindest hatten wir so mal die Möglichkeit, sechs Wochen lang Schweinefleisch zu essen. Das haben wir dann nämlich gemacht.«

»Oh, übers Essen kann ich aber auch eine Story erzählen.«

»Schieß los.«

»Meine Exfreundin war Vegetarierin.«

»Eine Deutsche?«

Jorgo nickt. »Kati. Und als wir das erste Mal bei meinen Eltern zum Essen eingeladen waren, hat meine Mutter natürlich tierisch aufgetischt, als ob es kein Morgen gäbe. So sind wir Griechen nun mal. Es gab Gyros, Lammspieße, Bifteki, Souflaki, alles Mögliche ... total lecker, wenn Kati nicht Vegetarierin gewesen wäre.«

»Hattest du deiner Mutter nicht gesagt, dass sie Vegetarierin ist?«

»Doch, natürlich. Meine Mutter hat uns allen also voller Überzeugung das Fleisch aufgetan und meiner Freundin zwei Hühnersteaks.«

»Was?«

»Ja, das hat Kati auch gesagt. Sie hat dann nur verschüchtert meine Mutter angeschaut und gesagt, dass sie leider Vegetarierin sei, worauf meine Mutter genickt und auf das Hühnchen gezeigt hat und ihr einen guten Appetit wünschte. Für griechische Mütter ist Hühnchen kein Fleisch, das ist vegetarisch.«

Ich schmunzle. »Und wie hat Kati reagiert?«, frage ich.

»Die Arme hat sich sogar ein paar Stückchen Huhn reingeschoben, obwohl ich sagte, dass sie das nicht müsse. Aber es war ihr wohl zu peinlich. Und nach dem Essen hat meine Mutter dann stolz verkündet, dass Kati am Sonntag doch wieder zum Essen mitkommen könne, sie würde ihr wieder vegetarisch kochen. Diesmal vielleicht einen Fisch oder ein Stück Pute.«

»Ist ja süß. Ja, so sind sie, unsere Eltern.«

»Ja.« Sein Blick verfinstert sich schlagartig. »Und ich Idiot muss ihnen jetzt sagen, dass ich versagt habe und das Restaurant pleite ist. Kein schöner Anlass, um Eltern zu besuchen.«

»Wie meinst du das?«

»Ach, wir haben ein griechisches Restaurant in Stuttgart gehabt. Lief immer super. Aber die letzten Jahre gab es Probleme. Als meine Eltern zurück nach Griechenland sind, habe ich es alleine geführt. Aber schau mich an. Ich bin kein Geschäftsmann. Es wurde immer schlimmer, und die Schulden stiegen. Ich habe mir Kredite besorgt, aber es hat nicht funktioniert. Und jetzt musste ich alles verkaufen. Es hat noch nicht einmal annähernd gereicht, um die Schulden zu decken. Und jetzt fahre ich nach Thessaloniki und darf ihnen die Nachricht überbringen, dass das, wofür sie ein ganzes Leben geschuftet haben, nicht mehr da ist.«

»Verstehe. Das ist in der Tat nicht schön.«

Jorgo schaut wieder hinaus, wo nun nur noch endlos Leitplanken vorbeiziehen. Er scheint vielleicht doch nicht ganz so ein Stoffel zu sein. Ich muss an meinen Vater denken und wie traurig es ist, dass er sich so von mir wegen Florian abgewendet hat. Ich vermisse meinen Vater. Als Kind fühlte ich mich in seiner Nähe immer ganz sicher, und ich liebte die sanfte Berührung, wenn er mich in seinen starken Armen hielt. Wenn er mir einen Kuss auf die Stirn gab und dabei seine Barthaare auf meiner Haut kitzelten. Dann war alles gut.

Mein Handy piept. Eine Nachricht. Von Florian. Er fragt, wo ich denn sei und ob wir nicht über das Vorgefallene reden könnten. Ich atme tief durch und schüttle den Kopf. Was soll man da noch reden? Er hat mich verarscht. Mich ausgebremst und für dumm verkauft. Was um alles in der Welt sollte unsere Beziehung wieder in die Reihe bringen? Vielleicht könnte ich mir ja einen Penis wachsen lassen. Ich muss schmunzeln.

»Schlechte Nachrichten?« Jorgo schaut mich fragend an. »Von deinem Chef in der Schule?«

Ich lege das Handy wieder zurück.

»So ähnlich. Von meinem Exfreund.«

»Aha.« Jorgo rückt sich im Beifahrersitz zurecht. »Erzähl mal was von dir! Außer, dass du eigentlich Lehrerin bist, in deiner Freizeit gerne Dirndl trägst und dich in deinem Laderaum mit imaginären Personen unterhältst.«

»Das ist doch schon eine ganze Menge, findest du nicht?«

»Schon, aber ich muss ja schließlich wissen, zu welcher Serienkillerin ich mich hier ins Fahrzeug gesetzt habe. Also, wer sind Sie, Frau Sibel?«

»Ach, das ist nicht so spannend und schnell erzählt. Ich vertrete bei dieser Tour nur meinen Bruder. Er hat sich den Fuß gebrochen und konnte die Reise nicht antreten. Ansonsten komme ich wie gesagt aus Berlin und bin Lehrerin. Habe eine fünfte Klasse, das heißt, bald ist sie eine sechste, die mich in den Wahnsinn treibt, und bin eben jetzt auf dem Weg nach Istanbul.«

»Und du fährst also normales Frachtgut …«

O nein, schon bei der zweiten Frage kommt er gefährlich nah an die Travelpussys. Das ist deutlich zu früh, um sich eine Ausrede einfallen zu lassen. Also, falls es dich gibt, Gott oder Allah oder wer auch immer, dann erspare mir bitte diese Peinlichkeit und frag jetzt nicht, was ich geladen habe. Jorgo deutet nach hinten in Richtung des Laderaums. »Was hast du denn als Ladung?«

Vielen Dank nach oben. Also gut, meinetwegen! Soll er mich doch die restliche Fahrt über damit aufziehen. Wenn er mich allzu sehr nervt, schmeiße ich ihn eben raus.

»Travelpussys für Automaten.«

Er schweigt kurz. Dann nickt er lediglich anerkennend. Gerade so, als hätte ich ihm gesagt, dass ich einen Zentner Speisekartoffeln transportiere.

»Cool. Das nenne ich mal eine heiße Ladung.«

Ich schaue ihn überrascht an, dass er damit so entspannt umgeht und keinen Witz darüber macht.

»Du weißt, was das ist?«

»Klar. Das sind künstliche Vaginas. Oder heißt das Vaginen? Oder Vaginanten? Was ist die Mehrzahl von Vagina, Frau Lehrerin? Das hat mich schon immer interessiert.«

»Der Plural von Vagina? Hmmm, ich denke Vaginen. Wobei der korrekte Fachterminus dafür sogar eigentlich Vaginae sein dürfte. Also mit »a« und »e« am Ende. Wobei sich in der Umgangssprache Vaginas am ehesten sinnvoll anhört und damit wohl auch gelten dürfte.«

Jorgo bläst anerkennend die Wangen auf. »Wow, du bist echt gut.«

»Na ja, ist bei allen Sachen so, die aus dem Lateinischen kommen und keine Hexerei. Ist wie bei dem Wort Pizza. Die richtige Mehrzahl wäre auch hier Pizzae. Aber das sagt natürlich niemand.«

»Ja danke, so genau wollte ich es nun auch nicht wissen.«

»Sorry.«

»Okay, Lehrerin, Fahrerin und Vaginae-Expertin. Was noch? Bist du verheiratet?«

»Nein. Ich … ich bin Single.«

»Ach, hör auf. So jemand wie du ist niemals Single.«

»Doch! Und was soll das eigentlich heißen … so jemand wie du?«

»Na ja, so jemand wie du, der hat doch zwei Kinder, fährt einen Volvo-Kombi und macht Kochabende mit befreundeten Pärchen. Dazu bist du bestimmt so eine Blitzbirne.«

»Blitzbirne? … Ja, ist klar. Jemand, der weiß, was die Mehrzahl von Vagina ist, der ist vielleicht in deiner Welt ein Spießer. Und außerdem machst du auch nicht den Eindruck, als ob du der Typ bist, der allein durchs Leben geht. Bist bestimmt so ein cooler Typ, der mit seiner Gitarre die dummen Gören erst zum Heulen und dann ins Bett bringt.«

Ich überspiele die Tatsache, dass ich rot werde, mit einer gewagten Gegenthese.

»Ach, so schätzt du mich also ein?«

»Ja.«

»Und du hast dich bestimmt von deinem Typen getrennt, weil ihr euch über die Zubereitung eurer Smoothies gestritten habt und er mit deiner Laktoseintoleranz nicht mehr klarkam.«

»Du liegst so daneben, mein Lieber. Aber wie ist es bei dir? Wer bist du?«

»Meine Geschichte ist schnell erzählt. Meine Eltern

sind in den Sechzigerjahren nach Deutschland gekommen und haben eine kleine Taverne in Stuttgart aufgemacht. Hab ich ja schon erzählt. Lief alles super, bis vor ein paar Jahren die Gäste ausblieben. Ich habe Musik studiert und hatte eine Band. *The Mykonos Beatsticks*, ist so eine Mischung aus griechischem Style und modernem Pop.«

»*Mykonos Beatsticks*, bisschen klischeehaft, oder?«

»Ja. Aber ich musste es dann eh aufgeben, weil meine Eltern zurück nach Griechenland sind und ich die Taverne weiterführen musste.«

»Dann bist du also Gastronom geworden.«

»Ja, und das war das Problem. Das Ganze ging kein Jahr gut, und ich musste das Lokal schließen. Ich hatte keine andere Wahl. Jetzt bin ich arbeitslos.«

»Hast du es beim Arbeitsamt probiert?«

»Meinst du das ernst? Wer glaubt, dass man vom Arbeitsamt einen passenden Job bekommt, der glaubt auch daran, dass einem das Ordnungsamt die Küche aufräumt.«

Ich muss schmunzeln. Zugleich finde ich es beneidenswert, dass Jorgo dabei so entspannt wirkt.

»Na ja, jedenfalls muss ich jetzt meinen Eltern die tolle Nachricht überbringen, dass das Lokal für immer dichtgemacht wurde. Deswegen habe ich es nicht allzu eilig, nach Thessaloniki zu kommen, und trampe. Außerdem bin ich ziemlich pleite. Aber immerhin fühle ich mich jetzt wieder frei und kann mich wieder der Musik widmen. Das ist mein Leben.«

»Schön. Also, nicht die Pleite des Lokals, aber dass du weißt, was du im Leben wirklich machen möchtest. Deine Musik.«

»Immerhin etwas. Manchmal muss man im Leben wohl erst alles verlieren, damit man keine Angst mehr vor den richtigen Entscheidungen hat.«

Ich muss schlucken. Er mag ein wenig rüpelhaft und direkt sein. Aber mit seiner Aussage trifft Jorgo wirklich den Nagel auf den Kopf.

»Wem sagst du das?«

»Wie meinst du das?«

Eigentlich geht es ihn nichts an. Aber er ist gerade der einzige Mensch zwischen Berlin und Istanbul, den ich als Ansprechpartner habe. Also, was soll's, denke ich und beginne damit, mein Herz auszuschütten.

»Ich habe es immer allen recht machen wollen, habe meine Wünsche immer zurückgestellt, weil ich niemanden verletzen wollte. Ich wollte nur nicht negativ auffallen, verstehst du?«

»Du wolltest unsichtbar sein.«

»Nein, eigentlich nicht. Ich wollte schon, dass man mich sieht. Aber dabei niemandem zur Last fallen. Ich war so was wie das Saarland.«

»Wie das Bundesland?«

»Ja, genau. Ich hab zwar existiert, aber nie richtig dazugehört. Hab so am Rande mitgelebt, niemand hat sich an mir gestört, denn dafür war ich zu klein und unwichtig. Niemand hat jemals richtig Notiz von mir genommen, so unscheinbar war ich.«

»Schöner Vergleich.«

»Früher wollte ich es meinen Eltern recht machen, meinem Bruder, meinen Kollegen und dann meinem Exfreund. Aber damit ist jetzt Schluss. Ich werde mich nicht mehr verbiegen, nur damit Frieden herrscht.«

»Seit wann bist du Single?«

»Lass mich überlegen.« Ich überschlage kurz. »So circa achtundvierzig Stunden. Ich habe ihn mit einer anderen Frau erwischt.«

»Malaka.« Jorgo lacht neben mir auf und klatscht dazu in die Hände, »dann ist das hier also auch so eine Art Flucht für dich. Dann haben wir ja was gemeinsam.«

»Könnte man so sagen.«

»Dann hast du es wohl auch nicht sonderlich eilig, wieder nach Hause zu kommen.«

»Nicht wirklich. Zu Hause warten ein rülpsender Exfreund und eine Haushaltsauflösung auf mich. Das kann also gerne noch ein wenig warten.«

»Klingt verlockend. Er verarscht dich, ist ein Idiot und vögelt mit einer anderen. Scheint ja ein richtiger Traummann gewesen zu sein.«

»Was soll ich sagen. Er stand auf Möpse.«

Mein Beifahrer dreht sich zu mir und schaut mich prüfend an. »Glaube ich nicht«, sagt er dann. »Deine sind gar nicht so übel. Das war sicher nicht der Grund.«

»Was?« Ich sehe ihn verblüfft an, dann verstehe ich. »Nein, nicht diese Möpse. Ich meine die Hunde.«

»Oh.«

»Noch nicht einmal auf echte Hunde, sondern Porzellanfiguren davon. Nicht gerade sehr maskulin, oder?«

»Nein. Eher skurril. Vielleicht sogar beängstigend.«

»Er hat sie in so einem bescheuerten Setzkasten aufbewahrt.«

Jorgo setzt an, etwas dazu zu sagen, entscheidet sich dann jedoch lieber für ein Kopfschütteln und schaut zum Fenster hinaus. Die Landschaft zieht an uns vorüber, als einige Schilder über die Entfernung zu einigen Städten Auskunft geben. Linz, Graz, Wien …

»Sag mal, darf ich dich was fragen?«

»Klar«, antworte ich.

»Wie spontan bist du?«

Ich würde gerne behaupten, dass ich eine total freakige Frau bin, die so was von spontan ist, dass man es kaum aushält, aber das wäre eine gewaltige Lüge.

»Ehrlich gesagt gar nicht. Ich bin eher so eine Kontrolletti, weißt du? Aber genau das will ich ja ändern. Also, warum fragst du?«

»Weil ich noch nie in Wien war. Soll verdammt schön dort sein. Warst du schon einmal dort?«

»Nein, noch nie. Ich war außer in Istanbul eigentlich noch nie irgendwo … Moment, du meinst wir zwei?«

»Genau. Das ist kein großer Umweg. Morgen wären wir wieder auf der richtigen Strecke. Na?«

»Äh, nein, das geht nicht. Ich kenne dich überhaupt nicht. Außerdem habe ich mir einen Plan gemacht und den möchte ich auch einhalten.«

»Scheiß auf deinen Plan, Sibel. Du hast mir doch gerade erzählt, dass du freier sein willst, und nun suchst du schon wieder nach Ausreden.«

»Tu ich nicht. Ich habe nur keine Lust, unsinnigerweise noch länger zu fahren, um mir Wien anzusehen.«

»Also kennst du Wien doch schon?«

»Nein. Aber ich habe trotzdem keine Lust.«

Er lässt sich zurück in seinen Sitz sinken.

»Okay, sorry. War nur so eine verrückte Idee.«

»Versteh mich richtig, Jorgo. Ich will das nicht. Ich habe hier einen Auftrag, und man verlässt sich auf mich.«

»Natürlich. War nur so eine spontane Idee.«

Ich schalte das Radio an, und wir hören die nächsten Kilometer stumm nebeneinander sitzend einige Chartlieder. Ich kann doch nicht mit einem Wildfremden einfach so nach Wien fahren. Das ist verantwortungslos und total unvernünftig. Obwohl mich Wien schon immer interessiert hat. Florian wollte ja leider nie mit mir in den Urlaub oder wenigstens eine Städtereise unternehmen. Und so war ich die letzten vier Jahre eben auch nicht im Urlaub. Dabei interessieren mich andere Kulturen und Städte sehr. Auf der Höhe von Wels passieren wir das nächste Autobahnschild, das signalisiert, dass es geradeaus weiter in Richtung Graz und rechts auf die Autobahn in Richtung Wien ginge. Als wir schon fast an der Ausfahrt vorbei sind, reiße ich das Lenkrad herum und lenke Grabi in Richtung Wien. Jorgo hält sich mit einer Hand am Griff fest und schaut mich verdutzt an. Allerdings will ich ihn nicht anschauen und schaue weiter stur geradeaus. Nur ein kurzer Kommentar kommt über meine Lippen.

»Aber du bezahlst das Riesenrad im Prater.«

Jorgo zieht sich wieder in seinem Sitz nach oben. Er richtet sich auf und schaut dann ebenfalls stur auf den weiteren Straßenverlauf.

»Geht klar.«

Kapitel 13

Wien empfängt uns mit einem Wetter, so zuckersüß wie eine Sachertorte. Es ist ein herrlicher Tag mit reichlich Sonne und vereinzelten Wolken, die ab und an ein wenig Schatten spenden. Ich muss zugeben, dass Wien noch viel schöner ist, als ich dachte. Jorgo und ich schlendern den Nachmittag durch die Stadt, essen Topfenstrudel und Altwiener Apfelstrudel mit Schlagobers. Wir verlieren die Zeit und finden uns gegen Abend in einer Eisdiele wieder, wo wir uns einige Kugeln in die Waffel geben lassen und weiter nebeneinander durch die noch immer warme Stadtluft flanieren. Wir reden nicht viel, sondern lassen uns ganz von der Atmosphäre der Stadt treiben. In einer kleinen Parkanlage unweit des Praters setzen wir uns schließlich auf eine Bank und schlecken weiter genüsslich an unserem Eis.

»Ich muss zugeben, dass es keine schlechte Idee war. Aber was machen wir nun, Mister Reiseführer?«

Jorgo lehnt sich zurück und sagt: »Keine Ahnung. Uns stehen alle Möglichkeiten offen. Für Schönbrunn ist es heute leider schon etwas zu spät.«

»Schönbrunn?« Ich bin überrascht, dass Jorgo überhaupt schon mal was davon gehört hat. »Du bist am Schloss Schönbrunn interessiert? Du weißt schon, dass das kein Name von einem hippen Klub in der Stadt ist, oder?«

»Ja klar. Was denkst du von mir? Ich sehe vielleicht nicht wie einer deiner Typen aus, mit denen du sonst abends bei einem Glas Rotwein über die politische Lage in Syrien debattierst, aber das heißt doch nicht, dass ich kein Interesse an kulturellen Sachen habe.«

Er hat recht. Es ist erstaunlich, mit welchen Vorurteilen jeder von uns doch behaftet ist, auch wenn wir uns für noch so liberal halten.

»Tut mir leid.«

»Schon okay. Aber eine Sache müssen wir auf jeden Fall noch machen, Sibel.«

»Ach ja? Und die wäre?«

Jorgo deutet über meine Schulter hinweg nach oben. Als ich mich herumdrehe und der Richtung folge, in die er zeigt, kichere ich kurz verlegen auf und schüttele den Kopf.

»Ins Riesenrad? Niemals! Ich dachte, das sei nur ein Witz von dir gewesen. Ich habe es nicht so mit der Höhe. Da bekommen mich keine zehn Pferde rein.«

»Was? Warum das denn? Das ist eines der größten Riesenräder der Welt und bestimmt auch sehr romantisch.«

»Das sind gleich zwei Gründe, um dort nicht einzusteigen. Ich bin momentan weder auf romantisch gepolt noch verspüre ich ein gesteigertes Verlangen danach, mich in Lebensgefahr zu begeben.«

»Ach, du übertreibst. Das ist total sicher und macht bestimmt 'ne Menge Spaß. Komm schon ...«

»Nein«, entgegne ich standhaft. »Das sind statistisch gesehen große Gefahrenquellen.«

»Statistisch gesehen? Pfff, lass mal die Lehrerin beiseite. Du musst hier auf niemanden aufpassen. Und überhaupt, was denn für Gefahrenquellen?«

Ich bin mir selbst nicht sicher. Und die statistischen Zahlen könnte ich auch nicht wirklich belegen. Es klang einfach nur besser. Daher versuche ich mich in einer Ausrede, die allerdings wenig überzeugend daherkommt.

»Ein Unfall, ein Terroranschlag, was weiß ich …«

Jorgo lässt während einer abwertenden Kopfbewegung Luft zwischen seinen Zähnen ausweichen.

»Pfff, ein Terroranschlag? Du meinst, dass sich da ein Terrorist ein Ticket kauft, um mit einem Riesenrad zu fahren, und sich dann mit seiner Gondel in die Luft jagt?«

»Wer weiß. Vielleicht. Laut neuesten Untersuchungen sind gerade europäische Touristenattraktionen im Fokus von islamistischen Terroristen.«

»Na, dann ist es ja gut, dass ich dich dabeihabe. Mit einer Muslimin im Schlepptau kann mir ja nichts passieren. Komm jetzt, wir machen das und Ende.«

Jorgo zieht mich von der Bank. Doch ich schüttle den Kopf und stampfe dazu als Untermauerung meiner Haltung mit dem Fuß auf. »Ich habe doch gesagt, dass ich das nicht mag.«

»Du wolltest ja auch erst nicht nach Wien, und jetzt findest du es toll.«

Ich führe meinen letzten Joker ins Feld. »Riesenrad ist was für Kinder.«

»Quatsch!« Jorgo winkt entschieden ab. »Oder hast du etwa Angst?«

»Angst? Ich … pah. Nein, darum geht es nicht.«

Mein Gegenüber grinst mich hämisch an. In seinem Kopf scheint er sich ebenfalls eine Taktik zurechtzulegen.

»Jetzt verstehe ich … die kleine Sybille im Trachtenkleidchen hat die Hosen voll. Du hast Schiiiiss.« Jorgo zieht das Wort extra lang und auch, dass er mich an meine Ferienlagerzeit als deutsche Sybille erinnert, ist nicht sehr nett von ihm. Aber ich weiß, was er damit erreichen will. Er will mich provozieren. So wie Kinder sich gegenseitig hänseln und anstacheln, blöde Dinge zu tun. Ich kenne das aus der Schule und rate meinen Schülern immer, sich nicht von so etwas beeinflussen zu lassen. Dass sie dies nicht nötig hätten und auch ein Nein akzeptiert werden muss. Daher werde ich auch genau das zum Ausdruck bringen. Ich lasse mich doch nicht auf dieses kindische Spiel ein und falle auf den billigen Trick herein. Andererseits habe ich diese Reise extra angetreten, um mir selbst zu beweisen, was ich alles kann und dass viel mehr in mir steckt, als meine Familie bislang in mir gesehen hat. Und dann soll so ein Riesenrad, mit dem selbst Kinder ihre Runden drehen, mein Maximum sein? Ich werfe den Rest meiner Eiswaffel in den Mülleimer neben der Bank, rücke die Brille zurecht und stapfe energisch an Jorgo vorbei in Richtung der Fahrattraktion.

»Also, was ist los? Kommst du?«

»Ach, jetzt dann doch?«

»Na ja, wenn du kindische Fahrgeschäfte magst, dann machen wir das eben. Du hast was gut bei mir und wenn ich dir damit einen Wunsch erfüllen kann und der kleine Jorgo dann glücklich ist, bitte …!«

Wenig später stehen wir an der Kasse des Riesenrads. Doch es gibt ein Problem. Ein sehr netter älterer Herr erklärt uns, dass aufgrund von Dreharbeiten für das österreichische Fernsehen heute das Rad nicht zugänglich sei. Gerade als ich mich schon darüber freuen möchte, nicht in luftige Höhen steigen zu müssen, klingelt das Telefon des Mannes, und er echauffiert sich. Irgendetwas scheint ihn sehr zu ärgern. Er legt wieder auf, rückt sich die Kleidung zurecht und lächelt verschmitzt.

»Bittschön, gerade hat sich eine Möglichkeit ergeben, wie S' heut schon noch mitfahren könnten.«

»Ach ja, das wäre super. Welche Möglichkeit ist das?«, fragt Jorgo.

»Mir hams wie gsagt aa TV-Team hier, die aanen Werbefüüm drehen woin.«

»Ja, und?«

»Nu ja, und des Paar, des eigentlich für die Dreharbeiten gebucht war, hat grad abgsagt. Und jetzt steh ma deppert da und suchen noch a Paar, dös wir begleiten könna. Es wär sogar aan romantisches Candle-Light-Dinner mit persönlicher Betreuung in ihrer Gondel. Hams Lust un Zeit?«

»Candle-Light-Dinner? Aber es ist ja noch nicht mal dunkel.«

»Dös geht si aas, brauchen hoid a bisserl Fantasie, ned wahr?! Oiso, wie schauts aas?«

»Also … warum nicht?«, erklärt Jorgo. »Ja, klar. Großartig! Aber was würde uns das denn kosten?«

»Jo nix, mir würden die Herrschaften natürlich einladen. Sie müssten nur a bisserl passendre Kleidung tragen.«

»Wir haben aber gar nichts zum Wechseln dabei.«

»Dös is kaa Problem. Des ganze soi ja fürs TV eh a bisserl hergricht wärn. Sie bekommen oiso a passnde Kleidung von uns g'stellt.«

Jorgo dreht sich zu mir um und schaut mich fragend an. Etwas Richtiges essen könnte ich schon. Wobei ich mir nicht sicher bin, ob ich während der Fahrt überhaupt einen einzigen Bissen zu mir nehmen kann.

»Na gut. Wir machen das.«

Man stellt uns im Anschluss das TV-Team vor und rät uns, dass wir uns einfach ganz normal verhalten sollen. Halt so wie ein frisch verliebtes Paar. Leicht gesagt! Wir verschweigen, dass wir weder frisch noch überhaupt verliebt seien, und nicken. Dann werden wir zu einem Container geführt, in dem wir unsere Kleidung für das historische Candle-Light-Dinner bekommen. Und natürlich steht uns auch hier eine Überraschung bevor: Wir sollen als Sisi und Kaiser Franz agieren. Na super! Als Jorgo mein Kleid sieht, kann er sich den Kommentar nicht verkneifen, dass meine Mutter und das Ferienlager sicher stolz auf mich wären. Er mit seinen langen dunklen Locken in einer weißen K.-u.-k.-Uniform sieht allerdings auch nicht besser aus. Wobei ... eigentlich sieht er sogar ziemlich gut darin aus.

Wir werden in unsere private Gondel geführt, wo alles feierlich eingedeckt ist. Ein Kerzenständer mit fünf darin brennenden Kerzen steht auf dem festlich eingedeckten Tisch, und unser Kellner serviert uns zunächst einen Champagner. Dann setzt sich die Gondel in Bewegung. Ich habe in meinem Leben noch nie etwas Höheres bestiegen als die Leiter, um Gardinen aufzuhängen. Und das rächt sich nun. Die Gondel ruckelt und hebt uns schneller an, als ich dachte. Meine Angst kommt nicht schleichend, sondern springt mich wie ein tollwütiger Hund an. Ich kralle mich so sehr an meinem Stuhl fest, dass die Knöchel meiner Finger weiß hervortreten. Ab und an stoße ich dazu noch ein *O Gott* oder *Fuck, warum mache ich das?* hervor, während das Kamerateam ganz entspannt zu mir herüberschaut.

»So, dann mal ganz nett lächeln und vielleicht mit dem Champagner anstoßen, ja?«

»Kein Problem«, antwortet Jorgo, während ich mich an meinem Glas festhalte und mich an einem Lächeln versuche.

»Das wird nichts werden«, flüstere ich ihm zu.

»Ach, Sibel, das Riesenrad fährt seit ewigen Zeiten, und es ist sicherlich noch nie etwas passiert. Wobei laut Statistik das natürlich die Chancen steigen lässt. Und diese rostigen Schrauben hier oben sehen auch schon etwas altersschwach aus.«

»Was?« Ich funkle Jorgo mit weit aufgerissenen Augen an, und der Kameramann setzt seine Kamera ab.

»So geht das nicht.«

»Entschuldigung«, entgegne ich und versuche, wieder eine entspannte Haltung einzunehmen.

Jorgo gluckst vor sich hin. »War nur ein Witz«, meint er.

»Arsch!« Ich wende mich ab. »Vielleicht ist es dir noch nicht aufgefallen, aber ich bin gerade nicht so zu Scherzen aufgelegt.«

Jorgo rutscht näher zu mir und legt mir eine Hand auf meine, die sich noch immer wie ein Schraubstock um einen Haltegriff krallt. »Ich pass auf dich auf. Versprochen. Es passiert dir nichts.«

Gerade als ich noch antworten will, dass er das nicht

tun soll und ich ja schon erwachsen bin, bemerke ich, wie es mich tatsächlich beruhigt. Und auch der Kameramann scheint begeistert.

»Ja, das ist gut. Weiter so.«

Ich bin mir unschlüssig, ob es seine Aussage oder die Hand ist, die mich berührt – aber es funktioniert. Meine Muskeln entspannen sich allmählich, und ich traue mich sogar, einen Blick über den Gondelrand hinauszuwerfen. Mittlerweile haben wir beinahe den höchsten Punkt erreicht, und die Stadt breitet sich wie ein überdimensionaler Flickenteppich vor uns aus.

»Also, imposant ist das ja schon. All die vielen Häuser und Dächer. Alles wirkt so winzig von hier oben. Selbst die eigenen Probleme erscheinen einem gar nicht mehr so groß.«

»Na siehst du. Genieße es! Wien liegt dir zu Füßen.«

Jorgo rutscht noch näher zu mir. Und als sich unsere Oberkörper berühren, schrecke ich nicht zurück oder korrigiere meine Sitzposition. Im Gegenteil, es fühlt sich erschreckend gut, richtig und sicher an. Ich lasse es geschehen. Selbst als er mir vorsichtig einen Arm um die Schultern legt, atme ich lediglich entspannt aus, schließe die Augen und genieße das gleitende Gefühl der Gondelbewegung. Ich bin ein klein wenig stolz auf mich. Was albern ist – schließlich habe ich gerade keinen Formel-1-Wagen mit zweihundert Sachen durch eine Schikane gelenkt, sondern lediglich die Hand von einer Halterung in einer TÜV-geprüften Gondel einer Touristenattraktion genommen, die vor mir schon Tausende Leute unbeschadet bestiegen haben. Aber dennoch, ein kleiner Sieg schmeckt ebenfalls süß.

Wir bekommen im Anschluss ein Dreigangmenü, bestehend aus Gänseleber mit Brioche, Tafelspitz mit Beilagen und geeistem Eierlikör mit Schokolade. Es schmeckt fantastisch, und die restlichen neunzig Minuten vergehen im wahrsten Sinne des Wortes wie im Flug. Wahrscheinlich ist es einer der schönsten Momente meines Lebens.

Ich fühle mich frei.

Freier als jemals zuvor.

Kapitel 14

Nach unserem Candle-Light-Dinner in luftiger Höhe gehen wir durch die Gassen zurück in Richtung Grabi. Wir passieren einen großen Platz, an dem eine einzige Pferdedroschke steht und der ansonsten menschenleer ist.

»Und, war das jetzt so schlimm?«, fragt Jorgo.

»Was meinst du?«

»Dass du mal über deinen Schatten gesprungen bist.«

»Ach das. Nein, war okay. Auch wenn du es nicht glaubst, ich kann auch verrückt sein, wenn ich will.«

»Ja, das wette ich.«

»Nein, ganz ehrlich. Pass auf!«

Um es zu untermauern, zücke ich mein Handy und gehe zu einem Besoffenen, der auf den Pflastersteinen sitzt und gegen einen Poller gelehnt seinen Rausch ausschläft. Seine Gerte weist ihn dazu als Fahrer der Kutsche aus; er hat wohl schon Feierabend gemacht. Ich setze mich neben ihn, lehne den Kopf an seine Schulter und schneide eine Fratze. Der Kerl ist so voll, dass er davon nichts mitbekommt.

»Wow, du hast ein Selfie mit einem besoffenen Kutschfahrer gemacht. Ja, du bist wirklich eine ganz Verrückte, Sibel.«

Jorgo spendet mir sarkastisch ein wenig Beifall und

zündet sich eine Zigarette an. Das hat ihn wohl noch nicht ganz überzeugt.

»Bin noch nicht fertig.«

Ich steige in die Kutsche und überlege mir, ob es jetzt zu billig wäre, ein Oben-ohne-Foto zu machen. Ich habe Alkohol im Blut, was meine Entscheidung erstaunlich leicht werden lässt. Doch gerade als ich mein Handy unter meine Bluse stecke und ein Foto schießen will, ruckt die Kutsche plötzlich, und ich höre Jorgos Stimme.

»Hüah! Los!«

Sofort falle ich zurück in den Sitz, als das Pferd lostrabt, und ich vergesse schlagartig jegliche Nacktfotos.

»Was machst du da?«

»Was wirklich Verrücktes. Wir klauen eine Kutsche.«

»Aber das ist Diebstahl.«

»Quatsch. Wir stellen die Droschke ja wieder ab. Der Kerl ist doch total voll und bekommt eh nichts mehr mit.«

»Aber kannst du das denn? Kutsche fahren?«

»Ich bin als Kind in Griechenland oft mit dem Eselswagen meines Onkels gefahren. Wer das kann, kann alles lenken.«

Unter meinen Dauerbeschwerden lotst uns Jorgo durch die Gassen, bis wir schließlich in Richtung Grabis Parkplatz einbiegen. Mein Fluchen ist verklungen, und ich genieße ehrlich gesagt diese nächtliche Fahrt durch Wien in einer geklauten Kutsche. Mittlerweile ist zwischen uns ein seltsames Schweigen entstanden. Nicht unangenehm – ganz im Gegenteil. Jorgo ist gar nicht mein Typ, und ich bin definitiv noch viel weniger seiner. Er ist ein Freigeist und sicher ein absoluter Frauenheld. Und ich … Ja, was bin ich eigentlich? Das, was ich war, will ich auf keinen

Fall mehr sein. Doch bin ich noch lange nicht das, was ich gerne wäre. Ich befinde mich gerade in einer Metamorphose. Und in meinem Kokon zwischen Travelpussys und meinem Mitfahrer fühle ich mich momentan ausgesprochen wohl. Ich kann ganz anders agieren als bei meinen Leuten zu Hause in Berlin. Hier bin ich die zwar irgendwie verrückte aber doch *toughe* Fahrerin eines Kleintransporters, die eine Lieferung nach Istanbul bringen muss. Niemand belächelt mich hier oder schiebt mir eine Klasse unter, die niemand haben will, nur weil Sibel sich nicht traut, ihre Meinung zu sagen.

»So, da wären wir.«

Jorgo bringt die Kutsche zum Halten, wirft lässig den Zigarettenstummel auf die Straße und deutet nach vorn auf de Grabi.

»Ja, da wären wir«, wiederhole ich und steige aus der Droschke, während Jorgo das Pferd an einem Baum anbindet.

»War ein wirklich schöner Tag, Jorgo.«

»Ja, das war es.«

Wir stehen keinen Meter voneinander entfernt. Sind allein. Nur ein Typ mit Baseballkappe lehnt entfernt an einer Hauswand und hält sich dort fest. Wohl genauso besoffen wie der Droschkenfahrer. Sind hier eigentlich alle besoffen? Doch als Jorgo ihn sieht, zuckt er zurück und streckt mir unbeholfen seine Hand entgegen.

»Na, dann gute Nacht, Sibel. Ich werde mal sehen, wo ich heute schlafen kann. Die Parkbänke in Wien sollen zu dieser Jahreszeit ja ganz zauberhaft sein.«

Noch bevor ich ihm sagen kann, dass er ruhig vorn im Auto schlafen kann, hat er sich bereits um Grabi herumbewegt und verschwindet im Dunkel der Nacht. Ich steh konsterniert auf der Straße und überlege mir, was das jetzt gerade war. Egal, vielleicht auch besser so. Schalte deinen Kopf ein, Sibel, mahne ich mich zu mehr Selbstdisziplin. Als ich die Ladetüren öffne und noch einmal nach hinten schaue, ist auch der Kerl mit der Baseballkappe verschwunden.

Ich richte mir mein Nachtlager und bin keine fünf Minuten später eingeschlafen.

Kapitel 15

Jorgo berichtet mir am nächsten Morgen, dass er in einem Park um die Ecke geschlafen habe und dass dies wirklich total entspannt gewesen sei. Da wir noch Zeit haben, schauen wir uns sogar noch das Schloss Schönbrunn an, und ich schwelge ein wenig in einem kitschigen Rosa-Mädchen-Sisi-Traum. Ich glaube Jorgo feiert es nicht ganz so sehr wie ich, doch er lässt es sich nicht anmerken, schließlich war ich gestern mit ihm im Riesenrad und heute hat er sich mir anzupassen. Lediglich eine kleine Sisi-Bemerkung seinerseits, ob ich denn jetzt wieder das Dirndl aus meiner Kindheit tragen wolle, konnte er sich nicht verkneifen, was ihm eine extra Führung durch das Schloss einbrachte und mir eine gewisse Genugtuung. Allerdings wird es nun tatsächlich höchste Zeit, weiterzufahren.

Und so steuern wir gegen Nachmittag de Grabi aus Wien heraus und schlagen wieder unsere Route ein, die uns gen Süden Richtung Slowenien führt. Die Fahrt auf der Europastraße 59 vertreiben wir uns mit fragwürdigen Reisespielen. So ordnen wir die Kurzkennzeichen der vor uns fahrenden Autos Sätzen zu. So bedeutet MKT-AH nach Jorgos Überzeugung zweifelsohne *Manuel kotzt Traubensaft auf Hedwig*. Als Lehrerin interpretiere ich es allerdings viel mehr als *Mandolinenspieler Karl tanzt auf Hochzeiten*. So geht das eine ganze Weile, bis unsere Wortkreationen immer weniger witzig und wir umgekehrt immer alberner werden.

»Ich muss mal dringend auf Toilette«, meldet sich Jorgo zu Wort. »Können wir am nächsten Rastplatz mal rausfahren?«

»Du hast ja eine empfindlichere Blase als die Mädchen aus meiner Klasse. Du warst doch erst vor einer Stunde.«

»Der Kaffee treibt halt.«

Gerade als ich mich noch ein wenig mehr über ihn lustig machen möchte, klingelt mein Handy. Das Display signalisiert mir, dass es sich bei dem Anrufer um meinen Bruder handelt.

»Hallo Metin. Wie geht es dir?«, melde ich mich.

»Alles gut soweit. Außer dass mich meine Zimmernachbarn hier total nerven.« Ich höre Gebrummel im Hintergrund, dann wieder Metins Stimme, wie er den jungen Fußballer maßregelt. »Ja, damit bist du gemeint.«

»Nun lass doch den armen Kerl in Ruhe«, versuche ich, ihn zu besänftigen.

»Von wegen, der nervt mich ständig damit, wann du mich wieder besuchen kommst.«

»Da müssen wir ihn wohl noch ein wenig vertrösten.«

»Was macht die Tour? Läuft alles?«

»Alles prima.«

»Hier vorn geht's raus«, ruft Jorgo dazwischen und deutet auf ein Schild, das am Fahrbahnrand den nächsten Rastplatz ankündigt. »Ich muss echt dringend pinkeln, Sibel.«

»Ja, ist ja gut.«

Ich fahre ab, während mein Bruder sich deutlich irritiert am anderen Ende meldet.

»Wer war das?«

Erst jetzt fällt mir ein, dass Metins goldene Regel darin bestand, niemanden mitzunehmen. Mist!

»Das war … Jorgo.«

»Jorgo? Du hast einen Typen neben dir im Fahrzeug sitzen?«

»Er hat mir geholfen, und ich nehme ihn ein Stück mit.«

»Einen Anhalter! Dieser Jorgo ist also auch noch ein Anhalter! Mensch, Sibel was habe ich dir gesagt?«

Ich verschweige die Tatsache, dass mich Jorgo bei einem nächtlichen Überfall beschützt hat. Das würde meinen Bruder dazu veranlassen, sofort die GSG 9 loszuschicken.

»Ich erkläre es dir ein andermal. Ich muss jetzt auflegen. Wir machen eine Pause. Genau so, wie du gesagt hast.«

»Ja, aber doch nicht mit einem Anhalter, der Jorgo heißt. Ist das etwa auch noch ein Grieche?«

»Bis später, Metin. Ciao.«

Ich lege auf, und Jorgo schaut zu mir herüber.

»Dein Bruder?«

»Yep.«

»Ist das so ein Du-hast-meine-Schwester-belästigt-ich-bring-dich-um-Bruder?«

Natürlich ist Metin nicht so ein Bruder. Im Gegenteil, er ist ein Angsthase. Ich sage nur Menstruationsbank in der Schule. Aber das muss mein Beifahrer ja nicht wissen. Ein wenig Respekt ist nie verkehrt.

»Ja, leider. Er hält es da sehr mit dem Koran und den alten Scharia-Gesetzen.«

»Ach du scheiße. Na, zum Glück steige ich bald wieder aus.«

Ohne weitere Antwort steuere ich den Wagen auf einen Rastplatz namens »Schäffern Ost«, und Jorgo verschwindet hurtig in Richtung der Toiletten. Während ich warte, hält neben mir ein Wagen mit deutschem Kennzeichen, das ich sofort wieder in einen Satz umzuwandeln versuche. SB-GJ 748. *Sibel bläst Griechen Jorgo …* Ich bin selbst über mich erschrocken und grüße unsicher, als der Fahrer aussteigt und sich nervös umsieht. Solariumgebräunt, und ich würde ihn auf Anfang dreißig schätzen – vielleicht auch Ende fünfzig, wirklich schwer zu sagen. Er hat vor lauter Aufregung puterrote Stressflecken am Hals und im Gesicht. Dazu wirken seine blonden, auf ewige Jugend gestylten und nach oben gegelten Haare wie eine Meeresanemone. Dann entdeckt er mich und steuert auf mich zu.

»Schkipp?«

Zunächst zucke ich zurück, da ich nicht verstehe, was der seltsame Kerl von mir möchte. Ist er der deutschen Sprache doch nicht mächtig. Ich schüttle den Kopf, und der Anemonenkopf wiederholt seine Frage mit Nachdruck.

»Schkipp?«

»Sorry, I don't understand«, gebe ich zurück.

»Ah, no German?«, fragt er wieder in meine Richtung, worauf ich noch verwirrter bin als zuvor und in einem sinnfreien Sprachenmix antworte.

»Doch … I'm German.«

»Subber, also schkipp oder net?«

Jetzt verstehe ich erst, dass es an dem starken saarländischem Akzent des Mannes liegt und nicht an einer fremden Nationalität, dass wir uns nicht verstehen. Seine Nervosität steigert sich noch, und die Stressflecken in seinem Gesicht blinken hektisch wie Bremsleuchten eines Formel-1-Boliden auf. Er schüttelt so voller Verzweiflung seine Anemonenfrisur, dass ich nur darauf warte, dass ein Schwarm Clownfische aus dem Scheitel auftaucht und auf seine Stirn kotzt. Es ist bizarr. Aber ich muss wieder auf Englisch nachfragen, um zu ergründen, was genau seine Frage beinhaltet.

»I don't understand what you want. What is *schkipp*?«

Der Mann nimmt es mir zum Glück nicht übel und zwingt sich trotz seiner offensichtlichen Leidensphase zu einem Lachen. Dann reißt er sich zusammen und versucht, auf Hochdeutsch zu fragen: »Hast du eine Kippe? Zigarette, was zu rauchen?«

»Ahhhh«, entfährt es mir nun. »Leider nicht«, verneine ich. »Ich bin Nichtraucherin.«

Darauf ergießt er sich in einen schimpfenden Redeschwall, den ich erneut nicht zuordnen kann, und schaut sich hastig um. Vielleicht ist er auch einfach nur auf der Suche nach Nemo. Doch wir sind die Einzigen auf dem Parkplatz weit und breit. Kein Mensch, keine Kippe, kein Clownfisch. Er scheint dringend eine Zigarette zu benötigen und tritt von einem Bein auf das andere.

»Schnitzelkleber! Schnitzelkleber«, wiederholt er immer wieder laut fluchend, und ich frage mich, ob er nun zu seiner Zigarettenlust auch noch Hunger bekommt. Ich möchte nicht unhöflich sein und deute zurück zu der Richtung, aus der wir gekommen sind.

»Ein paar Kilometer zurück auf der anderen Seite der Autobahn war eine Raststätte, da gibt's bestimmt Zigaretten und vielleicht auch ein Schnitzeldingsbumms.«

»Hab koi Geld mit. Habsch vergessert. Schnitzelkleber.«

»Was hat es mit Ihrem Schnitzel auf sich?«

Bevor der Kerl mir antworten kann, kommt Jorgo wieder zurück von den Toiletten.

»Alles okay hier?«, fragt er.

»Ja«, antworte ich und deute auf den nervösen Herren neben mir. »Der Herr möchte nur eine Zigarette und irgendein Schnitzel festkleben.«

»Nui«, schüttelt dieser vehement den Anemonenschädel. »Koi Schnitzel. I hob nur gsagt, Schnitzelkleber.« Wieder konzentriert er sich für eine hochdeutsche Übersetzung. »Es ist nicht zu glauben.«

Jorgo und ich wechseln einen Blick, und er zückt sein Päckchen Zigaretten und bietet dem Herrn eine Kippe an.

»Subber. Retschtmersläber ... du rettest mir das Leben. Danke.«

Der Saarländer inhaliert die Zigarette beinahe in einem Zug weg, und Jorgo schenkt ihm noch eine für die weitere Fahrt. Wir verabschieden uns, und neben mir beginnt Jorgo auf dem Beifahrersitz zu kichern. Ich gebe ihm einen Klaps auf den Oberschenkel, während ich beschleunige.

»Hat sich echt wie Schnitzelkleber angehört.«

Durch unseren verlängerten Wien-Aufenthalt war der heutige Tag fahrtechnisch kein großer Fortschritt. Nachdem wir Graz hinter uns gelassen haben und weiter in Richtung Südsteiermark weitergefahren sind, setze ich auf der Suche nach einem Nachtstellplatz für Grabi den Blinker, und wir rollen in Richtung der Parkflächen, da wir noch vor der slowenischen Grenze haltmachen wollen. Doch der erste Rastplatz bei Gralla ist so voll, dass wir nur im Slalom durch den Lkw-Parcours rollen und am Ende des Rastplatzes wieder auf die Autobahn gespült werden. Wir entscheiden uns, an der nächsten Abfahrt die Autobahn bei Leibnitz zu verlassen und uns irgendwo dort einen Platz für die Nacht zu suchen. Die Landschaft ist toll, und wir rollen planlos über die Landstraße. Felder zeichnen sich wie schief skizzierte Schachfelder in der Landschaft ab, und definitiv gibt es hier mehr Kühe als Menschen zu sehen. Es ist wunderschön. Die Weinberge in den Hängen erinnern mich mehr an Italien oder Frankreich als an Österreich. Die Zivilisation ist hier herrlich unaufdringlich. Noch nicht einmal Verkehrsschilder verschandeln das idyllische Bild. Unter anderen Umständen könnte man es als romantisch bezeichnen. Doch ich bin erschöpft – und außerdem habe ich Hunger. Es wird wohl auf ein lauwarmes Gebäckteilchen aus dem Handschuhfach hinauslaufen, das dort noch als Notfallreserve gebunkert liegt. Unweit der Abfahrt finden wir einen kleinen Parkplatz und stellen Grabi ab. Jorgo steigt aus, steckt sich eine Zigarette an und streckt sich.

»Sag mal, hast du auch noch Hunger?«, fragt er.

Er scheint Gedanken lesen zu können.

»Ja, schon, aber ich kann dir höchstens noch ein halbes Teilchen anbieten, wenn es sich nicht schon in der Hitze des Handschuhfachs aufgelöst hat.«

»Nett von dir. Aber ich meinte eher was Frisches und Gesundes. Was hältst du von Erdbeeren?«

»Erdbeeren wären jetzt echt ein Traum.«

Auch ich steige aus und komme auf seine Seite. Die Vorstellung von saftigen und süßen Erdbeeren ist wirklich verlockend, und ich könnte Jorgo dafür verfluchen, mir nun diesen Gedanken eingepflanzt zu haben, der mich sicher bis in den Schlaf hinein begleiten wird. Doch als ich neben ihm stehe, breitet er lediglich die Arme aus und deutet mit seiner Kippe in der Hand hinter sich. Wir haben direkt neben dem Paradies geparkt. Der Parkplatz grenzt an ein schier endlos scheinendes Erdbeerfeld.

»O Gott.« Wie ein halb Verdursteter in der Wüste laufe ich mit weit aufgerissenen Augen und Mund in das Feld und lasse mich in diese Oase gleiten. Die erste Erdbeere ist eine Explosion. Noch nie hat mir eine einzige Erdbeere so gut geschmeckt, und ich stopfe mir gierig den Mund voll. Erdbeeren mochte ich schon immer.

»Fuck... wie geil... mega lecker... unfassbar... malaka«, höre ich zwischen lautem Schmatzen auch Jorgos Genussbekundungen. Wir tauchen wie zwei Junkies auf Dope in dieses Schlaraffenland ein und tollen wie kleine Kinder umher.

»Endlich hab ich euch! Kommt mit erhobenen Händen raus, ihr Diebe!«, reißt uns eine markante Stimme aus unserem Erdbeertraum. Wie ein Hase im Feldsalat strecke ich den Kopf empor und blicke in den Lauf eines Gewehrs. Ein älterer Mann mit großem Hut zielt genau auf mich und wandert dann mit seinem Gewehr zu Jorgos Kopf, der einige Meter weiter hinter mir emporschießt.

»Ähem, das muss ein Missverständnis sein«, antworte

ich unverständlich, da mir noch der Mund gefüllt ist. Dazu hebe ich die Hände, die komplett rot gefärbt sind.

»Wie viele von euch sind noch hier?« Der Mann nickt, ohne mich aus dem Visier zu lassen.

Ich schaue mich unsicher um.

»Wie bitte? Was meinen Sie? Wir sind allein hier. Was wollen Sie von uns?«

»Was ich will? Seit Wochen räumt ihr mir das Feld leer. Aber jetzt habe ich euch. Raus da und mitkommen.«

Es bringt wohl nichts, im Feld kniend weiter zu diskutieren, und so stehen wir auf und folgen dem Mann. Vielmehr folgt er uns, während wir vor ihm durch das Erdbeerfeld staksen.

Ich flüstere Jorgo zu, ob dieser Kerl das ernst meine und ob seine Scheißerdbeeren aus Gold bestehen, so wie er sich aufspiele. Doch Jorgo zuckt nur mit den Schultern und stapft weiter stumm neben mir, bis wir endlich zum Hof des Anwesens kommen.

Mir verschlägt es die Sprache.

Ein traumhaftes Kleinod wie ein stiller Hafen inmitten tobender Wellen, umschlossen von Bäumen und grünen Hügeln, die sich wie ein Tuch über die Landschaft zu spannen scheinen. Wie kann so ein Verrückter mit spärlich möbliertem Hirnkasten solch ein tolles Anwesen erschaffen? Es wirkt beinahe wie ein Gut in der Toskana, mit einer langen Auffahrt und Bäumen, die den Weg säumen. Wir schweigen, bis wir schließlich in seiner Stube angekommen sind und er uns auffordert, auf dem Sofa Platz zu nehmen, während er die Polizei anrufen möchte.

»Hören Sie, das ist wirklich ein Missverständnis.« Ich rücke die Brille zurecht, um möglichst wichtig und rechtschaffen zu wirken. »Wir sind gerade erst angekommen. Unser Transporter steht oben auf dem Parkplatz.«

»Gleich einen ganzen Transporter habt ihr mitgebracht? Ihr betreibt das also im ganz großen Stil, was?«

»Nein. Tun wir nicht. Wir sind völlig harmlos.« Ich wende mich zu Jorgo. »Sagst du eigentlich auch mal was?« Doch mein Begleiter sitzt nur schweigend neben mir und schweigt sich aus. »Wir, also vielmehr ich bringe eine Lieferung von Berlin nach Istanbul, und wir haben nur kurz eine Rast gemacht, weil auf der Autobahn alle Plätz belegt sind.«

Der Mann nickt süffisant und nimmt den Hörer seines Telefons ab.

»Klar, Sie sind eine Lkw-Fahrerin, und ich bin der Kaiser von China. Erklären Sie das gleich der Polizei.«

Ich gebe zu, dass meine Erklärung durchaus seltsam anmutet und ich nicht wie ein klassischer Fernfahrer wirke. Zumal sich die wenigsten zum Sonnenuntergang wie von Sinnen in ein Erdbeerfeld wuchten und sich wie Verrückte aufführen. Aber ich gebe mein Bestes. Vielleicht muss ich meine Dringlichkeit verdeutlichen.

»Das ist die Wahrheit. Ich bin Fahrerin und muss dringend eine Lieferung in die Türkei bringen. Die erwarten diese schon dringend. Und jeder Tag Verzögerung kostet mich Geld.«

Noch hat er nicht die Nummer der Polizei gewählt. Vielleicht zögert er ja doch.

»Und was benötigen die Türken so dringend, dass sie eine Frau von Berlin beauftragen, ihnen das nach Istanbul zu bringen?«

Ich schaue zu Jorgo, der die Antwort kennt und desillusioniert die Schultern zuckt, als wolle er mir sagen: *Wenn du jetzt was von Travelpussys erzählst, ist alles vorbei*. Dann lasse ich mich zurück ins Sofa gleiten.

»Vielleicht ist es doch besser, wenn Sie die Polizei rufen.«

Und so kommt es, dass wir einem österreichischen Erdbeerbauern und einer Polizeistreife die Funktionsweise von Travelpussys erläutern dürfen und erklären, wie nötig dieses Wunder deutscher Kunststofftechnologie in Istanbul erwartet wird. Zumindest ist damit die Anschuldigung schnell vom Tisch, dass wir die gesuchten Diebe sind, die sich seit Wochen in den Feldern umhertreiben und dem Bauern schlaflose Nächte bereiten. Natürlich bezahlen wir die gepflückten Erdbeeren, und im Gegenzug verzichtet der Bauer auf eine Anzeige. Außerdem will er noch zehn Travelpussys, da es hier draußen schon recht einsam sein kann, wie er mir augenzwinkernd zu verstehen gibt. Aber es gibt auch einen positiven Aspekt. Der Bauer ist von unserer Geschichte so begeistert, dass er uns für die Nacht zwei Zimmer anbietet, die sonst seine Erntehelfer bewohnen. Wir dürften für günstiges Geld die Nacht über dort bleiben. Und die Aussicht auf ein richtiges Bett ist zu verlockend, als dass ich es ablehnen könnte.

Als ich mich später ins Bett fallen lasse und zum geöffneten Fenster hinausschaue, schießen mir die Erlebnisse der letzten beiden Tage durch den Kopf. Es ist mehr, als ich in den letzten beiden Jahren erlebt habe. Das ist also das wahre Leben. Na ja, so schlecht schlage ich mich doch bislang gar nicht. Und Jorgo ist vielleicht auch nicht ganz so verkehrt. Dann habe ich immer mehr Mühe, die Augen offen zu halten. Ich spüre, wie die Lider mir schwer wie

Backsteine werden. Ich gleite zwischen wach und Traumwelt hin und her. Dann kann ich plötzlich Jorgos Stimme von irgendwoher hören. Zumindest glaube ich das. Es ist jedoch nur ein Flüstern. Eine weitere Stimme mischt sich noch in meinen Traum. Auch sie kommt mir bekannt vor. Doch bei dem Versuch, sie zuzuordnen, falle ich noch tiefer in meine Traumwelt, und nur eine Sekunde später verschwinden die Stimmen und ich schlafe wie ein Kind im Schoß seiner Mutter.

Kapitel 16

Die Nacht in einem richtigen Bett war großartig, und ich fühle mich fit und ausgeschlafen wie lange nicht mehr. Jorgo erwartet mich schon gemeinsam mit dem Bauern draußen im Hof. Beide sitzen um einen gedeckten Tisch herum. Ein Erdbeerkuchen thront angeschnitten in der Mitte, umringt von einer Kanne Kaffee und drei Tassen. Zu meiner Überraschung steht auch Grabi im Hof. Den hatte ich hier aber nicht abgestellt.

»Ich habe ihn heute Morgen hierhergefahren. Ich hoffe, dass das okay für dich ist«, erklärt Jorgo, der meine Überraschung wohl bemerkt hat.

Ich nicke. Dabei seufze ich entspannt und strecke mich wie eine Katze.

»Gut geschlafen?«, fragt mich der Bauer, und mir fällt auf, dass ich nicht einmal seinen Namen kenne.

»Bestens, vielen Dank. Das war die beste Nacht seit langer Zeit.«

»Für mir auch«, pflichtet mir der Bauer bei, während er mir ungefragt ein Stück des Kuchens auftut.

»Ach ja? Wieso denn das? Sie haben doch jeden Tag diese tolle Luft und diese Aussicht.«

»Das schon. Dennoch war die Nacht außerordentlich. Also, diese Travelpussy … ei ei ei, gar nicht schlecht.«

Jorgo und ich tauschen einen kurzen Blick. Doch noch bevor ich was darauf antworten kann, deutet der Bauer auf die leere Tasse vor mir. »Einen Kaffee?«

Ich nicke.

Der Bauer verschwindet kurz im Haus.

»Wir sollten schnell weiter. Das ist mir hier alles etwas suspekt, Jorgo.«

»Das kann man wohl sagen. Gestern werden wir beinahe mit einer Kugel begrüßt, und heute gibt's hausgemachten Erdbeerkuchen.«

Ich stimme ihm zu.

»Absolut. Der Typ wirkt auf mich außerdem, wie soll ich sagen … halb erloschen. Nicht mehr ganz Herr seiner Sinne.«

»Aber der Kuchen ist wirklich extrem lecker. Außerdem sitze ich schon über eine halbe Stunde hier draußen mit ihm, und er hat mir in den schillerndsten Farben von seinem Testlauf mit der Travelpussy erzählt. Zum Glück nach dem Kuchen.«

Wie aufs Stichwort kommt der Bauer zurück und erzählt uns von den Erdbeerdieben, die ihm seit geraumer Zeit das Leben schwer machen. Dass dies immer schlimmer wird und diese tatsächlich körbeweise seine Felder leer räumen und dann irgendwo auf den Märkten der Region verkaufen. Die örtliche Polizei sei überfordert damit – und ansonsten interessiere es auch niemanden. Aber seine Existenz stehe auf dem Spiel, und er wisse nicht, wie lange er dies noch machen wolle. Seine Frau sei vor vier Jahren verstorben. Kinder hätte er auch keine, und verkaufen könne man das ganze Anwesen auch nur schwer. Heutzutage wolle sich niemand mehr so was ans Bein binden. Die jungen Leute würden alle in die Stadt drängen und lieber irgendwas mit Medien machen.

Sicher, der Kerl läuft mit einer Flinte durch sein Feld, hat nicht mehr alle Kerzen auf seiner Torte brennen und ist Besitzer eines überschaubaren Intellekts, aber irgendwie mag ich ihn. Er ist klar strukturiert und muss sich sicher keine Gedanken darüber machen, ob jemand zu Hause in seinem Wohnzimmer *Grand Tourismo 3* spielt oder mit einer tätowierten Praktikantin She-Male-Videos anschaut. Ich würde ihm gerne helfen und frage ihn, warum er nicht die Zimmer der Erntehelfer als Ferienwohnungen vermiete. Diese seien doch wunderschöne Unterkünfte, und überhaupt sei sein Domizil hier draußen ein einziger Traum. Jorgo bestätigt dies und meint, man könne hier auch Livemusikabende anbieten. Der Bauer nickt dankbar, winkt dann aber ab und bedeutet, dass das alles toll klinge, aber nichts mehr für ihn sei. Vielleicht für junge Leute. Und überhaupt wäre das Erdbeergeschäft nicht wirklich verlockend. Der Weinanbau sei weitaus lukrativer. Er mache das nur noch aus Langeweile, Pflichtgefühl und sentimentalem Scheiß. So sagt er es: »sentimentaler Scheiß«, und ich weiß, was er damit meint und kann seinen Schmerz ein Stück weit nachvollziehen. Dann führt er weiter aus, dass er sich eigentlich schon darauf freue, zu seinem Neffen nach Wien zu ziehen. Aber dazu müsse er zunächst einmal einen Käufer für das Gut finden. Und außerdem will er nicht gehen, bevor er diese Sauhunde geschnappt hätte, die ihn bestehlen würden. Das sei so eine Art Ehrensache. Ich entgegne ihm, dass ich das verstehen würde, was ich jedoch nicht kann. Ehrgeiz und Stolz waren nie mein Ding. Wahrscheinlich hätte ich den Dieben noch Fackeln aufgestellt, damit sie nachts nicht im unwegsamen Gelände umknicken.

Dann ist es wirklich Zeit aufzubrechen. Schließlich haben wir noch einiges an Wegstrecke vor uns. Nach dem Erdbeerkuchen-Frühstück verabschieden wir uns und fahren zurück auf die Autobahn. Wir schweigen die ersten Kilometer, erst nach zwanzig Minuten bemerkt Jorgo beiläufig: »Trotz allem ein netter Mann. Ein wenig verrückt, aber nett.«

»Ja, und sein Gehöft in dieser Wahnsinnslage ist toll. Ein wenig wie in der Toskana oder Provence. Und auch er selbst wirkt eher wie ein Südländer.«

»Eine Art österreichischer Franzose«, stellt Jorgo fest, und ich lächle.

»Ja. So wie Winnetou.«

»Was ist mit Winnetou?« Mein Beifahrer schaut irritiert. »Winnetou ist doch kein Österreicher.«

»Nein, aber Franzose. Und dazu noch irgendwie deutsch.«

»Quatsch, der ist Apache.«

»Ja, schon.« Ich verdrehe die Augen. Will er das jetzt nicht verstehen oder tut er nur so? »Aber in Wirklichkeit ist er Franzose.«

Jorgo scheint von meiner Erklärung ganz ernsthaft überrascht. Er richtet sich neben mir auf. »Du willst mir jetzt erzählen, dass Winnetou, der Häuptling der Apachen, ein Franzose ist?«

»Ja doch, genau das.«

»Du meinst also, dass er anstatt ’ner Friedenspfeife

eine Gauloise raucht und sich in seinem Wigwam Baguette und Rotwein reinfährt?«

»Du weißt, was ich meine«, versuche ich, den aufkeimenden Streit zu entkräften. Denn Pierre Brice war nun mal *der* Karl-May-Winnetou-Darsteller schlechthin. Und er ist Franzose.

»Nein. Das sind meine Kindheitserinnerungen. Die will ich nicht zerstören. Winnetou ist Apache und kein Franzose, und er lebt im Wilden Westen Amerikas.«

»Oder in Kroatien.«

»Was?«, braust Jorgo auf. »Was soll das denn jetzt wieder heißen?«

»Das heißt, dass in Kroatien die meisten Dreharbeiten stattgefunden haben. Man hat dort fast alle Karl-May-Verfilmungen abgedreht und nicht im Wilden Westen.«

»Du verarschst mich.«

»Nein, ich habe das als Arbeitsaufgabe in unserer Klasse durchgenommen. Das wissen selbst meine Fünftklassler.«

»Das glaube ich dir nicht. Du lügst.«

Sein Verhalten erinnert mich ein wenig an meine Schüler.

»Hier google mal, Winnetou und Silbersee.«

Ich reiche ihm mein Handy. Und tatsächlich spuckt es kurze Zeit später die ersten Ergebnisse aus, die Jorgo laut vorliest.

»Der Kaluderovac jezero diente auch als Kulisse für die beliebten Karl-May-Verfilmungen der Sechzigerjahre. Dieser imposante See liegt im Nationalpark Plitwitzer Seen im Norden der Lika-Region an der Nationalstraße 1 zwischen Karlovac und Zadar.«

»Siehst du.«

Jorgo liest einige weitere Informationen vor. Allerdings nehme ich sie nur dumpf wahr. Ein anderer Gedanke beschäftigt mich bereits. Es könnte ein weiteres Steinchen in meinem neuen Sibel-Mosaik sein. Sich einfach mal zu trauen und sich auf etwas einlassen, dessen Ergebnis man weder erwartet noch überblicken kann. Ich tippe etwas ins Navi ein. Erst als Jorgo den Text vollständig durchgelesen hat, schaut er zunächst das Display des Navis, dann mich fragend an.

»Was machst du da?«

»Na ja, du sagst doch, dass ich spontaner sein soll.«

»Ja, und?«

»Ich liege gut in der Zeit mit meiner Lieferung. Und nachdem Wien und das Erdbeerfeld ziemlich coole Erlebnisse waren, bin ich nun vielleicht bereit für den nächsten Schritt. Also schau mich jetzt nicht so an, sonst überlege ich es mir doch noch anders. Aber wir fahren jetzt Winnetou besuchen.«

»Wie jetzt?«

»Wir fahren dorthin.«

»Wir fahren nach Amerika?«

Ich schaue ihn vorwurfsvoll von der Seite an. Dann fällt auch der Groschen bei ihm.

»Kroatien?«

»Richtig. Laut Navi sind das nur dreihundert Kilometer. Wir fahren also zum Silbersee, und ich zeige dir, wo dein Häuptling gelebt hat… Oder hast du was Besseres vor?«

»Nein.« Er lehnt sich zurück. Dann stellt er die Füße auf das Armaturenbrett, zündet sich eine Zigarette an und schweigt ein paar Kilometer. Schließlich nickt er zufrieden und klatscht in die Hände. »Geil, wir fahren zu Winnetou. Echt geil, Sibel.«

Kapitel 17

Der Nationalpark Plitwitzer Seen ist der Wahnsinn und empfängt uns mit wolkenlosem Himmel. Die Bergwände türmen sich vor uns auf und sind so groß, dass sie eigentlich schon hoch sind. Wir parken de Grabi direkt am Kaluderovac jezero und begeben uns erst einmal zu Fuß auf die Spurensuche des Apachenhäuptlings. Und es gibt hier in der Tat eine Menge aus den alten Filmen zu entdecken. Die Schatzhöhle befindet sich ganz am Ende des Sees und ist zur Freude aller Hobby-Rothäute noch immer begehbar. Direkt neben dem Eingang zur Höhle hängt sogar ein Foto des Films *Der Schatz im Silbersee* aus, auf dem gezeigt wird, dass hier die Banditen zum See hinabstiegen. Außerdem wird noch einmal darauf hingewiesen, dass dies hier der Originaldrehort sei und nicht wie in einigen Reiseführern behauptet, der gleichnamige Silbersee auf der Kornateninsel Dugi Otok. Nein, wir sind richtig hier und ein klein wenig fühlen Jorgo und ich uns auch wieder wie Kinder. Wir verstecken uns hinter Felsen und duellieren uns mit Pseudo-Zitaten aus den Filmen wie *Winnetous Herz trägt Trauer weil Halbblut Apanatschi den weißen Mann liebt* oder *He, Jorgo, lass uns an der Nordweide treffen, wenn der Mond zwei Finger breit über den Bergen steht.* Nach zwei Stunden haben wir aber genug davon, Cowboy und Indianer zu spielen, und gehen zurück zum Wagen. Wir sind noch ganz aufgeregt und fragen uns gegenseitig Figuren aus den Filmen ab. Sam Hawkens, Hadschi Halef Omar oder Kara Ben Nemsi und viele weitere Lachsalven provozierende Namen.

»Mir ist heiß«, befindet Jorgo schließlich. »Ich glaube, eine Abkühlung würde uns ganz guttun. Was denkst du?«

»Du meinst, wir sollten …?«

»Genau.«

Er reißt sich die Kleider vom Leib und stürzt sich ohne zu zögern splitterfasernackt in den See. Als er wieder auftaucht, streicht er sich die nassen Haare aus dem Gesicht und stößt einen Freudenschrei aus.

»Wow, das ist großartig. Komm rein!«

Ich verschränke die Arme vor der Brust und ziehe eine Grimasse. »Besser nicht.«

»Du bist so unfassbar prüde. Oder hast du Schiss, dass uns Bademeister Old Shatterhand aus dem See schmeißt?«

»Das ist albern. Nackt baden macht man in der Pubertät. Ist was für Teenager.«

»Nein, das machen Menschen, die einfach ihr Leben genießen und keine Badesachen dabeihaben. Oder hast du Angst, dass hier irgendwas Ekliges im See rumschwimmt?«

»O Gott, ja … vielleicht auch noch. Und ehrlich gesagt kann ich es sogar von hier aus sehen.« Ich deute mit ausgestrecktem Zeigefinger auf den nackten Mann im See.

»Witzig, echt witzig. Nun mach schon, Sibel. Stell dich nicht so an. Ich schau auch weg, siehst du?!«

Jorgo taucht unter und winkt mir lediglich mit einem ausgestreckten Arm aus dem Wasser zu. Dieser Idiot.

Irgendwas in mir möchte es ihm aber zeigen, und so winde ich mich pfeilschnell aus meinem T-Shirt und meiner Shorts, lege BH und Slip ab und halte mir die Arme vor Brust und Schambereich, als ich langsam bis zu den Knien ins Wasser gehe. Ich fasse es nicht, dass ich das wirklich mache. In diesem Moment taucht auch Jorgo wieder auf.

»Bravo, Sibel. Ist doch gar nicht so ’ne große Sache, siehst du?«

»He! Du hast gesagt, dass du nicht schaust.«

»Stell dich nicht so an und spring rein! Das Wasser ist toll.«

»Von wegen. Das Wasser ist scheiß kalt. Das ist ’ne völlig bescheuerte Idee. Und wehe, du pisst ins Wasser.«

»Längst passiert.« Er winkt ab. »War nur ein Scherz! Los jetzt! Du musst einfach reinspringen. Keine Gedanken machen. Einfach rein.«

Ich stoppe. Dann stürze ich den Rest meines Körpers ungelenk, aber immerhin mit Schwung ins kalte Nass. Der Aufschrei dazu passt perfekt, um das Bild einer unbeholfenen Zicke zu vollenden. Als mein Körper endlich ganz eintaucht und ich wieder wie ein gestrandeter Fisch nach Luft schnappe, will ich zunächst fluchen, aber es ist ehrlich gesagt wirklich ein tolles Gefühl.

»Das ist … das ist … verdammt, das ist echt cool. Jorgo.«

»Hahaha! Na, das sag ich doch.«

Ich schreie erneut schrill auf. Auch Jorgo ist nicht mehr zu halten und lässt es sich nicht nehmen, unter mich zu tauchen und mich an den Beinen unter Wasser zu ziehen. Wir planschen herum, quieken, machen alberne Dinge, wie ich sie seit Jahren nicht getan habe, und ich schäme mich ein wenig dafür, dass ich so pubertären Spaß habe.

Erst als unsere Kräfte nachlassen, schwimmen wir zurück. Ich stehle mich an Land und ziehe mir schnell mein T-Shirt wieder über. Aus den Augenwinkeln sehe ich zu Jorgo rüber, der sich ebenfalls gerade abtrocknet. Jedoch ohne dabei seine Kleider gleich anzuziehen. Er blickt zu mir rüber, und ich schaue beschämt weg.

»Ist kein Problem, Sibel. Zeigt mir nur, dass du anscheinend nicht lesbisch bist.«

»Überschätz dich nicht«, antworte ich ihm. Ohne zu ihm aufzuschauen, deute ich mit ausgestrecktem Arm in seine Richtung. »So toll ist das da auch nicht.«

Ich kann zufällig und wirklich nur zufällig erkennen, wie er an sich hinabschaut, wieder in meine Richtung blickt und lächelt.

»Doch ist es. Ich bin zufrieden damit.« Dann kommt er einen Schritt auf mich zu und stellt sich breitbeinig vor mich. »Was hast du daran auszusetzen?«

»O mein Gott. Du bist krank.«

Ich schnappe mir meine Sachen und laufe schnell und unter seinem Gelächter zurück zu Grabi.

Das Nachtlager muss noch hergerichtet werden. Ein wenig komme ich mir dabei wirklich wie in einem alten Western vor. Es ist einer der schönsten Flecken Erde, an denen ich jemals war, und niemand sonst ist hier. Mein Handy klingelt, ich schaue aufs Display, erkenne Florians Nummer und lege es kopfschüttelnd wieder zurück.

»Dein Ex?«

Ich fühle mich bei Jorgos Frage ertappt, spiele an meiner Brille und schüttle beiläufig den Kopf.

»Ja.«

»Magst du drüber reden?«

»Nein!«, gebe ich schroff zurück.

»Verstehe. Ist noch frisch, was?«

»Ist doch egal. Was geht dich das an? Ich frage dich ja auch nicht nach deinen Frauen.«

»Frauen? Ach, du gehst also davon aus, dass ich einen Harem habe, oder was?«

Ich hebe die Arme und möchte das Gespräch genau jetzt stoppen.

»Lass uns einfach das Nachtlager aufschlagen, okay?«

»Wie du meinst. Dann schau ich mal wegen des Lagerfeuers.«

»Ein Lagerfeuer? Aber ist das denn erlaubt?«

»Mensch, Sibel. Willst du vielleicht erst in die Stadt gehen und fragen, wo du einen Antrag abgeben sollst?«

»Ein Großteil der verheerenden Waldbrände jeden Sommer wird durch unvorsichtiges Abbrennen von Lagerfeuern oder weggeworfene Zigarettenkippen verursacht.

»Dann sind wir eben nicht unvorsichtig. Und Zigaretten habe ich auch keine mehr. Hab vergessen, mir vorhin welche an der Tankstelle mitzunehmen.«

»Na wenigstens etwas.«

»Aber den hier habe ich noch.«

Wie eine Trophäe hält Jorgo einen Joint in den Händen.

»Das ist jetzt aber nicht das, was ich denke, oder?«

»Was denkst du denn?«

»Das ist ein Joint. Drogen.«

»Wow, Frau Oberlehrerin kennt immerhin einen Joint. Selber ab und an am Kiffen, was?«

»Sicherlich nicht. Aber du fährst die ganze Zeit mit einem Joint im Wagen durch die Gegend? Wenn uns die

Polizei angehalten hätte oder wir beim Grenzübertritt kontrolliert worden wären …«

»Sind wir aber nicht.«

»Außerdem finde ich es auch nicht besonders verantwortungsvoll, dass du jetzt hier einen Joint rauchen willst. In diesem Naturschutzgebiet. Aber es ist deine Entscheidung und deine Gesundheit. Ich misch mich da nicht ein.«

»Dann ist ja gut. Ich gehe Holz suchen. Du kannst schon mal die Tüte mit den Sachen von der Tankstelle aus dem Transporter holen.«

Nach einem ausgiebigen Abendessen, bestehend aus einer kalten Dose Ravioli sowie einer Tüte Chips und zwei Schokoriegeln, liegen wir mit einer Flasche Wein am Lagerfeuer, das Jorgo immerhin zum Brennen gebracht hat. Ich habe es mir unter einer Decke bequem gemacht, während sich Jorgo nun seinem Joint widmet.

»Auch mal?« Jorgo hält mir seinen Joint hin.

»Bist du verrückt? Ich bin doch nicht bescheuert. Wahrscheinlich kommen wir dann in eine Kontrolle, und ich verliere meinen Führerschein.«

Er nimmt einen tiefen Zug und bläst alles in einer großen Rauchsäule aus seinen Lungen.

»Warum bist du eigentlich immer so?«

»Ich?« Ich fühle mich angegriffen. »Warum? Wie bin ich denn?«

»Na so … komisch halt. Manchmal bist du echt cool und dann wieder so überkorrekt, als würde gleich jedes Mal das FBI vor dir stehen und dich komplett durchleuchten, ob du in deinem Leben irgendwann einmal etwas falsch gemacht hast.«

»Ich bevorzuge es eben, Dinge richtig zu machen.«

»Ja, aber das lernst du am besten, indem du die Dinge erst einmal falsch gemacht hast.«

Ich ziehe ebenso anerkennend wie süffisant die Augenbrauen zusammen.

»Oh, der Herr wird nun also philosophisch. Ganz der alte Grieche, was? Wohl zu viel Aristoteles gelesen?«

»Ach, leck mich, Sibel.«

Wir haben eine seltsame Verbindung. Ständig liegt so eine unausgesprochene Spannung zwischen uns. Nach dem kurzen Schlagabtausch schweigen wir im Anschluss. Ich schaue heimlich aus den Augenwinkeln zu ihm, wie er so entspannt daliegt und sich nicht um das Leben zu scheren scheint. Ganz bei sich und in dem Moment lebend. Wahrscheinlich bin ich neidisch auf ihn und wäre gerne selbst ein bisschen so wie er. Aber so bin ich halt nicht. Warum zur Hölle eigentlich nicht? Wer sagt denn, dass ich es nicht bin? Ich mache diesen ganzen Kram hier doch nicht, weil ich so gerne zwanzigtausend Gummivaginas durch Europa fahre. Ich mache es, weil ich genau diese verborgenen Qualitäten in mir auch zum Leben erwecken will. Ich mache es aus dem Grund, dass ich mich endlich von den Zwängen und den Vorurteilen meines bisherigen Lebens befreie. Also schlage ich die Decke zurück und setze mich neben ihn.

»Gib mal 'nen Zug.«

Ich erwarte mindestens einen blöden Spruch von ihm. Doch stattdessen hält er mir den Joint kommentarlos hin, und ich nehme einen tiefen Zug, bei dem ich natürlich husten muss. Auch hier wieder: kein dummer Spruch seinerseits. Es ist das erste Mal, dass ich an einem Joint ziehe. Dann schweigen wir wieder für eine Weile. Und so sitzen wir um das Lagerfeuer herum und schauen in die knisternden Flammen. Ich ziehe noch zweimal, bis mir etwas schummerig wird. Vielleicht liegt es an dem Joint, aber in meinem Kopf laufen so viele Bilder ab, dass ich sie kaum einfangen und zuordnen kann. Die Schule, die mich so viel Energie kostet. Meine Wohnung. Wobei es streng genommen ja gar nicht mehr meine Wohnung ist, sondern nur die Hälfte einer Exwohnung mit meinem Exfreund. Ich werde mich nach etwas Neuem umschauen müssen. Etwas Kleinerem. Blöd. Kleiner klingt wie schlechter. Vielleicht hatte ich ja auch immer etwas Angst davor, dass ich mich sozial verschlechtere, was natürlich ein völlig bescheuerter Gedanke ist. Schließlich bleibt eine noch so große Wohnung lieblos, wenn es nicht deine Insel ist. Es wird dann eher zu einem Gefängnis ohne Gitter. Aber es bleibt ein Gefängnis. Und genau das war es für mich in letzter Zeit. Ich war eine Gefangene in meiner eigenen Wohnung. Zu feige und zu ängstlich, um auszubrechen und sich dem Neuen, Unbekannten zu stellen. Etwas, dass mich verletzen, aber mir vielleicht auch gefallen könnte. Wie spannend und belebend das sein kann, spüre ich jetzt in diesem Moment, in dem ich bekifft an Winnetous See liege und in die lodernden Flammen blicke und sphärische Klänge vernehme.

Hä, sphärische Klänge, wo kommen die denn her?

Schwerfällig wende ich den Kopf. Mit einer Langsamkeit, die der Kontinentalplattendrift zur Ehre gereicht hätte, drehe ich mich zum Epizentrum der Klänge und erkenne, dass Jorgo sich mittlerweile seine Gitarre gegriffen hat und einige Melodien wahllos hintereinander spielt. Ich kenne keine einzige davon, doch es klingt interessant. Liegt vielleicht aber auch nur am Joint. Meine Lippen formen unter größter Anstrengung einige Worte.

»Kennst du eigentlich auch den passenden Text dazu oder ist das ein Instrumentalstück?«

Jedes Wort, das über meine Lippen perlt, ist schwer geformt und kostet mich unendlich viel Kraft.

Jorgo schaut unter seinem lockigen Haar auf. »Da bin ich mir noch nicht sicher. Ich habe eine Idee, aber ich weiß nicht, ob es so funktioniert, wie ich mir das vorstelle.«

»Ach, das sind deine eigenen Kompositionen, die du da gerade spielst? Deine Songs?«

Er nickt und greift einen weiteren Akkord. »Ist alles noch nicht fertig.«

Ich schließe die Augen und lasse mich von den Klängen verführen.

»Es war immer mein Traum, mal eine eigene CD aufzunehmen. Zuletzt hatte ich aber wegen all der Probleme keine Zeit mehr dafür. Die Musik ist und bleibt jedoch meine Leidenschaft.«

»Das ... das klingt gar nicht so schlecht.«

»Du bist bekifft, Sibel.«

»Nein, ich meine das im Ernst. Das ist gut.«

»Findest du?«

»Ja. Auf jeden Fall. Es klingt so schön sphärisch.« Ich nehme die Brille ab und lasse die Hände wie zu einem hinduistischen Tanz in der Luft schwingen. »Magst du mir deine Idee vielleicht vorsingen?«

»Ernsthaft? Du willst es dir anhören? Es ist aber noch nicht ganz fertig.«

»Spiel einfach das vor, was du schon hast. Ich bin keine Expertin für Musik und … na ja, ich bin hier draußen wohl eh der einzige Mensch, der es hören kann. Und die Meinung der überkorrekten Sibel dürfte dir sowieso nicht so wichtig sein. Also, was soll's?!«

Es ist irgendwie süß, wie sich dieser breitschultrige Mann ziert, mir seinen Song vorzutragen, und sich immer wieder dafür entschuldigt, dass es ja noch nicht wirklich fertig ist. Doch nach einer erneuten Bestätigung, dass ich es wirklich hören möchte, beginnt Jorgo, die Saiten seiner Gitarre zu zupfen. Zunächst tanzen meine Hände weiter in der Luft. Dann werden sie langsamer, bis sie schließlich stoppen. Denn zu meinem Erstaunen klingt es gut. Nein, es klingt nicht nur gut, es klingt fantastisch, und als seine Stimme dazu einsetzt und er die erste Textzeile intoniert, muss ich schlucken. Ich muss mich zusammenreißen, um nicht wie ein Kind loszuheulen, so schön klingt es, und ich glaube, das liegt nun nicht mehr an dem Joint. Ich verschränke die Arme vor der Brust und lausche. Dabei versuche ich, cool und kontrolliert zu bleiben, was wirklich alles von mir abverlangt. Das Lied endet, und aus dem mehr als überzeugenden Sänger wird wieder der unsichere Mann am Lagerfeuer, der mich fragend ansieht.

»Und, wie findest du es? Sei ehrlich.«

»Wie ich es finde?« Ich atme schwerfällig, setze die Brille wieder auf und versuche, so seriös wie möglich zu wirken. »Also, es ist …«

»… du magst es nicht, stimmt's? Es ist im ersten Teil zu schleppend, nicht wahr? Das habe ich auch schon gedacht. Ich muss da noch …«

»... halt die Klappe, Jorgo!«, unterbreche ich ihn. Ich bin echt zugedröhnt. Meine Augen sind nicht mehr kontrollierbar, und meine Stimme überschlägt sich. Aber das, was ich sage, meine ich wirklich so. »Es ist hammermäßig. Wunderschön. Ich weiß gar nicht, was ich sagen soll. Du solltest da unbedingt etwas draus machen. Ganz ehrlich.«

»Und das sagst du jetzt nicht nur, weil du bekifft bist?«

Anstelle einer Antwort habe ich eine spontane Idee. Ich richte mich auf, krame mein Handy heraus, bin beruhigt, dass ich hier draußen im Nirgendwo Empfang habe, und suche im Adressbuch eine Nummer heraus. Das Telefon klingelt nur zweimal, dann meldet sich die Stimme meines Cousins Murat am anderen Ende. Immerhin habe ich schon mal die richtige Nummer gewählt. Er ist einer meiner Lieblingscousins und könnte mir nie einen Wunsch abschlagen. Ich habe ihm als kleinen Jungen schon den Hintern abgeputzt und ihm immer Spielsachen aus Deutschland mitgebracht. Obwohl er mittlerweile ein erwachsener Mann ist, der mehrere Köpfe größer ist als ich, wird er zeit seines Lebens mein kleiner Cousin bleiben. Murat ist schon immer cleverer gewesen als die anderen und hat seinen eigenen Weg eingeschlagen. Heute besitzt er ein erfolgreiches Tonstudio in Istanbul und hat dort bereits echte Größen der türkischen Musik aufgenommen. Seine Bosporus-Beats-Studios genießen mittlerweile in der Türkei einen vorzüglichen Ruf. Zunächst begrüßen wir uns überschwänglich am Telefon, und er fragt mich, ob es mir gut gehe, ich klinge so komisch. Natürlich übergehe ich diese Frage und kichere lediglich. Jorgo schaut mich fragend an. Zum Glück versteht er kein Wort, denn zunächst zieht mich mein Cousin in Türkisch damit auf, dass ich ihm ausgerechnet von einem griechischen Bekannten vorschwärme, dessen Musik es wert ist, sie sich mal genauer anzuhören. Nach ein paar Minuten und dem Versprechen, dass ich ihn in Istanbul besuchen werde, beende ich das Gespräch, schreibe die Telefonnummer des Studios auf einen Zettel und strecke sie in die Höhe.

»Hier, für dich.«

»Was ist das?«

»'ne Telefonnummer.«

Wie von einem schweren Magneten angezogen, sinke ich zurück auf meine Decke, während ich immer noch die Nummer in den Abendhimmel strecke. Ui, sind die Sterne heute hell.

»Ja, das sehe ich. Aber von wem? Und was soll ich damit?«

»Du hast einen Termin in den Bosporus-Beats-Tonstudios meines Cousins in Istanbul. Sag ihm, dass du von mir kommst. Er weiß dann Bescheid.«

Jorgo starrt mich verwirrt an, steht dann auf, kommt herüber und nimmt dann wie in Zeitlupe die Nummer entgegen.

»Und dann?«

»Du sollst dich einfach bei ihm melden. Er ist zwar etwas von sich eingenommen, aber ansonsten ein guter Kerl. Ihr solltet euch also gut verstehen bei den Aufnahmen.«

»Bei den Aufnahmen?«

»Ja, er wird mit dir deinen Song aufnehmen.«

»Du bist verrückt, Sibel.«

»Kann schon sein. Ich gebe mir mittlerweile jedenfalls alle Mühe.«

Er legt seine Gitarre zur Seite und sieht mich durchdringend an. Dabei wird es mir plötzlich ganz anders. Liegt es an dem Lied? An dem Joint? An ihm?

»Weißt du eigentlich, dass du gar nicht so scheiße bist, wenn du dir Mühe gibst? Solltest du öfter mal probieren.«

Ich schüttle den Kopf. Zu einer Antwort bin ich anscheinend bereits nicht mehr fähig.

»Sch-schön«, stottere ich und spüre, wie mir die Brille von der Nase genommen wird und mir eine Hand über das Gesicht fährt.

»Ja, sehr schön.«

Jorgo greift meinen Nacken und zieht mich sanft zu sich. Ich schlucke. Dann berühren sich unsere Lippen. Was tue ich hier? Ich mag ihn doch noch nicht einmal wirklich. Oder doch?

»W-w-wir sollten das nicht tun, Jorgo.«

»Doch, genau das sollten wir ...«

Es ist das Letzte, was ich bewusst wahrnehme. Der Rest sind warme Farben, die sich vor meinem inneren Auge ausbreiten, und ich lasse mich fallen. Ich versinke in einem Meer aus Farben und Gefühlen, die wie eine Flipperkugel durch meinen Körper zu rasen scheinen. Vielleicht lebe ich aber auch nur das erste Mal seit langer Zeit wieder.

Ja, ich lebe.

Kapitel 18

Eine Locke Jorgos kitzelt mir in der Nase. Ich starre hinauf zu dem beeindruckenden Sternenhimmel am Firmament hoch über dem Kaluderovac jezero. Der Versuch einzuschlafen ist zum Scheitern verurteilt, und ich liege bereits seit über einer Stunde wach in meinem Schlafsack. Das liegt zum einen daran, dass Jorgo schnarcht, zum anderen daran, dass ich zu aufgewühlt bin. Dieser verdammte Kerl hat es tatsächlich geschafft, mich aus der Reserve zu locken und mich über meinen Schatten springen zu lassen. Und als er den Arm um mich legte, war das Gefühl viel zu gut, als es eigentlich sein durfte. Reiß dich zusammen, Sibel, sage ich mir selbst, du bist vielleicht einfach nur verwirrt, weil du gerade gekifft hast, aus einer Beziehung kommst und wahrscheinlich einfach anfällig für Aufmerksamkeit und Komplimente bist. Jorgo hat bestimmt Hunderte von Frauen an jeder Hand, mit denen er genauso umgeht. Warum sollte er gerade dich wollen? Was will er überhaupt von dir? Du willst nicht eine weitere Trophäe in seiner Sammlung sein. Und überhaupt – was sind das für Gedanken? Nicht dass ich Florian irgendetwas schuldig wäre. Aber vielleicht lag das Scheitern meiner Beziehung ja gar nicht nur an ihm. Vielleicht war ich der ganzen Beziehung auch längst überdrüssig geworden und habe nur alle Kraft darauf verwendet, es nicht eskalieren zu lassen, um mir kein weiteres Scheitern eingestehen zu müssen. Vielleicht habe ich mir sogar mit Absicht einen Mann wie Florian ausgesucht, weil er mein Muster bedient hat. Dass ich anscheinend immer nur Menschen um mich versammle, die es entweder nicht gut mit mir meinen, mich ausnutzen, mich klein halten, oder die ich dafür benutze, mich unglücklich zu halten. Schön unzufrieden bleiben, damit ich weiter die arme, kleine Sibel sein kann, die ich schon mein Leben lang kenne und perfektioniert habe. Immer schön weiter jammern können. Ich gebe zu, das ist kein besonders erstrebenswertes Muster, aber eines, das ich perfekt beherrsche. Lieber ein Scheißmuster, welches man im Griff hat, als eines, das von einem verlangt, sich mutig auf die Hinterbeine zu stellen und ins Ungewisse zu laufen. Aber genau das mache ich gerade. Vielleicht zum ersten Mal. Am Ende muss ich Florian und seinem Barbiepüppchen wohl noch dankbar sein. Auch wenn Jorgo dies hier sicherlich nur als weitere Episode sieht, er hat mir bereits geholfen. Morgen werde ich alles klarstellen, dass das alles okay ist und er sich keine Gedanken zu machen braucht. Dass ich das genauso locker und entspannt sehe wie er. Morgen sage ich ihm das.

Und dann kuschle ich mich in seinen Arm und fühle mich toll.

Kapitel 19

Noch vor Sonnenaufgang habe ich mich aus Jorgos Armen gestohlen. Ich habe mir alles total gut zurechtgelegt. Ich werde es auf den Joint schieben und damit ihm und mir eine Ausrede geben. Das ist super! Ja, so muss sich keiner schuldig fühlen, und wir können einfach weiterfahren. Er wird mich wieder für überkorrekt halten und ich ihn rügen und verbessern, wo ich kann. Alles wird so sein wie zuvor.

Als ich schon wieder in voller Montur dastehe, wacht Jorgo gerade erst auf. Ich wusele hysterisch umher und erledige nebenbei sinnlose Dinge, wie zum dritten Mal meinen Schlafsack zusammenzulegen. Dabei gebe ich meine vorher ausgedachten Satzfragmente von mir, die ich vorhin noch klasse fand, die mir jedoch jetzt selbst bescheuert vorkommen. Dann nehme ich immer wieder den Faden auf, den ich noch gar nicht hatte.

»Ich habe gewusst, warum ich Drogen verabscheue. Man verliert die Kontrolle über sich und macht Dinge, die dämlich sind und die man am nächsten Tag bereut.«

»Du bereust es also?«

Mein Blick irrt umher, und ich versuche, mich zu ordnen. Dabei rücke ich die Brille sicherlich ein Dutzend Mal auf der Nase hin und her.

»Ja … klar. Na ja, eigentlich … jedenfalls ist es aus Schwäche entstanden. Und das ist nie gut. Und überhaupt, das macht doch keinen Sinn. Ein griechischer Anhalter und eine türkische Lehrerin, die Plastikvaginas durch Europa fährt. Noch bescheuerter kann man sich nicht kennenlernen, oder? Das ist doch keine Basis. Aber alles cool. Es war der Joint. Haha …«

Mein Lachen klingt erbärmlich. Jorgo sieht zu mir herüber. Ich kann seine Blicke nicht richtig deuten. Ist er in seiner Eitelkeit gekränkt?

»Entspann dich, Sibel. Ich habe doch gar nichts gesagt. Es war einfach nur …«

»Genau«, unterbreche ich ihn. Ich weiß, wie der Satz enden wird, und das will ich nicht hören. *Es war einfach nur Sex*. Und deswegen drehe ich den Spieß schnell um und komme ihm zuvor. »Es war einfach nur Sex.«

Für einen Moment geschieht nichts. Dann nickt Jorgo.

»Ja, hast recht. Natürlich.«

Aha, wusste ich es doch. Ohne ein weiteres Wort zu verlieren, packt er seine Sachen zusammen und verstaut alles im Transporter. Ich tue es ihm gleich, schaue ihn heimlich immer wieder an, um zu erkennen, ob er mir böse ist. Aber warum sollte er?

»Ist alles okay?«, frage ich ihn, als wir schließlich nebeneinander im Fahrzeug sitzen und ich den Motor starte.

»Ja klar. Alles okay. Lass uns fahren, wir haben heute echt noch eine ganz schöne Strecke vor uns. Jetzt geht's nonstop nach Thessaloniki, und wir haben schon zu viel Zeit vertrödelt.«

Meinen Plan habe ich umgesetzt. Nur das erhoffte Gefühl dazu passt nicht mit dem überein, wie ich es mir vorgestellt hatte.

Es ist nicht wie zuvor.

Im Gegenteil.

Alles ist anders.

Kapitel 20

Wir kommen gut voran. Das ist aber auch schon das einzig Positive. Ansonsten herrscht deutliche Unterkühlung im Fahrzeug. Und das liegt nicht am Wetter. Jorgo hält sich merklich zurück, während die Autobahnleitplanken an uns vorbeirauschen und wir Kilometer um Kilometer fressen. Ab und zu hängt er lässig einen Arm aus dem Fenster, worauf ich ihn bitte, das Fenster wieder zu schließen, weil das scheißlaut sei. Eigentlich sage ich es nur, um ihn zu provozieren. Dass er mich wieder aufzieht, wie spießig ich sei. Doch er folgt meiner Forderung, ohne zu diskutieren. Mir fehlt die Konfrontation auf einmal. Gegen ihn zu sticheln und mich über ihn aufzuregen ist eine Sache. Da kann man sich hineinsteigern, den anderen verfluchen. Eine andere Sache ist es, wenn man mit Schweigen zur Machtlosigkeit verurteilt wird und keine Angriffsfläche geboten bekommt. Das ist nicht fair. Aber mich darüber zu beschweren, dass er mich nicht beschimpft oder mir seine Meinung geigt, klingt noch bescheuerter. Also schweige ich ebenfalls. Und so sitzen wir stumm nebeneinander, gefangen im Schleppnetz der Belanglosigkeit, und tauschen nur rudimentär das Nötigste aus. Die Kilometer kommen und gehen. Das Wetter wechselt von leichtem Regen und Sturmböen, die heftig an Grabi zerren und meine ganze Konzentration fordern, bis zu strahlend blauem Himmel und Hitze. Die Sonne wandert einmal von einer Seite des Horizonts zur anderen, bis sie sich komplett hinter einem Berg verabschiedet. Ich stelle fest, dass wir so schweigend zumindest den mit Abstand langweiligsten, aber auch effektivsten Tag hinter uns gebracht haben und wir es sogar bis über die Grenze nach Albanien schaffen. Die Grenzer schauen nur übermüdet in unser Auto und winken uns durch. Kaum über der Grenze entscheiden wir uns doch lieber, die Autobahn zu verlassen und irgendwo in einem Dorf unser Nachtlager aufzuschlagen. Zeitweise überlege ich, ob ich Jorgo nun nicht vielleicht doch offen ansprechen sollte, was da gerade zwischen uns passiert, und ob ich was Falsches gesagt habe. Aber warum sollte ich das machen? Soll er doch mal was sagen. Schließlich hat er doch … ja, was eigentlich? Hat er wirklich angefangen?

»O scheiße«, flucht Jorgo neben mir, und ich merke, wie ich Freude verspüre, dass er endlich wieder schimpft. Vielleicht ist das sein Einstieg zu dem klärenden Gespräch. Doch im Rückspiegel flackert als Erklärung das rotierende Blaulicht eines Polizeiwagens auf und signalisiert, dass wir de Grabi umgehend an den Straßenrand lenken sollen. Ich schließe mich Jorgos Meinung zu hundert Prozent an.

»O scheiße.«

Sofort gewinnt der Angsthase in mir wieder die Oberhand, und mir schießt meine Hascherfahrung der gestrigen Nacht in den Kopf. In Albanien steht bestimmt die Todesstrafe auf Drogen. Ob die das anhand eines Bluttests überprüfen können? Oder werten die meinen Urin aus? Haartest ... sie machen bestimmt einen Haartest. Da bin ich mir ganz sicher.

»Da lasse ich mich einmal in meinem Leben auf Drogen ein und sofort werde ich verhaftet. Und du hast mich angestiftet!«

»Jetzt beruhig dich. Die kontrollieren doch nicht, ob wir gestern was geraucht haben. Die wollen bestimmt nur geschmiert werden.«

Na prima, das hat nun gerade noch gefehlt. Im »Polizisten schmieren« bin ich noch unerfahrener als im Kurierfahren. Ich lenke den Wagen an den Fahrbahnrand, lasse die Scheibe herunter, als ein dürrer und grimmig dreinblickender Beamter mit seiner Taschenlampe vor uns auftaucht und uns ins Gesicht leuchtet. Dazu redet er zunächst auf Albanisch auf uns ein, was die Erfolgschancen, heil aus der Sache herauszukommen, nicht gerade sprunghaft nach oben schießen lässt.

»English?«, frage ich und zucke voller Unverständnis die Schultern. Dabei versuche ich, möglichst freundlich zu wirken, was mir nicht gelingt. Ich sehe genauso verunsichert und hilflos aus, wie ich es auch bin.

»Control. Papers please.«

Ich reiche dem Beamten meinen Ausweis und den Führerschein, während der zweite bereits um das Fahrzeug geht und alles prüfend begutachtet. Jorgo streckt mir ebenfalls seinen Ausweis entgegen, den ich umgehend an den Beamten weitergebe. Mit steinhartem Blick prüft er unsere Papiere, und obwohl alles okay sein dürfte, beschleicht mich ein ungutes Gefühl.

Eine Türkin und ein Grieche. Und beide Nationen können die Albaner nicht leiden. Das kann ja heiter werden, denke ich.

Die Stimme des zweiten Beamten, der hinter dem Fahrzeug steht, ertönt plötzlich. Er instruiert seinen Kollegen zu irgendwas, und dieser gibt uns darauf unmissverständlich zu verstehen, dass wir aussteigen sollen.

»Out of car. Quick!«

Erst beim Aussteigen kann ich den zweiten Beamten erkennen. Bei seinem Anblick schrecke ich instinktiv zurück. Ein Mann mit der fahlen Gesichtsfarbe eines Elfmeterpunkts. Seine dunklen Augen sind wie Kohlestollen tief in die Höhlen getrieben, und seine seltsame Uniform lässt mich endgültig zu der Überzeugung kommen, dass er zur dunklen Seite der Macht zählt und auf dem Todesstern wohnt. Dazu prangt ein riesiger Pickel auf seiner Stirn. Warum fällt mir so eine Lappalie auf? Aber ganz ehrlich: So was muss doch meldepflichtig sein. Das Schlimmste an solchen Geschwulsten ist die Tatsache, dass man bei solchen Leuten einfach nicht woanders hinschauen kann. Nicht auf die Nase oder auf den Arsch, nein, es muss der Pickel sein. Als würde man den Zeitpunkt der Detonation nicht verpassen wollen. Man muss ihnen einfach genau auf den Pickel starren, und am liebsten möchte man laut aufschreien: PICKEL!

Polizist eins, der dünne Bruder Gandhis, geleitet uns im Licht seiner Taschenlampe zu Polizist zwei, der wie der junge Goebbels meinen Transporter abschreitet und uns bereits mit einem stechenden Reichsparteitagsblick erwartet. Er deutet auf die Türen des Laderaums.

»Open!«

Wenn die wandelnde Dehnungsfuge schon schlecht

drauf war, so ist sein Kollege ein fleischgewordener Rammstein-Refrain. In Albanien scheint die Politik der Abschreckung noch großgeschrieben zu werden.

Und jetzt kommt der Showdown: die Travelpussys! Das wird sich mit einer Freiheitsstrafe nicht unter drei Jahren ausgehen. Ich muss unwillkürlich schlucken, als ich die Türen öffne.

»What is that?«

Die Taschenlampe des Beamten wirft einen Lichtkegel in den Innenraum und auf die Europalette. In einem Land wie Albanien dürfte die Erklärung »Travelpussy« für mehr Unverständnis sorgen, als wenn aus dem Transporter eine zwölfköpfige Flüchtlingsfamilie gesprungen wäre. Ich suche verzweifelt nach den passenden Worten, die uns mildernde Umstände einbringen könnten.

»That is …«

»… Grabi«, ruft Polizist eins, der Fleischbindfaden, plötzlich wie von der Tarantel gestochen und beginnt vor Freude wie ein kleines Kind zu hüpfen, während er im Schein seiner Taschenlampe immer wieder oberhalb der Stoßstange auf das Paninibild von Jürgen Grabowski tippt. »That is Grabi.«

»Yes«, antworte ich sichtlich überrascht und lächle verschüchtert. »That is de Grabi!«

Der Beamte scheint nun vollends beseelt und streichelt andächtig mit einer Hand über den Aufkleber, als würde er eine Reliquie berühren. So langsam verstehe ich, was hier vor sich geht. Ich werde es zwar nie verstehen, aber Fußball ist und bleibt eben ein Phänomen. Dann wiederhole ich meine Aussage, diesmal jedoch lauter und bestimmter und steige mit in das Hüpfen ein.

»Yes, de Grabi. You know de Grabi? De Grabi is the best isn't he?«

Jorgo und der zweite Kollege können derweil reichlich wenig mit unserer plötzlich einsetzenden Verbundenheit anfangen. Sie schauen abwechselnd zwischen den beiden Grabi-Fans hin und her und scheinen zu denken, dass wir übergeschnappt seien. Doch ich bin lediglich unendlich dankbar für Siggi und de Grabi. Die beiden retten mir hier gerade vielleicht meine Weiterfahrt. Aber Siggi hatte es ja gesagt: *De Grabi basst uff disch uff.*

Der Beamte berichtet seinem Kollegen unterdessen auf Albanisch die Heldentaten des Eintracht-Kickers. Ich verstehe immerhin die Worte *Worldcup, Grabi, Bonhof, Muller, Bumm, Goal.* Damit dürfte die Zusammenfassung des laut Siggi legendären Finales trefflich zusammengefasst worden sein. Dann nickt auch der zweite Kollege und lässt ein lang gezogenes *Ahhhh* folgen, das wohl sein Verständnis zum Ausdruck bringen soll, dass nun auch er die historische Tragweite dieses Stickers oberhalb meiner Stoßstange begriffen hat. Während ich die beiden Beamten weiter sinnarm angrinse, zieht Jorgo immer noch ein ungläubiges Gesicht, was unzählige Fragen aufwirft.

»De Grabi, nun freu dich halt mit«, fordere ich ihn auf, unsere Begeisterung zu teilen, während ich ihm unentwegt vergnügt auf die Schulter schlage, als sei dieses Lösungswort so etwas wie der Ausruf *Sesam öffne dich.* Und siehe da, es hat tatsächlich die gleiche Wirkung. Nur, dass sich der Sesam in diesem Fall zum Glück wieder schließt. Die Beamten werfen nämlich die beiden Türen des Transporters wieder zu und händigen uns im Anschluss unsere Papiere aus. Als sie kurz darauf vor uns wieder in den Verkehr einfädeln und uns aus dem Fenster zuwinken, erlangt auch Jorgo seine Sprachfähigkeit zurück.

»Ich frage jetzt besser nicht, was das gerade war, oder?«

»Das?« Ich bleibe so ernst wie möglich und feiere mich dafür, dass ich diese Situation mit meinem rudimentären Fachwissen im Bereich Fußball gemeistert habe. Es gibt mir ein grandioses Gefühl der Überlegenheit. Dazu streiche ich mir eine Strähne aus der Stirn, während ich den ersten Gang einlege und ebenfalls losfahre. »Das war de Grabi.«

Jorgo schüttelt abermals den Kopf, schnallt sich an und lehnt sich sichtlich verstört, aber doch beruhigt zurück und sagt: »Na meinetwegen. Puh, das war knapp.«

Kapitel 21

Thessaloniki.

Noch eine letzte Nacht.

Wir haben trotz der seltsamen Kälte zwischen uns beschlossen, noch gemeinsam was essen zu gehen, bevor ich ihn irgendwo absetze. Sozusagen als Abschiedsgeschenk an uns beide für eine sehr bewegende Fahrt. Dazu gehen wir in ein Restaurant am Hafen, unweit des Wahrzeichens der Stadt, des *Weißen Turms*. Das Essen ist hervorragend. Dennoch bekomme ich nicht viel runter. Mir liegt unser angeschlagenes Verhältnis mehr im Magen, als mir lieb ist. Also reden wir nur das Nötigste und versichern uns immer wieder gegenseitig, wie lecker das Essen ist. Im Anschluss schlendern wir an der Promenade entlang und nehmen einen Frappé in einer Taverne in einem hippen Studentenviertel ein paar Blocks entfernt. Ich stochere mit meinem Strohhalm im Glas herum.

»Und jetzt? Gehst du direkt zu deiner Familie?«

»Nein, ich glaube, ich werde erst mal bei einem Freund unterkommen und dann die Tage zu meinen Eltern gehen, um ihnen die Nachricht zu überbringen.«

»Verstehe. Ich drück dir echt die Daumen, dass das alles nicht so heftig für dich und deine Eltern wird. Aber du wirst was anderes finden, was dir mehr zusagt. Das werden deine Eltern verstehen. Ich glaube, man kann dir nicht wirklich böse sein.«

»Du anscheinend aber schon.«

»Ich?«

»Natürlich du. Oder kannst du mir sagen, warum du seit Kroatien so komisch zu mir bist?«

Ich bin überrascht. Will er jetzt doch über uns reden? Ich gebe mich weiter cool.

»Das bildest du dir ein. Ich bin ganz normal.«

»Nein, bist du nicht, und das weißt du auch. Ich mag vielleicht nicht so intellektuell wie du sein, aber ich bin nicht blöd, Sibel. Kaum waren wir aufgewacht, hast du doch gleich klar gemacht, dass das keinen Sinn macht und es nur Sex für dich war.«

Ich schlucke. Natürlich fühle ich mich nicht wohl. Das Ganze wühlt mich auf, und ich will nicht wieder leiden. Doch anstatt meiner neu gewonnenen Linie treu zu bleiben, purzelt die Wahrheit aus meinem Mund, die ich mir selbst bislang nicht eingestehen wollte.

»Ja, aber das habe ich doch nur gesagt, damit du mich nicht verletzt.«

»Warum denkst du, dass ich dich verletzen will?«

»Weil… weil du bestimmt so ein Typ bist. Und wir eigentlich nicht zusammenpassen.«

»Ach, das ist ja interessant. Was passt denn so schlecht bei uns?«

»Ich bin doch überkorrekt.«

»Ja, und? Vielleicht mag ich das an dir. Weil ich genau anders bin.«

»Eben. Genau. Du bist wild, willst noch hinaus in die Welt und Musik machen. Da will ich dich auch nicht aufhalten. Das ist dein Leben. Und das ist toll. Aber ich will was anderes. Ich möchte Sicherheit und Geborgenheit.«

»Und nur weil ich Gitarre spielen kann und Musik mag, möchte ich das nicht, oder was?«

»Doch. Nein. Ich weiß nicht … Willst du das?«

»Siehst du, Sibel. So macht man das normalerweise. Man redet, bevor man Entscheidungen trifft oder davonläuft. Das ist ganz schön feige.«

Moment mal. Warum verschiebt sich hier gerade wieder alles? Warum erklärt er mir, wie das Leben funktioniert? Gerne würde ich nun entgegnen, dass das gar nicht feige, sondern emotional und reflektiert ist. Aber das wäre eine Lüge. Zumindest der zweite Teil. Er hat recht: Es ist feige. Und meine Bedenken davor, mich in ihm zu verlieren, sind so greifbar und real, dass es mir Angst macht. Also laufe ich lieber davor weg, bevor mich die Realität verschlingt und mich machtlos werden lässt.

»Könntest recht haben.«

»Also?«

»Also was?«

»Willst du wieder wegrennen oder gibst du dir und mir nun eine echte Chance?«

Mich überfordert dieses Gespräch immer mehr.

»Das kann man doch jetzt hier nicht so festlegen.«

»Warum nicht?«

»Weil … weil … es blöd ist.«

»Das ist natürlich eine fundierte Erklärung. Weil es blöd ist. Argumentativ ausgefeilt und schlüssig.«

»Du bist doof.«

»Wird ja immer besser. Die Idee ist blöd, und ich bin doof. Du wolltest doch mutiger sein.«

»War ich das nicht?«

»Doch. Zumindest was deine Reiseplanung betrifft. Aber was ist mit dir? Bist du für dich auch mutiger geworden?«

Meine Lust aufs Reden ist aufgebraucht. Daher schiebe ich meinen Frappé von mir. Was auch immer auf dieser Fahrt in mich gefahren ist, es gefällt mir. Ich will nicht wieder schwach werden. Von nun an will ich mutig sein, auch wenn ich nicht weiß, ob es das Richtige ist, was ich mache. Ich werde es früh genug merken. Ich stehe auf und stelle mich direkt vor Jorgo.

»Du willst eine Antwort? Dann lies sie von meinen Lippen.«

Ohne zu zögern, lege ich meine Hände an seine Wangen und küsse ihn. Er schaut mich zunächst verdutzt an, dann lächelt er und zieht mich noch näher zu sich.

»Die Antwort gefällt mir.«

Wir fahren mit Grabi nur ein paar Blocks bis zu einem Hotel mit dem Namen *Noun*, was so viel wie Gerücht heißt, und parken direkt davor. Ein schickes Designerhotel, welches mit seinen dunklen Farben seinen Gästen ein Versprechen gibt, dass alles, was in diesem Hotel geschieht, auch hinter diesen Wänden verborgen bleibt.

»Halte hier, wir sind da«, bedeutet mir Jorgo.

»Bist du sicher? Ich denke, du bist pleite.«

»Dann wird es diese Nacht in diesem Hotel auch nicht schlimmer machen. Siehst du, das ist Mut.«

»Nein, das ist bescheuert«, gebe ich zurück, doch wir sind längst über den Punkt hinaus zu diskutieren. Ich verliere mich, bin in diesem Moment sehr glücklich, spüre das Leben und möchte verrückt sein. Mit Jorgo. Jetzt.

Keine zehn Minuten später betreten wir das Zimmer. Wir reißen uns die Kleider vom Leib. Ich schreie vergnügt auf, als er mich packt und auf seine Hüften hebt.

»Scheiße«, sage ich, lache laut auf und lasse ihn dennoch keinen Zentimeter von mir weichen.

»Was ist?«

»Du weißt, was hier gerade passiert, oder?«

»Sag es mir.«

»Wir, wir verlieben uns hier gerade.« Ich hebe den Finger und will noch irgendwas Schlaues ergänzen. Lasse es aber. Stattdessen legt Jorgo mir einen Finger auf die Lippen, schüttelt den Kopf und küsst mich.

»Damit kann ich leben«, erwidert er.

Es fühlt sich wunderbar an, in seinen Armen zu liegen. Dieses Zimmer in Thessaloniki ist für mich gerade der schönste Ort der Welt. Mein Dauergrinsen macht es mir fast unmöglich, ihn zu küssen. Links und rechts fällt unsere Kleidung zu Boden, und wir stürzen rücklings auf das Bett. Es ist noch schöner als die Nacht am See. Wie kann ein Mensch, den man kaum kennt, so vertraut wirken, sein Körper so genau wissen, was man mag, und sich alles so verdammt gut anfühlen? Unsere beiden Körper scheinen ein Negativabdruck des jeweilig anderen zu sein.

Dies ist nicht nur der beste Sex meines Lebens.

Dies ist der Sex, den ich in meinem Leben nie wieder missen möchte.

Dies ist der Mensch, den ich nie wieder missen möchte.
Es mag verrückt sein.
Ja. Verrückt.
Endlich verrückt!

Kapitel 22

Wir sitzen am nächsten Morgen beim Frühstück im Bett nebeneinander.

In unserem Liebeswahn haben wir uns beinahe die komplette Karte des Room-Service aufs Zimmer bringen lassen. Ich albere herum und benehme mich schlimmer als meine Schüler in Berlin. Es scheint ein richtiger Emotionsknoten bei mir geplatzt zu sein, der mich nun frei atmen lässt. Ich beobachte, wie er sich einen Toast mit Nutella schmiert und ein klein wenig der Creme an seinen Lippen kleben bleibt. Ich greife ihn im Nacken, ziehe ihn zu mir und küsse ihm das Ganze zärtlich weg. Dann sehe ich ihm tief in die Augen.

»Ich finde, für diese Nacht hast du dir einen passenden Preis verdient.«

»Einen Preis? Du meinst für mein … na, du weißt schon? Dann fände ich eine Skulptur davon passend.«

»Der Sex war toll, aber ehrlich gesagt, hast du mir auf einer ganz anderen Ebene einen Orgasmus verschafft.«

»Wie jetzt?«

»Du hast mir gezeigt, dass es dort draußen ein Leben zu leben gibt, vor dem ich immer Angst hatte. Du hast mich gerettet. Nicht nur auf dem Rastplatz neulich abends … nein. Viel wichtiger, du hast meine Seele gerettet. Mit dir an meiner Seite traue ich mir irgendwie alles zu.«

»Das, das ist … schön, was du da sagst. Aber ich bin nicht so ein Held, wie du denkst. Ganz und gar nicht.«

»Doch, das bist du. Du bist mein Held. Und deswegen bekommst du nun auch deinen Preis. Und zwar … eine Travelpussy.«

»Was?«

»Eine Travelpussy. Aber nicht irgendeine: die allererste Travelpussy! Komm!«

»Wohin denn?«

»Na, runter zum Transporter. Eine mehr oder weniger wird keinem auffallen. Zumal unser Erdbeerbauer ja auch schon als Testperson fungiert hat. Ich will dir jetzt feierlich eine übergeben.« Jorgo schaut geradezu geschockt. »Keine Angst, ich werde sie dir schon nicht überstülpen.«

Ich springe auf, doch er hält mich an der Hand zurück. »Können wir nicht noch kurz hierbleiben?«

»Nein, nein, ich will, dass du jetzt deine Travelpussy bekommst. Es ist so was wie der Oscar unter uns Truckern! Und sie hat sogar eine tiefere Bedeutung für uns. Schließlich hat sie uns auch zusammengebracht. Keine Travelpussy – kein Sibel und Jorgo.«

»Schon, aber … lass uns das doch später machen.«

Jorgo wirkt mit einem Mal sehr verunsichert und zögerlich. Geht ihm das mit uns nun auf einmal doch zu schnell?

»Warum denn? Zweifelst du an uns?«

»Nein, kein bisschen.«

»Na dann.« Ich ziehe ihn hinter mir her, während er

mich immer wieder zu sich zieht und küsst. »Das ist ein ganz billiger Versuch, mein Lieber.«

Es hat etwas von spielenden Kindern. Und genau so fühle ich mich gerade auch. Frei, lebendig und sorglos wie ein Kind.

Wir werfen uns ein paar Sachen über. Selbst im Aufzug lasse ich Jorgo keine Zeit dazu, Luft zu holen, indem ich ihn mit Küssen überhäufe. Dann suche ich in meiner Tasche nach dem Autoschlüssel, finde ihn aber nicht. Frauen und Handtaschen, denke ich mir. Als wir fast schon draußen bei Grabi sind, bleibe ich geschockt stehen.

Ich habe meinen Schlüssel nicht verlegt.

Ganz im Gegenteil, er steckt in der Hintertür.

Und nicht nur das.

Die Tür des Transporters ist weit geöffnet.

Nein, bitte nicht. Nicht jetzt, wo alles gerade gut läuft und ich fast schon in Istanbul bin. Doch je näher ich komme, desto sicherer werde ich mir: Ich werde gerade ausgeraubt. Wer klaut denn bitte Einwegplastikmuschis? Ich renne zu meinem Fahrzeug und erkenne, wie ein Mann sich in den Laderaum beugt. Der Diebeszug ist also noch in vollem Gange.

»He, was machen Sie da? Finger weg! Verschwinden Sie! Das sind meine Muschis.« Super Aussage. Zum Glück wird er vermutlich ohnehin kein Deutsch verstehen. Ich schreie den Dieb daher weiter an und hoffe, dass er von seinem Vorhaben ablässt und verschwindet. Hilfe suchend drehe ich mich zu Jorgo. Gott sei Dank ist er da! »Oder noch besser! Bleiben Sie genau dort, wo Sie sind. Ich rufe die Polizei. Jorgo, du passt auf, dass er nicht abhaut.«

Ich fingere nervös mein Mobiltelefon hervor. Der Kerl ist für einen kurzen Moment aufgeschreckt. Doch als er Jorgo neben mir sieht, entspannen sich seine Gesichtszüge, und er lacht schelmisch.

»Nein, das glaube ich ehrlich gesagt nicht.«

Jetzt erkenne ich ihn erst. Ich erkenne seine Stimme wieder. Und noch viel schlimmer, ich erkenne nun auch sein Gesicht. Es ist der Mann, dessen Stimme ich abends neben dem Transporter hörte. Es ist der Mann, der mich auf dem Rastplatz am Anfang meiner Fahrt überfallen wollte und vor dem mich Jorgo gerettet hatte. Zumindest glaubte ich das bis eben. Denn Jorgo nimmt mir das Handy weg und beendet meinen Anruf bei der Polizei. Dann lässt er die Schultern sinken und schaut mich entschuldigend an.

»Es tut mir leid, Sibel.«

»Was, was ist hier los?«, beginne ich zu stottern.

»Ich musste das tun. Aber es ist nicht so, wie du denkst.«

Ich verstehe gar nichts mehr. Schaue mich sprachlos um.

»Ach, nein? Wie ist es denn nicht so, wie ich denke?«

Der Kerl im Laderaum lacht sich derweil ins Fäustchen.

»Ja, Jorgo, wie ist es denn? Sag es ihr! Sag ihr, dass du sie ausgenutzt hast, um das Kokain über die Grenze zu schmuggeln. Sag ihr, dass du mir den Schlüssel heute Nacht gegeben hast, nachdem du ihn ihr aus der Tasche geklaut hast. Sag ihr, dass das alles geplant war. Der Überfall auf dem Rastplatz, du als Tramper. Nun mach schon.«

»Kokain?«, wiederhole ich ungläubig. »Jorgo, was erzählt er da?«

Doch Jorgo nickt nur, während der Kerl in meinem Transporter einen Beutel unter dem Ersatzrad hervorzieht und ihn mir wie eine Trophäe entgegenhält.

»Fünf Kilo reines Kokain, meine Liebe. Wenn wir das für die Straße fertig gemacht haben, ist das mal locker zweihundertfünfzigtausend Euro wert. Dafür kann man schon mal ein Opfer bringen, oder?«

Ich stocke, bin sprachlos und rücke mir sekundenlang die Brille zurecht.

»Du, du hast mich benutzt? Du brauchtest nur einen Idioten, der dir die Drogen über die Grenze schmuggelt? Ist das wirklich wahr?«

»Es war nicht mein Plan, das musst du mir glauben«, sagt Jorgo. »Aber ich habe dir ja erzählt, dass das Restaurant den Bach runtergegangen ist. Ich wollte es retten, weil es doch das Restaurant meiner Eltern war, und habe mir Geld geliehen. Von der Bank habe ich nichts mehr bekommen, also musste ich es mir woanders besorgen. Bei zwielichtigen Gestalten.«

Den fiesen Kerl scheint diese Betitelung nicht zu stören.

»Warum so undankbar, Jorgo? Wir haben dir gerne das Geld geliehen, als du es brauchtest. Aber noch lieber hätten wir es auch wieder zurückbekommen. Aber du konntest ja nicht zahlen. Da ist so ein kleiner Deal unter Freunden ein faires Angebot, findest du nicht? Du erledigst etwas für uns, und wir sind quitt. Und außerdem kassierst du hier auch noch deinen Anteil mit.«

Jorgo dreht sich zu mir, als würde dies seine miese Aktion entschuldigen.

»Verstehst du jetzt, Sibel? Sie haben das schon öfter

durchgezogen. Meist haben sie nachts auf Rastplätzen Autos von unauffälligen Leuten geknackt. Familien. Rentner. Sie haben die Drogen in deren Autos versteckt, während diese im Rasthof was essen waren. Die Fahrer ahnen nichts, fahren über die Grenze und beim nächsten Stopp werden die ahnungslosen Fahrer wieder ihrer Ladung entledigt, ohne dass sie irgendwas mitbekommen. Absolut sicher. Und falls es doch zu einer Kontrolle kommt, geht jemand anderes dafür in den Bau.«

»Und diesmal war ich das Opfer? Dafür hast du mich benutzt?«

»Vasili meinte, dass du das ideale Opfer wärst. Eine Frau, allein mit einem Transporter unterwegs. Naiv und so unschuldig, dass niemand etwas merken würde. Allerdings sollte ich zur Sicherheit bis hinter die griechische Grenze mitfahren, um dann den Stoff wieder rauszuholen und ihnen auszuhändigen. Sozusagen als zusätzliches Pfand. Dir würde nichts passieren. Das haben sie versprochen.«

»Wann hast du das Zeug denn versteckt?«

»Als wir auf dem Bauernhof in Österreich waren«, gibt er kleinlaut zu, »als du morgens noch gepennt hast und ich den Wagen geholt habe.«

»Ich fasse es nicht. Du bist so ein Arschloch. Und ich blöde Kuh falle auch noch auf dich herein.« Ich schüttele ungläubig den Kopf, setze die Brille ab und reibe mir die Augen. »Sie hatten alle recht. Mein Vater, mein Bruder, alle … Ich bekomme nichts auf die Reihe. Ich bin und bleibe eine dumme, kleine Göre.«

»Sag das nicht! Du bist … toll. Du bist die erste Frau, die an mich und meine Musik geglaubt hat. Du bist stark und mutig. Und genau in diese Frau habe ich mich verliebt, Sibel. Das eine hat mit dem anderen nichts zu tun. Das, was ich dir sagte, war alles wahr.«

»Halt einfach die Klappe und verpiss dich, Jorgo. Ich will dich nie mehr wiedersehen. Verschwinde.«

»Aber ich …«

»Verstehst du nicht?« Meine Stimme überschlägt sich beinahe, während ich ihn anschreie. »Du sollst verschwinden! Nimm deine Drogen und deinen Kumpel und verschwinde aus meinem Leben. Sofort!«

Vasili, oder wie auch immer er heißen mag, krabbelt mit dem Kokain aus dem Transporter, lacht hämisch und drückt Jorgo einen Stoß Geldscheine in die Hand. Wohl sein Anteil.

»Sie hat Temperament, das muss ich ihr lassen, Jorgo. Schade eigentlich. Wäre eine gute Frau gewesen.«

Jorgo zögert, nimmt dann aber das Geld und schiebt den anderen Mann von sich.

»Halt's Maul, Vasili. Halt einfach dein Maul.« Ein letztes Mal wendet sich der Mann zu mir, dem ich vor einer Minute noch mein Herz geschenkt hatte. »Sibel, bitte, lass es mich erklären. Das hatte nichts mit den Dingen zu tun, die ich dir sagte. Es war einfach nur …«

»… Dummheit. Es war einfach nur Dummheit. Und zwar meine. Und nun nimm deine Sachen und verschwinde endlich.«

Ich mustere ihn, wie er da mit seinem Geld in der Hand vor mir steht. Dann schlage ich die Fahrertür hinter mir zu, steige ein und fahre von dem Hotelparkplatz, hinaus aus der Stadt. Ich fahre auf die Autobahn und rolle bereits am nächstbesten Rastplatz wieder runter. Mit einer

Mischung aus Zorn, Wut und Enttäuschung stelle ich fluchend den Motor ab, lasse meinen Kopf auf das Lenkrad sinken und beginne zu heulen.

Kapitel 23

Plötzlich klopft es an der Scheibe, und ich schrecke mit meinem verheulten Gesicht hoch. Bloß nicht noch mal ein Überfall! Noch benommen von Schmerz und Enttäuschung schaue ich neben mich und erkenne einen Mann. Er macht eine Handbewegung, die Scheibe herunterzulassen, und erst da erkenne ich, dass ich diesen Mann kenne. Bohnen-Peter.

»He, Travelpussy, hab deinen Transporter erkannt und dachte mir, dass ich …« Er stockt, als er mich schluchzend hinter dem Lenkrad kauernd sieht. Dann wartet er einen Augenblick und macht mit seinem Kopf eine Bewegung, dass ich aussteigen soll. »Komm, Mädchen. Ich glaube, du brauchst jetzt erst mal einen starken Kaffee.«

Beschissener kann es jetzt wahrlich nicht mehr werden. Und einen Kaffee kann ich gerade wirklich gut vertragen. Oder einen Liter Schnaps. Ich folge Peter zu seinem Truck, der diesen Namen auch verdient. Wir steigen in das Führerhaus, und er beginnt sofort, eine seiner berühmten Mischungen zuzubereiten. Es fehlt dort an nichts, und man denkt eher, dass man sich in einem Einzimmerapartment als in einem Lkw befindet. Kein Wort wechseln wir bis dahin, was ich sehr zu schätzen weiß. Erst als er mir eine dampfende Tasse Kaffee hinhält und sich in seinen Sitz plumpsen lässt, beginnt er wieder zu sprechen.

»Männer. Die können einem schon echt den letzten Nerv rauben, was?«

Ich schaue ihn erstaunt an. Weder habe ich ihm gegenüber eine Andeutung gemacht, worum es geht, noch weiß er etwas von meinen Männerproblemen. Er bemerkt mein Misstrauen.

»Na ja, wegen deiner Plastikmuschis würdest du wohl nicht heulen. So heult man eben nur wegen einem Mann.«

»Kommt dir jetzt bestimmt ziemlich blöd vor. Die Tussi, die denkt, sie sei eine Fernfahrerin, heult nun wie ein kleines Mädchen wegen einem Kerl.«

Peter nimmt einen Schluck von seinem Kaffee.

»Ne. Hab auch schon oft wegen so Typen geheult. Ich kenn das, glaub mir.«

»Du?«

»Ja. Denkst du, dass nur du das Recht auf außergewöhnliche Lebensläufe gepachtet hast? Glaub mir, ich habe schon mehr durchgemacht als du. Und Männer haben da immer eine große Rolle gespielt.«

Nach der ersten Verwunderung verstehe ich. »Du bist schwul?«

»Ist in dem Job nicht so einfach. Na ja, brauch ich dir ja nicht zu erklären. Ständig meinen alle, den starken Zampano spielen zu müssen. Truckerromantik und so ein Scheiß. Ich sag dir was, die meisten sind die größten Warmduscher. Haben zu Hause Frau und Kind sitzen und telefonieren in jeder freien Minute mit ihnen, um ihren Schmerz zu betäuben, dass sie nicht zu Hause sind, während ihre Kleinen aufwachsen. Vielleicht ist es auch eher die Angst, dass ihre Frauen mit einem anderen Kerl ins Bett steigen, um die Einsamkeit auszuhalten.«

Der Kaffee tut gut. Er hatte nicht zu viel versprochen. Das ist der beste Kaffee meines Lebens. Ob es wirklich an dem Kaffee liegt, an den Umständen oder einfach nur daran, dass Peter gerade für mich da und meine Seelenfreundin ist, weiß ich nicht. Aber der Kaffee schmeckt wirklich erstklassig.

»Verstehe. Und du? Was ist mit dir? Bist du einsam?«

»Klar. Oft. War schon ein paarmal in Therapie wegen Depressionen. Aber wahrscheinlich war das gar keine richtige Depression. Mir fehlte einfach jemand, mit dem ich quatschen konnte. Der für mich da ist und auf den ich zählen kann, wenn es mir nicht gut geht.«

»Und den hast du jetzt?«

Peter lächelt. »Ist noch frisch, aber bislang sieht's gut aus. Er tickt wie ich, bringt mich zum Lachen, und ich kann mich auf ihn verlassen, ihm vertrauen. Zumindest bislang.«

»Das klingt toll. Ich dachte auch, dass ich so einen gefunden hätte.«

»Aber?«

»Hat mich verarscht. Ausgenutzt. Unfassbar, dass ich das nicht gemerkt habe. Kann man denn wirklich so blind sein? Dieser Idiot!«

»Du bist immer noch in ihn verliebt.«

Seine Antwort ist keine Frage. Es klingt eher nach einer Erklärung, ja beinahe Entschuldigung.

»Kann sein.«

»Kann sein«, wiederholt Peter. »Entweder es ist so, oder nicht. Dieses ständige *Lass uns mal langsam machen und schauen, wie sich das entwickelt* ist doch Schwachsinn. Warum immer erst drauf warten wollen, dass etwas schlecht verläuft? Nur um dann sagen zu können: *Siehste, hab ich doch gleich gewusst*. Nix da, in der Liebe gibt's nur *All in* … wie beim Poker.«

»Und dann verliert man, so wie ich jetzt.«

»Na und? Du hast dir aber nichts vorzuwerfen. Es beschleunigt nur das, was sowieso kommen wird. Die meisten schieben es so lange vor sich her, bis sie sich die Frage gar nicht mehr zu stellen trauen.«

Ich muss an Florian denken. Das ist die perfekte Beschreibung unserer Beziehung.

»Kennst du Oscar Wilde?«

»Klar«, antworte ich.

»Der hat mal gesagt: Es kommt für jeden der Augenblick der Wahl und der Entscheidung: Ob er sein eigenes Leben führen will, ein höchst persönliches Leben in tiefster Fülle, oder ob er sich zu jenem falschen, seichten, erniedrigenden Dasein entschließen soll, das die Heuchelei der Welt von ihm begehrt.«

»Hast du auswendig gelernt, oder?«

Er schmunzelt und sagt: »Hätte es mir fast auf die Brust tätowieren lassen.«

»Und du hast dich entschieden?«

»Habe ich. Scheiß auf die Konventionen unserer Gesellschaft und scheiß auf die vermeintlich so wichtige Karriere oder das, was die Nachbarn sagen. Ich höre in sechs Wochen mit dem Job auf. Nicht weil es mein Partner verlangt, sondern weil er es gerade nicht verlangt. Das zeigt mir, dass er der Richtige ist und ich meine restliche Zeit nicht damit vergeuden will, Autoteile durch die

Gegend zu fahren. Ich will meine Zeit mit ihm verbringen.«

»Das hast du schön gesagt, Peter. Und du hast so recht damit.«

»Das ist eigentlich die einzige Frage, die du dir stellen musst. Ist die Zeit schöner, besser und lebenswerter mit dem Kerl oder nicht. Lachst du mehr oder weniger. Lacht dein Herz mehr oder weniger. Der Rest ist egal. Streitereien gibt's immer, Zweifel auch, aber das Lachen muss immer bleiben.«

Meine Hände umschließen die Tasse. Die Worte fallen auf meinen weidwunden Acker der Verletztheit und Emotion, und ich hoffe, dass sie Früchte tragen werden.

Ja, das ist definitiv der beste Kaffee meines Lebens.

Kapitel 24

Das letzte Teilstück nach Istanbul verläuft ohne Probleme. De Grabi und ich gleiten geradezu dahin. In Gedanken und im dritten Gang rollen wir über die griechisch-türkische Grenze. Da es schon Abend ist und ich heute meine Ladung nicht mehr ausliefern kann, steuere ich direkt das Haus meiner Eltern an. Tatsächlich finde ich sogar auf Anhieb einen Parkplatz vor dem Haus. Mir ist mulmig bei dem Gefühl, gleich meine Eltern zu treffen. Wir hatten ja nicht den besten Kontakt zuletzt. Und nun habe ich nicht nur eine gescheiterte Beziehung im Gepäck, sondern auch noch einen Drogenschmuggel und ein gebrochenes Herz. Ehrlich gesagt hält sich meine Vorfreude in überschaubaren Grenzen, mich vor meinem Vater rechtfertigen zu müssen, warum ich nicht die Sommerferien dazu nutze, ein Kind zu zeugen. Wie es aussieht, wird sich dieses Lebensereignis auf unabsehbare Zeit verschieben.

Mir wird geöffnet, und meine Mutter kommt auf mich zu. Sie sieht gut aus. Beinahe richtig schick. Ihr scheint es besser zu gehen als mir.

»Sibel!«

Es folgt eine überschwängliche Kuss- und Begrüßungsorgie. Auch mein Vater kommt um die Ecke gebogen.

»Transeporter geparkt vor die Haustüre?«

»Ja, Papa, alles gut. Er ist auch nicht kaputt oder geklaut.«

Ein wohlwollendes Nicken folgt. Das ist das Maximum an Anerkennung, die mir mein Vater zubilligt. Während er mich umarmt, folgt die weitere Erläuterung des richtigen Umgangs mit Fahrzeugen in Istanbul.

»Weißt du, musst du immer parken an Hauptstraße, nix in Seiten. Hab ich auch die Metin gesagt. Hab ich es nicht immern gesagt? Ich habe es immern gesagt.«

»Ja, das hast du«, beteuert meine Mutter.

Mit meinem leichten Gepäck begebe ich mich nach der ersten Begrüßungswelle in das Gästezimmer und lasse mich auf das Bett fallen. Sofort kommt in mir das traurige, selbstbemitleidende Gefühl auf, das ich hasse und doch so gut kenne. Sofort rede ich mir ein, dass alles gut wird. Dass ich eine starke Frau bin und mir nicht mehr auf meinen Gefühlen herumtrampeln lasse. Dass ich hoch erhobenen Hauptes ganz selbstbewusst durchs Leben gehen werde. O Gott, ich klinge beinahe wie ein Song von Liza Minelli. Die Tür geht auf, und meine Mutter streckt den Kopf herein.

»Mein Mädchen, was ist denn nur mit dir?«

»Was soll sein?«

»Ich bin deine Mutter. Ich spüre doch, dass etwas mit dir nicht stimmt. Ist es wegen Florian?«

Florian? Stimmt, an ihn hatte ich schon gar nicht mehr gedacht. Mein Kopf spielt verrückt. Ich weiß gar nicht mehr, wohin mit meinen Gefühlen. Das ist doch alles nicht fair! Was habe ich denn nur verbrochen, dass mir das Schicksal gerade im Dauerfeuermodus in den Arsch tritt? Es gibt gerade nicht mehr viel, woran ich glauben oder mich orientieren kann. Ich habe nun wohl endgültig mein emotionales Geländer verloren und stürze immer tiefer ins Chaos. Gerade jetzt, wo ich dachte, dass es endlich bergauf geht. Dass ich endlich eine starke Frau werde, die ihr Leben selbst in die Hand nimmt. Meinem Bruder, meinen Eltern und mir selbst beweise, dass so viel mehr in mir steckt als die durchschnittliche Grundschullehrerin mit einem Selbstbewusstsein auf Grasnarbenhöhe. Werde ich mein ganzes Leben lang von einer gescheiterten Beziehung zur nächsten ziehen wie ein Beduine und nie ankommen?

»Nein, es ist nicht wegen Florian. Das war schon lange nicht mehr mein Problem.«

Meine Mutter streicht mir mit ihren Händen übers Gesicht und schaut mich aus ihren großen dunklen Augen an. Nein, sie schaut mich nicht an, sie schaut in mich hinein, wie es nur eine Mutter tun kann. Ich sinke in ihre Arme und beginne zu weinen. Während sie mir weiter sanft über das Haar streicht, erzähle ich ihr die ganze Geschichte. Von den fiesen Kollegen, den Schülern, der Sache mit Florian und seinem Barbiepüppchen. Und dann erzähle ich ihr schließlich auch von Jorgo. Ich verschweige ihr lediglich die Sache mit den Drogen und dem Überfall auf dem Rastplatz. Das wäre wohl zu viel für das Herz meiner Mutter. Aber sie versteht mich auch so, und ich frage mich, warum ich ihr nicht schon früher von meinen Problemen erzählt habe. Ich war anscheinend so sehr in meiner Welt gefangen, dass ich selbst denjenigen, denen ich vertraue, kein Gehör mehr schenkte aus Angst, wieder kritisiert zu werden. Und meine Mutter tut das einzig Richtige. Sie schimpft nicht, sie urteilt nicht, sie mahnt nicht, und sie gibt keine schlauen Ratschläge. Sie ist einfach nur da, hört sich alles genau an und gibt mir einen Kuss auf die Stirn.

»Sibel, du weißt, dass ich dich liebe. Und du weißt, dass ich immer nur das Beste für dich will.«

Ich nicke stumm.

»Florian war nicht der Mann, der meine Tochter glücklich machen würde. Das war mir immer klar. Aber ich habe mich zurückgehalten, habe meine Gefühle zurückgestellt, weil du deine eigenen Erfahrungen machen solltest und ich nur wollte, dass du glücklich bist. Deswegen haben wir uns zuletzt auch nicht bei dir gemeldet.«

»Ich dachte, das sei deswegen gewesen, weil ich euch noch keinen Enkel geschenkt habe.«

»Ein Enkel von Florian?« Sich schaut mich schmunzelnd an. »Denkst du wirklich, dass das mein Wunsch gewesen wäre?«

»Das dachte ich.«

»Dein Vater hat jeden Tag von dir gesprochen. Hat bei Metin angerufen und gefragt, wie es dir geht. Er wollte aber nicht, dass dir dein Bruder davon irgendetwas sagt. Er wollte nicht, dass du dir noch Sorgen um deinen Vater machst und es ihm recht machen willst. Du kennst deinen Vater. Er möchte immer den starken Mann markieren und schimpft wie ein Rohrspatz. Aber in Wirklichkeit ist er ganz zerbrechlich. Nur konnte er dir das natürlich nicht sagen. Du kennst ihn ja und seine Sprüche.«

»Hab ich es dir nicht schon immern gesagt, Sibel?«

»Ich hab es dir schon immern gesagt«, beendet meine

Mutter die typische Floskel meines Vaters, und wir müssen lachen.

»Aber anscheinend trete ich immer nur in Fettnäpfchen und suche mir die falschen Männer aus.«

»Manchmal verstehen wir das Leben nicht auf Anhieb, Sibel. Selbst wenn wir jemanden gefunden haben, der unser Herz zum Leuchten bringt, unseren Alltag bereichert und es versteht, uns trotzdem unsere Freiheit zu lassen. Dann erkennen wir das oftmals nicht in diesem Moment, weil wir in der Vergangenheit so verletzt wurden. Aber sei nicht nachtragend. Denke nicht an all die Dinge, die schiefgelaufen sind, sondern schau mutig nach vorn. Es zählt sowieso nur das Hier und Jetzt. Das Gestern kannst du nicht mehr besser machen, das Heute schon.«

»Du hast gut reden. Du hast ja auch Papa. Das war deine erste Liebe.«

Meine Mutter spitzt die Lippen, dann sagt sie: »Zumindest denkt das auch dein Vater …«

Ich schaue sie mit offenem Mund an. »Mama!«

»Na ja, er muss ja nicht alles wissen. Als er damals nach Deutschland kam, war ich ja vorher nicht in einem Kloster. Ich hatte viele deutsche Freundinnen … und Freunde. Auch sehr gute. Kleine Geheimnisse sollte man sich immer bewahren. Zumindest weiß ich nur zu gut, wie es sich anfühlt, enttäuscht und verletzt zu werden.« Sie steht auf und geht zur Zimmertür. »So, und nun mache ich uns Tee, und du erzählst uns von deiner Fahrt. Hast bestimmt auch so eine Menge erlebt. Was lieferst du denn eigentlich hier nach Istanbul?«

Mit dem Handrücken wische ich mir eine Träne aus den Augenwinkeln und muss schon wieder lachen.

»Kleine Geheimnisse sollte man sich bewahren, Mama.«

Sie schaut fragend in meine Richtung, nickt dann aber und schließt kommentarlos die Tür hinter sich.

Kapitel 25

Ich muss noch bis Montag warten, bis ich meine Ladung zu dem Empfänger bringen kann. Ein Großhandel, der Diskotheken und andere Einrichtungen beliefert, in denen er die Travelpussys an den Mann bringen möchte. Das bedeutet, dass ich das Wochenende mit meiner Familie verbringen darf … muss … soll … was auch immer. Der Freitagabend verläuft ohne weitere Vorkommnisse. Ich bin allerdings auch zu erschöpft, um noch lange um die Häuser zu ziehen. Der Samstag zieht sich hingegen wie Kaugummi, wobei ich mit meiner Mutter sehr gute Gespräche führe. Erst am Sonntagabend gehe ich aus.

Meine Cousinen haben mitbekommen, dass ich in der Stadt bin, und wollen mit mir feiern gehen. Obwohl mir alles andere als nach Feiern zumute ist, sage ich zu. Ablenkung hat noch nie geschadet, und ich muss wohl einfach auch nach vorn blicken.

Als ich schon auf dem Sprung bin, klingelt mein Handy. Es ist Florian. Ich überlege kurz, nehme dann jedoch das Gespräch an.

»Hi.«

»Hallo Sibel. Wundere mich ja, dass du drangehst.«

»Ich mich ehrlich gesagt auch.«

»Verstehe ich. Total. Wirklich. Ich wollte dir nur sagen,

dass es mir unendlich leidtut und ich mich freuen würde, wenn wir über alles reden könnten, wenn du wieder zurück bist. Deine Schwägerin hat mir gesagt, dass du in Istanbul bei deiner Familie bist. Ist vielleicht auch eine gute Idee, um alles sacken zu lassen.«

»Es ist schon gesackt, Flo.«

»Ach ja, wie meinst du das? Das verstehe ich nicht.«

Eigentlich müsste ich noch immer wahnsinnig sauer sein, doch ich spüre diese Enttäuschung und den Schmerz gar nicht mehr in mir. Daher bin ich auch ganz ruhig und beinahe verständnisvoll.

»Ich werde nicht zurückkommen, Flo. Das mit uns ist vorbei. Und das weißt du selbst auch schon lange. Wir haben doch nur nebeneinanderher gelebt, oder? Ich denke, dass es so für mich, aber auch für dich das Beste ist. Lass uns das anständig und ohne Ärger beenden. Das wäre mir wichtig.«

Ich kann förmlich spüren, wie er von meiner Klarheit überrascht ist. Ich biete ihm nicht einmal Angriffsfläche, um mich zu verdammen.

»Aber du wolltest doch noch mit mir in den Urlaub an die Ostsee fahren, das verstehe ich nicht«, wiederholt er sein Unverständnis, was mich nun doch etwas nervt.

»Das solltest du dir auf ein T-Shirt drucken lassen.«

»Wie meinst du das?«

»Schon gut. Lassen wir es gut sein, okay? Ich melde mich wegen der Wohnung. Alles Liebe, Flo. Ciao.«

Ich beende das Gespräch, lege das Handy beiseite und atme tief durch. Das war komisch, aber auch gut. Ich fühle mich von einer Zentnerlast befreit und habe nun tatsächlich Lust darauf, ein wenig zu feiern.

Und so lande ich nach einem leckeren Essen mit meinen Cousinen in einer Bar mit einem minderbegabten DJ an den Musikreglern. Zweimal glaube ich, Jorgo in einem der Männer in der Bar zu erkennen. Nach einigen Drinks werde ich entspannter und albere mit meinen Cousinen herum, die sich wie immer so dermaßen aufgebrezelt haben, dass man meinen könnte, dass sie noch eine komplette Show im Cirque du Soleil spielen müssten. Zumindest verfehlt unser Auftreten nicht seine Wirkung, und so werden wir bereits seit einer Stunde von einer Gruppe netter Männer auf sämtliche Drinks eingeladen. Besonders Mehmet scheint sich für mich zu interessieren. Er ist ein attraktiver Kerl, der wohl viel Zeit im Fitnessstudio verbringt. Seine sonnengebräunte Haut zieren einige Tattoos an Schulter und Arm. Ich erzähle ihm von einer Bekannten, die sich ein Barcode-Tattoo in den Nacken hat tätowieren lassen, und frage ihn, wie er das findet. Als er dazu nur den Kopf schüttelt und lacht, qualifiziert er sich für die nächste Stufe, und wir unterhalten uns den restlichen Abend sehr interessiert. Er hat sich vor einem halben Jahr von seiner Freundin getrennt, ist selbstständiger Immobilienmakler und auch ansonsten ein cleverer Kerl mit Witz und Charme. Ich bin hin- und hergerissen. Die eine Seite in mir sagt mir, dass ich weitergehen muss und dies hier doch eine gute Gelegenheit wäre, um mein Ego wieder etwas aufzupolieren. Doch eine andere Seite in mir denkt bei jeder witzigen Begebenheit, die ich mit Mehmet bespreche, dass ich dies so gerne Jorgo erzählen würde. Er geht mir nicht aus dem Sinn. Aber wo wäre unsere Basis? Er hat mich angelogen und für seine dunklen Machenschaften ausgenutzt, er hat mich in dem Glauben gelassen, dass zwischen uns alles großartig und gut wäre – und dann dieser Schlag ins Gesicht. Was er wohl gerade macht?

»Und du bist also Lehrerin?«

»Wie bitte?«

Mehmet nuckelt an seinem Strohhalm und schaut mich fragend an. »Du sagtest, dass du Lehrerin bist. Macht es dir Spaß?«

»Ach so, ja klar. Ja, macht Spaß.« Macht es das wirklich, Sibel? Ich rücke die Brille zurecht. »Wobei ich gerade nachdenke, vielleicht was ganz anderes zu machen.«

»Warum kommst du nicht nach Istanbul? Ich besorge dir einen Job in meiner Firma.«

»Ich und Immobilien? Ich denke nicht, dass das passen würde. Ich habe die letzten Nächte in einem Transporter geschlafen.«

»Was?«

Mehmet schaut mich mit einer Mischung aus Besorgnis und Unverständnis an. Ich denke an Grabi und die letzten Nächte. Ungemütlich, aber wohl die schönsten Nächte, an die ich mich erinnern kann. Ich lächle.

»Ja, ich bin eher so ein Freigeist und liebe das Abenteuer.«

Mein Gegenüber lächelt ebenfalls und legt mir dann eine Hand aufs Knie. Das mit dem Abenteuer hat er wohl irgendwie falsch verstanden. Vielleicht ist aber auch mein Türkisch einfach zu schlecht, und ich habe ihn auf ein Abenteuer mit mir eingeladen. Andererseits ist es vielleicht auch eine gute Möglichkeit, sich zu befreien. Das wollte ich doch, oder?

Nach einer weiteren Stunde verlassen wir die Bar, und

Mehmet will noch eine Runde am Bosporus spazieren gehen. Keine schlechte Idee. Ein wenig frische Luft wird mir guttun. Wir schlendern am Ufer entlang und erzählen uns von unseren Exbeziehungen. Dabei erzähle ich zwar immer nur von Florian, doch denke andauernd nur an Jorgo. Seltsam. Ich vermisse diesen Idioten. Warum musste er alles zerstören?

Schließlich stoppt Mehmet und hält mich am Arm fest. Er zieht mich zu sich, und wir küssen uns. Ich lasse es zu. Vielleicht auch aus Neugier, wie es sich anfühlt. Es fühlt sich nicht unangenehm an. Mehmet küsst gut. Dennoch ist es irgendwie steril, mechanisch und ohne das Verlangen zu verspüren, mehr zu wollen. Der Kuss ist ohne den Kick, an den ich mich noch sehr gut erinnere. Es ist ja auch erst wenige Stunden her, dass ich jemand anderen geküsst habe und dachte, dass dies auch so bleiben würde. Dennoch küsse ich weiter und überlege mir, ob Jorgo wohl auch gerade so mit einer anderen rumknutscht. Ich hasse den Gedanken, dass er gerade mit einer anderen seinen Spaß haben könnte. Jedes Lachen, dass ich mir vorstelle, erscheint mir wie ein Schlag in die Magengrube. Sofort bin ich ebenso grundlos wie schlagartig sauer auf ihn. Das nennt man wohl eifersüchtig. Lächerlich!

Mehmet hält inne, und ich schau ihn fragend an.

»Was ist los?«

»Wo bist du?«

Ich schaue mich um.

»Wie meinst du das? Ich bin hier.«

»Ja, du bist zwar hier bei mir, doch dein Kopf ist nicht hier. Gefällt es dir nicht?«

Ich stehle mich aus seiner Umarmung und streichle ihm mit einer Hand über die Wange.

»Doch. Du bist toll. Aber du hast recht. Ich bin nicht richtig hier. Ich denke, ich gehe jetzt mal nach Hause.«

Kapitel 26

Montagmorgen.

Tag der Auslieferung.

Noch leicht zerknittert liege ich im Bett. Mir fällt dazu ein Kalenderspruch ein, den ich mal gelesen habe: *Wer morgens zerknittert aufsteht, hat den Tag über die besten Entfaltungsmöglichkeiten.*

Die Sonne stiehlt sich durch die Vorhänge hinein, und ich schaue zur Decke hinauf. Mama hat recht. Man sollte sich nicht aufgrund eines Idioten oder in meinem Falle zweier Idioten in seinen Schmerz zurückziehen. Es liegt allein an mir, was ich aus all den Arschtritten und Verletzungen mache. Und vielleicht bin ich ja sogar ganz gut, so wie ich bin, und muss mich gar nicht besonders ändern. Nicht so eine Draufgängerin sein, die ich gerne wäre. Vielleicht liegt es vielmehr an den anderen oder einfach nur daran, dass es eben nicht passte und man zu lange an einem Traum und Wunsch festgehalten hat, welcher der Realität nicht standhalten konnte. Dann ziehe ich lieber weiter als Beziehungsbeduine und warte auf meine Oase, als mich kampflos zu ergeben und mich zu verraten. Und wer mich nicht will, hat mich auch nicht verdient. Ganz einfach. Vielleicht sollte ich Swenna einen Aufsatz zu diesem Thema schreiben lassen.

Ich stehe auf und gehe hinüber ins Bad.

Jorgo war eigentlich kein Traum.

Eher eine Oase.

Vielleicht aber auch eher eine Fata Morgana.

Jedenfalls anders als ich.

Das hat mir gefallen.

Wir hätten uns viel zu geben gehabt, glaube ich.

Ich streiche mir etwas Zahnpasta auf die Zahnbürste und beginne mit den kreisenden Bewegungen.

Lass das, Sibel!

Er wollte dich nicht.

Hat dich benutzt.

Und hat er dir überhaupt sonst gutgetan? Konntest du mit ihm lachen, reden und schweigen?

Ich halte kurz inne.

Verdammt, ja, das konnte ich. Okay, keine gute Frage. Vielleicht sollte ich doch Mehmet noch mal eine Chance geben.

Es klingelt an der Tür. Wahrscheinlich die Nachbarn. Es ist immer ein großes Ballahu, wenn Besuch aus Deutschland da ist. Meine Tante wohnt direkt nebenan und ist die Neugier in Person. Ich habe mich schon gewundert, dass sie bislang noch nicht mit selbst gemachten Leckereien bei uns in der Küche aufgeschlagen ist. Ich tippe auf hausgemachte Börek, die sie als Alibi dabeihat, um ihren Besuch zu rechtfertigen.

»Ich gehe schon«, melde ich aus dem Bad, und mein Vater ruft irgendwas aus dem Wohnzimmer. Ich putze mir weiter die Zähne, während ich zur Tür gehe. Dann habe ich wenigstens eine Ausrede, warum ich gleich wieder ins Bad muss. Ich öffne die Tür und wer steht da: Jorgo.

Er schaut mich ebenso verdutzt an wie ich ihn.

Mit der Zahnbürste im Mund verharre ich wie schockgefrostet. Für einige Sekunden starren wir uns stumm an, dann werfe ich die Tür wieder zu und bleibe bewegungslos dahinter stehen. Wie ein Reh im Abblendlicht traue ich mich nicht, von der Fahrbahn zu hoppeln.

Wieder klingelt es, und Jorgos Stimme ertönt dazu. »Sibel, mach bitte auf! Ich muss mit dir reden. Bitte.«

Er klopft und hämmert gegen die Tür, während das Reh mit der Zahnbürste im Mund noch immer wie zur Salzsäule erstarrt dahinter kauert. Bloß nicht bewegen. Vielleicht hat er mich ja nicht gesehen. Und wenn schon, soll er mich doch überrollen. Besser, als sich zu bewegen. Mein Vater kommt aus dem Wohnzimmer und schaut mich an.

»Wer da ist?«

Ich verharre weiterhin mehr oder weniger starr. Nur der Mund mit Zahnbürste darin bewegt sich.

»Keine Ahnung«, sage ich, »kenne ich nicht.«

»Bitte Sibel! Komm schon!«, ertönt wieder Jorgos Ruf.

Mein Vater hebt die Hände. »Aber Mann vor Tür scheint dich zu kennen. Wer da ist, Sibel?«

»Ein Bekannter.«

»Ein Bekannter?«, wiederholt mein Vater ungläubig. »Und Bekannter steht hier mit Zufall vor Tür in Istanbul?«

»Ein guter Bekannter.«

Meine klägliche Antwort klingt eher nach einer Frage.

»Ah, guter Bekannter. Aber guter Bekannter lässt man nicht vor Tür stehen. Machst du Tür auf.«

Immerhin schaffe ich es, meine Zahnbürste wieder aus dem Mund zu nehmen. Sofort versuche ich, meinen

Vater von seinem Vorhaben abzubringen. »Nein, das … ich denke das wäre keine gute Idee.«

Nun kommt auch meine Mutter dazu, die alles mit angehört hat. Sie tauscht mit meinem Vater einige Blicke aus, schaut mich an und nickt vielsagend.

»Das ist der Mann, den du mitgenommen hast?«

»Mitgenommen?« Mein Vater schaut abwechselnd mich und meine Mutter an. »Hast du fremde Mann mitgenommen? Anhaltern?«

Meine Mutter weist meinen Vater zurecht und schickt ihn wieder ins Wohnzimmer. Er verschwindet unter abschätzigen Handbewegungen und unzähligen Flüchen. Ich glaube noch ein letztes *Habe ich es euch gesagt? Ich habe es euch immern gesagt* zu vernehmen, dann wendet sich meine Mutter mir zu.

»Also, mein Mädchen. Willst du ihn nur nicht ins Haus oder nicht in dein Herz lassen?«

Ich weiß nicht, wie Mütter diesen siebten Sinn haben können. Warum sagt sie so was? Sie kann doch nicht direkt in meine Seele schauen … oder doch?

»Ich weiß es nicht, Mama.«

Sie wendet sich zu der geschlossenen Tür und ruft: »Sie, junger Mann. Ich bin die Mutter von Sibel. Wie heißen Sie?«

»Georgios«, kommt es von draußen.

»Grieche?«, ertönt die deutlich lautere Stimme meines Vaters hinter dem Türrahmen des Wohnzimmers, von wo aus er uns belauscht. Meine Mutter schimpft erneut und schickt ihn wieder zurück. »Uallah! Was habe ich nur falsch gemacht mit Tochter. Erst Kartoffel und jetzt Schweine-Gyros!«, poltert er.

Meine Mutter lässt sich dennoch nicht beirren und fragt weiter. »Warum sind Sie hier, Georgios?«

»Weil ich … Ihre Tochter liebe.«

Meine Mutter legt sich vor lauter Rührung eine Hand auf ihr Herz und schaut wie in so einem Teenagerfilm, wenn der Junge dem Mädchen seine Liebe gesteht. Dann lächelt sie und streicht mir übers Gesicht.

»Du musst das entscheiden. Aber lass ihn nicht vor der Tür stehen. Gib ihm eine Chance«, sagt sie auf Türkisch, sodass Jorgo uns nicht verstehen kann.

Ich antworte ebenso auf Türkisch. »Mama, er hat mich angelogen.«

»Na und? Weißt du, wie oft ich deinen Vater angelogen habe, wenn du und dein Bruder mal wieder in eine Diskothek gegangen seid und er es nicht wissen durfte? Die Frage ist doch, warum man lügt. Ich habe es getan, weil ich euch liebe. Und vielleicht hat er es aus demselben Grund getan.«

Ich zögere. »Na gut. Gib mir eine Sekunde.«

Ich renne ins Bad, spucke ins Waschbecken, spritze mir etwas Wasser auf die Haare, was alles noch schlimmer macht, und setze die Brille auf. Dann bin ich zurück. Meine Mutter gibt mir einen Kuss auf die Stirn und geht zu meinem immer noch schimpfenden Vater. Der sich in einer Orgie ergießt, die sich allein aus zwei Sätzen speist: *Hab ich es dir gesagt – Ich habe es immern gesagt*.

Ich atme noch einmal tief durch und öffne die Tür.

Jorgo schaut verängstigt, als er die Stimme meines Vaters vernimmt.

»Warum hört sich türkisch eigentlich immer so an, als würde man schimpfen?«

»Weil mein Vater genau das tut.«

»Aha.«

Ich mustere ihn und frage: »Was willst du?«

»Mich bedanken bei dir. Du hast mir gezeigt, was richtig und was falsch ist. Und wenn du glaubst, dass du nicht mutig bist, ist das falsch. Du bist viel mutiger und stärker als ich. Erst durch dich habe ich zu mir gefunden. Ich habe mit meinen Eltern wegen des Restaurants gesprochen – es war gar nicht so schlimm wie befürchtet. Sie waren sogar fast ein wenig beruhigt, weil sie mich damit nicht belasten wollten. Sie sagten, ich solle mir was suchen, was mich wirklich glücklich macht. Und deswegen bin ich hier.«

»Aha.«

»Ich habe dir auch etwas mitgebracht. Hier.« Er hält mir eine CD hin. »Ich habe mit deinem Cousin eine CD aufgenommen. Es ist das Lied, das ich dir an dem See vorgespielt habe. Du erinnerst dich?«

Ich nehme sie entgegen, sage jedoch nichts weiter.

»Dein Cousin meinte, dass ich wirklich Talent habe und dass er mit mir ein komplettes Album aufnehmen möchte.«

»Freut mich für dich.«

»Das habe ich alles dir zu verdanken. Noch nie hat irgendjemand einfach so etwas für mich getan.«

»Wundert mich nicht, du bist ja anscheinend auch ein Arschloch.«

»Sibel, nicht fluchen!«, kommt es sofort von meiner Mutter, auf Türkisch versteht sich. »Nicht in diesem Haus.«

Ich verdrehe die Augen. »Und ihr sollt nicht lauschen«, gebe ich ebenso auf Türkisch zurück.

Dann schaue ich wieder zu Jorgo, der mich verzweifelt ansieht.

»Ich weiß, ich habe einen Fehler gemacht. Es tut mir leid. Ich weiß wirklich nicht, was ich sagen soll. Klar habe ich da Mist gebaut, aber das hatte nichts mit den Gefühlen zu dir zu tun. Du bist wirklich etwas ganz Besonderes. Und ich weiß, dass es dir genauso geht. Ich kann mich da nicht geirrt haben. Sag mir, dass du nichts für mich empfindest und alles nur ein Fehler war, und ich bin weg.«

Ich atme schwer, dann schüttle ich den Kopf. »Ich möchte, dass du jetzt gehst, Jorgo. Es ist besser, wenn wir getrennte Wege gehen.«

»Warte! Auch wenn ich einen Fehler begangen habe, war jedes Wort wahr, Sibel. Das hatte alles nichts mit uns zu tun. Ja, anfänglich war es nicht so, als wir dich ausgewählt hatten. Eine Frau, die allein fährt, war ideal für uns. Aber jeder Kilometer, den ich mit dir verbracht habe, hat mich weiter weg von dieser Geschichte und näher zu dir gebracht. Ich vermisse dich so sehr.«

»Tja, dafür ist es nun aber leider zu spät. Das hättest du dir vielleicht überlegen müssen, bevor du mich ausgenutzt und belogen hast.«

»Es tut mir leid.«

Stille.

Die nächsten Sekunden sagt niemand ein Wort.

Das ist selbst mir zu blöd, und ich frage ihn etwas: »Sag mir, warum sollte ich dir jetzt glauben und mich auf dich einlassen?«

»Weil ich dich liebe, Sibel.«

Wir schweigen erneut.

»Selbst wenn es diese Geschichte nicht gegeben hätte.

Es hat keinen Sinn, Jorgo. Wir sind aus zwei völlig unterschiedlichen Welten und stehen an verschiedenen Punkten in unserem Leben. Du bist frei von emotionalen Altlasten. Ich habe mich gerade von meinem Freund getrennt und weiß nicht, wo ich in Zukunft leben werde. Vielleicht ist es so auch für dich das Beste.«

»Sag das nicht. Ich weiß, ich habe einen Fehler gemacht, aber er hat mir auch gezeigt, wie sehr ich dich brauche.«

»Und wenn es dann nicht mehr passt, kommst du wieder mit so einer kleinen Überraschung um die Ecke? Nein, Jorgo. Es geht um mehr. Ich brauche jemanden, auf den ich mich verlassen kann. Das klingt in deinen Ohren vielleicht wieder spießig, aber ich weiß nicht, ob der nächste Freund nicht vielleicht der Vater meiner Kinder sein wird, verstehst du?«

»Und du glaubst, dass ich nur wie ein Wanderzirkus durch die Städte tingle, um mir immer wieder neue Abenteuer zu verschaffen?«

»Du bist toll, Jorgo. Du bist attraktiv, du willst noch vieles erleben und kannst alle möglichen Frauen haben.«

»Du verstehst es nicht, oder?«

»Was?«

»Du bist es, was ich will. Ich fühle mich mit dir stärker, vollkommener und besser. Du machst aus mir die beste Jorgo-Version, die es jemals von mir geben kann. Ohne dich war mein Leben sicher auch bunt und wild und frei und schön – aber ziellos. Du hast mir, ohne es zu ahnen, gezeigt, was ich will. Und das ist so unfassbar einfach zu verstehen, wenn man es erst einmal erlebt hat. Ich will dich. So wie du bist. Mit allen Ecken und Kanten und zwanzigtausend Plastikvaginas im Laderaum. Ich habe mich total in dich verliebt, Sibel.«

Ich beiße mir auf die Unterlippe. Die Worte klingen zu schön, um wahr zu sein. Sie schmerzen auf eine bittersüße Art, die mich fast zerreißt.

»Warum tust du das? Warum sagst du das? Das sind so große Worte, und sie klingen wunderschön. Genügt es dir nicht, dass du mir einmal das Herz gebrochen hast?«

»Das war unverzeihlich. Und ich weiß, dass ich kein Recht der Welt habe, um etwas von dir zu verlangen. Ich kann dich nur bitten: Vertrau mir! Okay?«

Am liebsten würde ich mir die Brille zurechtrücken, doch selbst dazu bin ich gerade zu verwirrt. Ich überlege mir, was ich ihm antworten soll. Dass ich mich ebenfalls Hals über Kopf in ihn verliebt habe? Hat das wirklich eine Zukunft? Meine Gedanken kreisen wie eine Discokugel. Ich weiß, dass vieles dagegen spricht, mich auf diese Liaison einzulassen.

Wahrscheinlich wird sie schneller vorbei sein als meine Fahrt nach Istanbul.

Wahrscheinlich wird einer von uns beiden mit gebrochenem Herzen zurückbleiben.

Wahrscheinlich werde ich es sein.

Wahrscheinlich werden dann alle meine Freunde sagen, dass sie es ja von Anfang an gewusst hätten und dies besser so ist.

Wahrscheinlich wird mein Vater sagen, dass er es immern gesagt hat.

Wahrscheinlich.

Dann fälle ich eine Entscheidung.

»Wenn du mir so was noch einmal antust, bringe ich dich um.«

Ich glaube, in Jorgos Augen Tränen auszumachen. Zumindest wirken sie wässrig. Es ist seltsam, diesen Mann mit Tränen in den Augen vor mir zu sehen. Seltsam, aber schön.

»Okay, das ist fair«, sagt er.

Wir fallen uns in die Arme und küssen uns, und mir schießen ebenfalls Tränen in die Augen.

»Ich muss verrückt sein.«

»Ja, das bist du. Aber das wusste ich vom ersten Augenblick an. Wer Travelpussys durch halb Europa fährt, ist genau nach meinem Geschmack.«

»Und ich meine das ernst! Wenn du mich noch einmal verarschst oder anlügst, verpfeife ich dich nicht nur bei der Polizei, ich schick dir meinen Vater und Bruder auf den Hals.«

Jorgo lächelt.

Alles fällt von mir ab und alles wird ruhig um mich.

Fast alles.

Ich höre Schritte, die von der Tür hinter uns wegführen, und eine Stimme. Sie ist nicht zu überhören.

»Ein Grieche. Ausgerechnet ein Grieche. Habe ich es euch gesagt? Ich habe es euch immern gesagt ...«

Kapitel 27

Es hat etwas gedauert, bis mein Vater sich einigermaßen beruhigt hat und meine Mutter ihm erklären konnte, dass Jorgo keinen Krieg gegen die Türkei anzetteln wolle. Der Rest war traumhaft. Wir haben am Vormittag die Hagia Sophia besucht, den Grande Market und uns in kleinen Cafés mit schwarzem Tee den Tag um die Ohren geschlagen. Wir haben während einer Bosporusfahrt geturtelt und Gespräche geführt, wie ich sie nur mit Jorgo führen kann. Ja, ich glaube, dies ist der Mann, der all meinem vorherigen Auf und Ab Sinn gibt. Ich musste ihn erst treffen, bevor ich mein Herz wirklich verschenken konnte. Vielleicht hatte ich sogar Angst vor diesem Tag, an dem ich jemanden treffen würde, der es ehrlich mit mir meint und mich machtlos scheinen lässt. Jemanden, der mich so liebt, wie ich bin, und vor dem ich mich nicht beweisen muss, sondern einfach mal schwach, launisch und schwierig sein kann. Wie jeder in seinem Innersten nun mal manchmal ist. Es ist nicht leicht, sich selbst einzugestehen, dass dieser eine Mensch nun so viel Macht über einen selbst hat. Doch gerade weil er dies nicht gegen mich ausnutzt, ist er dieser Mensch, und dafür liebe ich ihn schon jetzt. Ich weiß nicht, was die Zukunft uns bringen wird, aber ich weiß, dass er jeden gemeinsamen Atemzug wert ist … vielleicht sogar bis zum letzten.

Doch trotz allem Gefühlschaos habe ich natürlich noch meinen Auftrag zu Ende zu bringen. Ich habe schließlich nicht zum Spaß die Travelpussys über den verdammten Kontinent gefahren. Trotz Überfall, Polizeikontrollen, Drogenkurieren und kleinerer Umwege habe ich sie unversehrt und komplett nach Istanbul gebracht. Na ja fast, wenn man mal von den paar Exemplaren absieht, die in einem Erdbeerfeld in Südösterreich auf ihre Belastbarkeit getestet werden. Ein wenig Schwund ist eben immer. Ich bin stolz auf mich. Bevor es nun mit Jorgo zurück nach Deutschland geht, wo wir dann schauen werden, ob wir nach Berlin ziehen oder nach Stuttgart oder sonst wohin, muss ich heute noch meine Lieferung an ihre Zieladresse bringen. Die Adresse führt uns zu einem Unternehmer im Umland von Istanbul. Wir biegen mit Grabi in einen Hof und stellen den Transporter vor einer Laderampe ab. Mich überkommt eine kleine Welle Melancholie, als ich neben Jorgo warte und über die Palette streichle.

»Irgendwie hatte ich mich an die Teile gewöhnt. Ich bin fast ein bisschen traurig, dass ich sie abgeben muss.«

Jorgo schüttelt den Kopf. Seine emotionale Bindung ist wohl nicht ganz so ausgeprägt wie meine.

»Es sind Plastikmuschis, Sibel. Keine Hundewelpen.«

»Trotzdem.«

Ein dickbäuchiger Mann mit Augenbrauen wie zwei Twix-Riegel kommt mir freundlich entgegen. Dazu trägt er eine riesige Sonnenbrille im Haar, die eher wie ein Integralhelm aussieht oder etwas, das Schweißer zum Schutz vor dem Gesicht tragen. Er spricht mich überraschenderweise auf Deutsch an.

»Deutschland, gut.«

»Sie sprechen deutsch?«

Er nickt fleißig, und seinen Augenbrauen zucken so hastig, dass sie abzubrechen drohen.

»Hab ich gelebt Mannheim. Arbeit. Gut.«

»Ah, Mannheim«, wiederhole ich anerkennend, als sei Mannheim die Stadt am Ende des Regenbogens. Doch was soll man schon anderes über eine Stadt sagen, über die man lediglich weiß, dass dort Xavier Naidoo seine Lieder knödelt und die Straßen in Quadrate aufgeteilt sind, als wolle man eine Partie Schiffe versenken spielen?

Also reiche ich ihm die Papiere und strecke dabei einen Daumen in die Höhe. Das Maximum an Mannheim-Begeisterung. Er scheint damit zufrieden und überprüft lächelnd die ordnungsgemäße Übergabe der Ladung. Zu meiner Erleichterung scheint alles in Ordnung, und er übersieht auch die fehlenden Exemplare. Dann zieht er ein Taschenmesser hervor, zerschneidet die Wickelfolie und nimmt ein Exemplar aus dem Stapel. Ich frage, ob alles in Ordnung sei, und er antwortet nun auf Türkisch, dass er nur eine Stichprobe machen müsse.

»Ist alles okay?«, fragt Jorgo.

»Er macht nur eine Stichprobe.«

»Stichprobe? Bei einer Plastikmuschi? Na, wenn das mal kein Wortwitz ist …« Jorge lacht, und ich zucke mit den Schultern. Doch plötzlich ändert sich der Gesichtsausdruck des dickbäuchigen Mannes. Das Mannheimer Lächeln gefriert, und seine Twix-Augenbrauen ziehen sich zu einem einzigen dicken Wulst zusammen. Er schaut abwechselnd auf die Travelpussy in der einen und die Produktbeschreibung in der anderen Hand.

»Was ist los? Gibt es ein Problem?«, frage ich, und zu meinem Unglück nickt er.

»Ja, Problem. Großes Problem. Schauen hier. Auf Liste von Beipackzettel steht, dass in Gleitgel E 422 reingemacht ist.«

Ich nehme den Zettel entgegen und tue so, als ob ich auch nur annähernd verstehen würde, was die ganzen Inhaltsstoffe inklusive Kürzel bedeuten würden.

»Ja, und?«

»E 422«, wiederholt er und tippt dazu noch zweimal mit dem Zeigefinger auf das Gedruckte. »Das ist dem Glycerin.«

»Glycerin? Und ist das schädlich?«

»Nein. Aber Glycerin wird aus tierische Produkt gemacht. Zum Beispiel von Schwein. So wie Gelatine, du kennst Gelatine?«

Natürlich kenne ich Gelatine, und ich weiß, was er mir damit sagen will. Und langsam begreife ich auch, was das bedeutet, und lasse den Lieferschein in meinen Händen sinken.

»Das ist jetzt nicht ihr Ernst, oder?! Sie meinen, dass das …«

»… wahrscheinlich nicht *halal* ist und aus Schweinefett gemacht wurde. Wenn aus pflanzlichem Fett wäre, dann wäre gut. Aber das steht nicht extra drauf. Steht nur E 422. Kein Halal-Produkt. Und für uns Moslems dann nicht gut. Verstehen?«

»Ja, ich weiß. Ich bin selbst Muslima. Aber ich habe die

ganze Ladung von Deutschland hergefahren. Was soll ich jetzt damit machen?«

Doch mein Einwand stößt auf wenig Verständnis und Mitgefühl bei dem Twix-Mann.

»Dann fahren die Ladung jetzt auch wieder zurück nach Deutschland.« Er hält mir die Papiere hin und reicht mir entschuldigend die Hand. »Tut mir leid. Geht nicht. Aber Grüße Mannheim, ja? Gute Fahrt.«

Er grinst mir noch zu, und ich stehe wie ein Idiot mit meinen Papieren neben Grabi und einem ahnungslosen Jorgo auf dem Hof.

»Was ist los, Sibel? Warum haut er einfach ab? Was ist mit der Lieferung?«

Ich bin fassungslos und schaue ihn nur verstört an.

»Schwein.«

»Schwein?«, wiederholt Jorgo und schaut dem Typen hinterher. »Hat er dich angemacht oder was?«

»Nein. In dem Gleitmittel ist irgendein verdammter Inhaltsstoff, der aus Schwein gewonnen wird. Und das ist natürlich nicht *halal* und somit für uns Muslime verboten.«

Zunächst steht Jorgo wie versteinert vor mir. »Aber die Männer sollen die Teile ja nicht essen«, sagt er schließlich.

»Ja, keine Ahnung. Es ist, wie es ist. Die Dinger mit dem Schwanz zu penetrieren scheint jedenfalls auch nicht explizit im Koran zu stehen.«

Dann bricht Jorgo schließlich in schallendes Gelächter aus. Zunächst möchte ich ihn am liebsten ohrfeigen und ihn fragen, was daran lustig ist. Doch ehrlich gesagt ist die Situation in der Tat verrückt. Ich fahre erst eine Europalette Plastikvaginas von Berlin nach Istanbul, um dann zu erfahren, dass das Gleitgel darin nicht für türkische Penisse geeignet ist. Wir liegen uns in den Armen und setzen uns auf Grabis Ladefläche.

»Sorry, Sibel, aber das ist zu geil.«

»Findest du witzig, was?«

»Allerdings. O Mann, ihr Türken, echt.« Er bekommt sich kaum mehr ein. »Nur weil die sarazenischen Krummsäbel eurer Männer nicht mit diesem Gleitgel in Berührung kommen dürfen. Weil es nicht *halal* ist, eine Plastikmuschi zu vögeln ... Wie schwachsinnig ist das denn?«

»Das kann ein Grieche, der die Schafe im Stall auch ganz ohne ...«

»Vorsicht«, unterbricht mich Jorgo und ist mit einem Mal ganz ernst. Doch dann lacht er. »Ich meine ja nur. Und was jetzt?«

Ich zucke mit den Schultern.

»Ich habe keine Ahnung.«

Mit zittriger Hand wähle ich die Telefonnummer meines Bruders. Ihm jetzt nach all den Hindernissen und Schwierigkeiten zu sagen, dass ich es doch nicht geschafft habe, ist für mich unsagbar niederschmetternd. Doch als er abnimmt und ich ihm von dem ganzen Dilemma berichte, ist er alles andere als sauer oder enttäuscht. Der Auftraggeber in Istanbul müsse zumindest die Fahrt bezahlen. Und darum gehe es ja im Prinzip. Der Rest ist nicht sein Problem. Und besser noch. Da die ganze Ladung nun wieder zurück nach Frankfurt muss und er bestimmt einen neuen Abnehmer für die Travelpussys in Deutschland finden werde, bekommt er für die gleiche Ladung vielleicht sogar zweimal den Transportpreis bezahlt.

»Ach, und noch was Sibel.«

»Ja?«

»Danke! Ich werde dir nie vergessen, was du da für mich getan hast.«

Ich schlucke. Damit hatte ich jetzt nicht gerechnet.

»Das … das ist schön zu hören, Metin. Und ich habe es gerne gemacht.«

»Lieb dich Schwesterchen, du bist die Beste.« Noch bevor ich darauf antworten kann, ergänzt er seine Aussage, und ich bin die glücklichste Frau der Welt. »Hab ich das nicht schon immern gesagt? Ich habe es immern gesagt.«

Wir lachen beide. Es hätte also eigentlich gar nicht besser laufen können.

Weder für meinen Bruder noch für mich.

Epilog

Zum Abschied winken wir meinen Eltern aus den Fenstern von Grabi zu. Meine Mutter weint, mein Vater nicht. Meine Mutter winkt mit einem Taschentuch, mein Vater winkt nur einmal ab und geht zurück ins Haus. Ich kann seine Stimme praktisch hören. *Ein Grieche. Unsere Tochter ist verflucht. Hab ich es nicht gesagt? Ich habe es immern gesagt!*

Allerdings hat mir meine Mutter heute Morgen noch im Vertrauen gesagt, dass mein Vater meinte, dass Jorgo ansonsten ganz nett sei. Ein richtiger Mann und nicht so ein »Wursthans« wie Florian. Wursthans, so hat er es gesagt, und meine Mutter hat ihn nicht verbessert. Und dass Jorgo mit kürzeren Haaren und einem Schnauzbart doch auch bestimmt wie ein echter Türke aussehe. Dann habe er gelacht und seinen Tee ausgetrunken. Meine Mutter weiß, was diese Aussage meines Vaters bedeutet. Ich auch. Ich bin glücklich.

Meine kleine Reise geht nun also in ihre letzte Runde.

Was hat sie mich nicht alles gelehrt?! Dass ich an mich glauben muss und mich nicht mit weniger zufriedengeben darf als mit dem, was mich wirklich glücklich macht. Dass ich zu meinen Überzeugungen stehen kann und sie auch so laut aussprechen muss, dass man sie hört. Dass es zuallererst an mir selbst liegt, glücklich zu sein, und ich dies nicht einfach immer auf andere schieben kann. Dass der Aufkleber eines Exfußballers Sprachbarrieren und Polizeikontrollen aufheben kann und dass der beste Kaffee meines Lebens im Führerhaus eines schwulen Truckers zubereitet wurde. Dass man sich in einen Mann verlieben kann, der glaubt, dass Pierre Brice wirklich Häuptling der Apachen war, und dass in Gleitgel Schweinegelatine verarbeitet wird. Wenn das mal keine tief greifenden Erkenntnisse sind!

Doch was mache ich mit all den neuen Erkenntnissen?

Was mache ich, wenn ich wieder zurück bin?

Dass ich meine Sachen aus der Wohnung in Berlin hole und Florian danach nicht mehr wiedersehen werde, ist klar. Aber ich bin auch sonst nicht mehr die Gleiche wie noch vor einer Woche. Ich brach auf als verschüchterte und verbitterte Lehrerin ohne Mut und Hoffnung. Nun bin ich eine Truckerin mit neuem Freund und einer Vorgeschichte als Drogenschmugglerin. Na ja, nicht alles ist besser geworden oder gibt Grund dazu, stolz zu sein. Aber dennoch! Meine Lust am Leben ist grenzenlos, ich will es mehr spüren denn je und in vollen Zügen genießen. Mutig sein und nicht wissen, was in einer Woche ist – oder in einem Monat oder in einem Jahr. Ich schaue hinaus und sehe die Konturen einer Stadt vorbeiziehen. Eine Silhouette aus zu viel Beton, die mich an Berlin erinnert. Dann nimmt die Landschaft langsam mehr grüne Farbtöne an. Bäume und Felder verdrängen die melancholische Tristesse der Stadt, und ich spüre in mir einen Gedanken aufkommen. Zunächst nur eine vage Idee, dann bläht sie sich jedoch zu einem lebensfroh farbigen Ballon auf. Ein geradezu unwiderstehlich und verführerisch schmeckender Bonbon nach Leben. Eine Vorstellung der Zukunft. Ich wende mich an Jorgo.

»Sag mal, was hast du für deine Dienste bekommen?«

»Was meinst du?« Er schaut mich fragend an. »Welche Dienste?«

»Na, dein Schmuggelzeug. Dein Anteil.«

Jorgo schaut beschämt zum Seitenfenster hinaus.

»Müssen wir immer noch darüber sprechen?«

»Ich meine das ganz ohne Vorwurf. Sag schon ...«

»Hunderttausend.«

»Hunderttausend Euro?«

»Ja, klar Euro. Was denn sonst? Travelpussys?«

»Aber es war doch zweihundertfünfzigtausend wert. Das hat der Kerl doch gesagt.«

»Wir haben fifty-fifty gemacht. Abzüglich der Kohle inklusive Zinsen, die ich ihnen geschuldet habe.«

»Verstehe.« Ich steuere Grabi durch die nächste lang gezogene Kurve. Dann fahre ich mit meinem Gedanken fort. »Das ist 'ne Stange Geld.«

»Ist es. Ja. Hab mir auch schon überlegt, was ich damit machen soll. Zumindest mit einem Teil sollte man was Gutes tun.«

Er beugt sich zu mir und gibt mir einen Kuss. Dann nimmt er meine Hand und hält sie. Ich beiße mir kurz auf die Unterlippe, dann trete ich die Flucht nach vorn an.

»Hm, stimmt. Natürlich noch abzüglich meines Anteils. Denn wenn ich schon ein Teil dieses Verbrechens war, dann steht mir eigentlich auch ein Teil davon zu.«

»Was?«

»Findest du nicht?«

Man kann ihm ansehen, dass er von dem Vorschlag überrollt wird. Doch sein schlechtes Gewissen ist so groß, dass ich von ihm auch alles verlangen könnte und er es mir geben würde. Aber das will ich gar nicht. Ich möchte auf etwas ganz anderes hinaus.

»Meinetwegen«, er nickt, »die Kohle war mir eh nicht wichtig. Mir ging es von Anfang an nur um meine Eltern.«

»Gut. Und man soll ja mutig sein, richtig? Hast du zumindest behauptet.«

»Ja schon, aber …«

»Und deswegen hätte ich da vielleicht eine Idee.«

»Du?«

»Ja, ich. Vielleicht steckt in mir doch ein böseres Mädchen, als ich dachte. Und vielleicht auch als du dachtest.«

»Das habe ich neulich Abend schon bei unserer Nacht im Hotel festgestellt, dass du …«

»Ach das meine ich nicht, du Dussel. Ich meine, dass wir die Sache mit dem Schmuggeln eh nicht mehr rückgängig machen können. Und wir stehen beide vor einem Neuanfang. Dann sollten wir es auch komplett neu machen.«

»Was meinst du genau damit? Ich merke doch, dass du irgendwas im Schilde führst.«

Ich grinse vor mich hin. »Vertraust du mir?«, frage ich.

Er küsst meine Hand. »Ja.«

»Dann lass dich überraschen. Ich denke, das wird dir gefallen.«

Ich schweige die weitere Fahrt über meine Idee. Wir genießen die Fahrt, lachen und singen einige Lieder aus dem Radio lauthals mit. Wir halten an Rastplätzen, und einmal glaube ich sogar, die Trucks von Uschi und Bohnen-Peter zu sehen. Aber auch das ist Vergangenheit. Ich bin auf dem Weg in meine Zukunft. Erst als wir bei strahlendem Sonnenschein durch die Steiermark fahren und ich den Blinker setze, um einen bekannten Weg einzuschlagen, ahnt Jorgo langsam, was ich vorhabe. Die wunderschönen Felder im Schachbrettmuster begleiten uns auf dem Weg zu dem alten Bauern und dessen traumhaften Hof. Wir haben ihm ein Angebot zu machen.

Erdbeeren mochte ich schließlich schon immer.

Tim Boltz,

Jahrgang 1974, schaffte mit seiner Comedyroman-Trilogie »Weichei«, »Nasenduscher« und »Linksträger« um den »ulkigen und urkomischen« (BILD) Antihelden Robert Süßemilch auf Anhieb den Sprung in die Topriege der deutschen Comedy-Autoren. Seine Romane sind Angriffe auf die Lachmuskeln.
Weitere Informationen unter derboltz.de

Mehr von Tim Boltz:
Weichei. Roman
Als E-Book erhältlich.

Nasenduscher. Roman
Als E-Book erhältlich.

Linksträger. Roman
Als E-Book erhältlich.